AE
&I

La oscuridad que habita en mí

Autores Españoles e Iberoamericanos

Joaquín Camps

La oscuridad que habita en mí

Planeta

Autor representado por IMC, Agencia Literaria, S. L.

Av. Diagonal, 662-664, 08034 Barcelona
www.editorialplaneta.es
www.planetadelibros.com

Diseño de la colección: Compañía

Primera edición: junio de 2024
Depósito legal: B. 8.697-2024
ISBN: 978-84-08-28905-0
Composición: Realización Planeta
Impresión y encuadernación: Liberdúplex
Printed in Spain - Impreso en España

PEFC Certificado
Este libro procede de bosques gestionados de forma sostenible
PEFC
PEFC/14-38-00305
www.pefc.es

—Solo te llamé porque quería decirte que ya empezamos las obras. ¡No reconocerías la casa si la vieras! Los operarios lo tiraron todo...

Dejo que hable. Alejo el teléfono de mi oído mientras esa mujer hiperactiva me narra con detalles que no me interesan cosas que no me importan.

—Oye, mi amor, te quería yo hacer una pregunta.

—Dime, Celia.

—Tengo mucha curiosidad, ¿en casa matabais vosotros las gallinas después de desplumarlas vivas?

Escucho sus risas desgarbadas.

—No te entiendo...

—Es broma, no se me enfade. Es que los obreros tiraron ayer todos los muebles de la cocina, ahora está diáfana, vamos a cambiar la distribución. Y debajo del banco corrido de la encimera, cuando arrancaron las cajoneras, los armarios y el rodapié, había un charco enorme de sangre ya seca.

Algo dentro de mí cambia de posición. A una muy rara, muy incómoda.

La realidad es eso que,
cuando dejas de creer en ello,
no desaparece.

Philip K. Dick

Abril, 2012. Diez años antes de la desaparición de María

—*Good morning, honey bunny.*

Me da un suave beso en los labios y con el mando a distancia sube las persianas eléctricas. El sol poco a poco se despereza sobre mi cara, espabilándome.

—Buenos días tenga usted. —Sabe que no quiero hablar en inglés, pero cada mañana, en cuanto nos despertamos, me pone a prueba con una frase cariñosa—. ¿Nunca te cansas de intentarlo? Después de un año juntos, ¿aún no sabes lo cabezota que soy?

Me sonríe. Si es más guapo se rompe. ¡¿Cómo puede despertarse siempre radiante mientras yo parezco el hueso de un melocotón hasta que no me lavo la cara con agua fría?! Acurruco mis párpados legañosos ante tanta belleza. Y aparto la mirada, cegada. Pero mis ojos-pipa se topan a través del ventanal con la fachada de la Casa Batlló: más belleza aún. Menudo subidón de azúcar de buena mañana.

—Cariño, esto sí que es empezar el día con alegría.

Siguiendo la dirección de su sonrisa me observo el pecho: anoche me acosté con un *coulotte* de encaje supersexy y una camiseta de tirantes monísima, la perfecta diosa de mi dios Apolo..., ¡¿y hoy amanezco con una teta fuera?!

Mi yo-diva está indignadísima y, mientras se hace el

harakiri, jura y perjura que jamás se volverá a meter en la cama con una camiseta de tirantes. Mi yo-sensato argumenta que esa prenda es comodísima para dormir, aunque siempre acabe saliéndosete un pecho. Mi chico, mientras tanto, a lo suyo: se arrima insinuante, me besa y, poco a poco, va descendiendo hasta llegar a su objetivo.

—Richard, para. Para, por favor..., no me apetece, Richard.

Sí, mi novio se llama Richard; ni Rich, ni Richie, ni Rick, ni Ricky, ni Dick, ni Dickie..., él se llama Richard, así, al completo, porque él, si va, va con todo, que para algo nació en el Upper East Side.

—¿No te apetece? Pues por aquí parece que opinan otra cosa...

Y dale que te pego, chupa que te chupa; los hombres y sus juguetitos.

—Mi pezón no toma las decisiones, eso es cosa mía.

—Tú déjame a mí..., él también tiene derecho a opinar.

—En la orla de licenciatura que ves colgada en esa pared, ¿aparece su fotografía o la mía? Pues ale, campeón, saca conclusiones.

—Qué chistosa eres..., es lo que más me gusta de ti.

—No me apetece. El endurecimiento de ese pezón es un automatismo fisiológico. Para, por favor.

—Déjate llevar...

—Que no.

—Que sí.

Y venga chupichupi.

—Para.

—No quiero.

—Que pares.

—Me encanta tu sabor. —*El cocherito, leré...*—. Ya te empieza a gustar, ¿verdad? Va, no seas frígida.

Voy a responderle una bordería, pero las últimas cuatro palabras de Richard han resonado en mi interior, en mi puro núcleo. En el centro de la imagen que toda mujer tiene de sí misma. Humillándome, volviéndome dócil: pondré un poco de mi parte, idiota de mí.

Cierro los ojos, intento concentrarme, a ver si se me despierta algo. La libido es un animal caprichoso. Pero lo veo difícil, yo nunca he sido muy de pezones. Me muerdes el lóbulo de la oreja y puedes hacer de mí lo que quieras, pero lo de los pezones me da un poquito de grima. Y Richard lo sabe, pero cuando la sangre se le va de la cabeza para rellenar otra parte de su anatomía, pierde la memoria.

«Cameron, ¿se puede saber qué demonios estás haciendo? Deja de engañarte y de engañarle».

Con los ojos cerrados la voz de mi yo-sensato ha sonado como un martillo pilón. ¿O era mi yo-diva? Desde hace un par de semanas la cabeza me echa humo. Sé que lo que voy a decir sonará anticuado, rancio, y muy muy raro. Sobre todo teniendo en cuenta que lo va a decir una chica de veintiún años, recién licenciada en Literatura Española por la Universidad de Nueva York, que se considera moderna, de mente abierta y con una visión bastante sarcástica de la vida. Repito, sé que, teniendo en cuenta todo eso, lo que voy a decir sonará viejuno y raro, pero lo voy a decir igualmente: soy virgen. ¡Sí, soy virgen, ya está dicho! Además, quiero seguir siéndolo hasta que me enamore de un hombre. Y no sé si el propietario de la lengua que sigue empeñada en desenroscarme el pezón es ese hombre.

—¿A que ya te va apeteciendo?

No. No me va apeteciendo. Ahora tan solo tengo ganas de llorar. Menos mal que mis ojos están cerrados y Richard no puede verlos rebosantes de lágrimas que me niego a dejar salir, porque no estoy preparada para dar explicaciones. Ojalá estuviese aquí papá, para poder hablarlo con él. O sea, no me refiero a aquí, ahora, en esta habitación..., sería algo incómodo con Richard amorrado a mi teta. Me refiero a que ojalá papá estuviese vivo.

—Mira cómo me has puesto. —Retira la sábana.

Madre mía, ¿todo eso lo he causado yo?

—Si ese bulto es un tumor, creo que hay que irse pitando al hospital. Parece grave.

—Qué graciosa es mi chica...

—Tápate.

—De eso nada.

Sin hacerme ni caso, baja la cabeza hasta mis muslos y, mientras me los besa, arrastra con habilidad el *coulotte* piernas abajo.

—No, Richard, por favor..., no.

Yo sigo añorando a mi padre, y vuelvo a cerrar los ojos para intentar que su imagen no se ensucie con la de mi novio quitándome las bragas. ¿Por qué te fuiste tan pronto? Te necesito tanto...

Papá heredó una tintorería del abuelo en la pequeña ciudad donde nací, cerca de Boston. Le gustaba ayudar a sus vecinos, gracias a eso el negocio prosperó. Era un hombre bueno. Desde que murió hace tres años echo mucho de menos nuestras conversaciones, su sensatez, la sonrisa cálida y acogedora con la que siempre me recibía. Cuando le detectaron el cáncer, puso en venta las cuatro tiendas a cambio de una cantidad indecente de dólares. La mitad se la guardó, para que mi madre la heredara a su muerte. La otra mitad me la dio a mí. No soy rica, pero gracias a él, el resto de mi vida no tendré que preocuparme por el dinero.

—Este olor me vuelve loco...

Sí, claro, este olor te vuelve loco, pero luego te pasas el día burlándote de los españoles porque dices que le echan ajo a todo.

Papá era un hombre juicioso y bueno que conocía bien a su esposa. La quería con locura. Mamá es muy diferente. A los seis meses de enviudar se largó a California con un nuevo novio, de profesión tatuador, con el que ya no está. Pero sigue viviendo en Santa Mónica. Ella nunca soportó ser la esposa del dueño de una tintorería en una pequeña ciudad húmeda, fría y provinciana del este. Yo la quiero, ella me quiere, pero con la charla telefónica mensual que mantenemos, a las dos nos basta.

—¡He dicho que no me apetece! ¡Para ya, joder!

Me lo quito de entre las piernas con algo que se parece a una patada más de lo que me gustaría. Enfadada, salgo de la cama y atravieso el dormitorio hasta el baño. Cierro por dentro. Me miro en el espejo. Dios mío, menudo nido de águilas llevo en la cabeza recién levantada. Me arreglo el pelo con las manos, al desgaire.

—Como mi vida, al desgaire...

Me apetecía utilizar la expresión en voz alta, para no olvidarla. La aprendí anoche leyendo uno de los *Episodios nacionales* de Pérez Galdós. No es fácil dominar un idioma, cada día trabajo duro para aprender el español más culto, pero también el coloquial y dicharachero, ese que a veces no aparece en los diccionarios. Gaznápiro, *racheta.* Zonzo, *nextazo.* Bahorrina, *chusta.* Lo más difícil son los dichos y frases hechas, pero... «Sarna con gusto no pica»: me encantan las palabras. Las adoro. Si las observas muy de cerca, son en sí mismas obras de arte. ¿Soy la única que siente que la palabra «libélula» tiene más colores que las propias libélulas? ¿O que los fonemas de «acueducto» están tan bien equilibrados como los arcos de la mismísima construcción? Descubrir nuevas palabras me llena de paz, porque al ponerle nombre, el universo me parece un lugar menos hostil.

Me lavo la cara con agua fresca. Vuelvo a observarme

en el espejo: ojalá mi yo-sensato de 2012 le pudiese decir a mi yo-diva de 2011 que no se corte el flequillo, no crece tan rápido como dicen. Pero a pesar de eso me gusto, me gusto mucho. ¿Ser buena te hace estar buena? Si es así, voy para santa. Bueno, más bien para Virgen María. Vine a Barcelona para cumplir mis sueños, para sentirme libre. ¿Lo he logrado? No, la respuesta es no... Pero me consuelo: nadie es libre. Dependes del oxígeno, de los nutrientes, del sol, del amor de otra persona, del dinero en la cuenta del banco. Dependemos de mil cosas. La única libertad que tenemos es la de elegir a qué nos encadenamos. Y algunas mujeres, por desgracia, solemos priorizar en esa elección algo muy autodestructivo: sentirnos deseadas.

—Perdona por la patada.

—Casi me rompes la nariz.

Mister Cohen nos mira.

—Lo siento.

Es mi gato. Lo recogí en un callejón el día que llegué a Barcelona. Era tan solo una pelusita recién nacida delicada como un suspiro que palpitaba vida. Ahora parece un minitigre. Me gusta pensar que los dos inauguramos la ciudad a la vez.

—No, el que lo siente soy yo..., he sido demasiado insistente. Perdóname.

Richard está de pie frente a mí, viene de la ducha. El pelo mojado y revuelto le sienta fenomenal. Es invierno, pero hace un sol espléndido, solo lleva una toalla blanca anudada a su cintura de atleta. Parece un hombre de los que salen en los anuncios de perfumes. Como a esos tipos no se les ve por la calle, las mujeres de este mundo piensan que semejantes especímenes en realidad no existen, creen que están diseñados por ordenador, pero yo sé que sí existen. Tengo uno aquí, frente a mí, mientras unto mi tostada con mantequilla sentada en la terraza de nuestro ático en el paseo de Gracia, frente a la Casa Batlló. De hecho, todo esto parece el decorado de un anuncio de perfumes, y yo estoy pensando en expulsar de mi vida al protagonista. ¿Estoy loca?

—Tenemos que hablar.

No me ha sonado a «Tenemos que hablar sobre el finde, me apetece ir a Cadaqués».

—Sí, claro..., pero no pongas esa cara tan seria. Siéntate, mientras te duchabas he exprimido zumo.

Le sirvo una naranjada. Siento miedo. Soy una *evitadora del conflicto,* y como esta conversación me asusta, inconscientemente he forzado las cosas hasta que sea él quien explote y me la pida. Papá no se sentiría orgulloso de mí. Esa idea me entristece.

—Cam, ¿se puede saber qué hacemos aquí?

—No te entiendo.

—Creo que sí me entiendes. —Sigue serio, y yo no quiero que esté serio, me parece un extraño, porque con él todo son risas, siempre; de hecho, lo mejor de Richard es su perpetuo buen humor, pero paradójicamente, eso es también lo peor: su frivolidad perenne me acaba haciendo sentir que vivo en un chiste—. Llevamos aquí tres meses, sin hacer nada.

—Tú no haces nada. Yo no paro.

—Lo que haces es perder el tiempo.

—¿Eso es lo que piensas?

—Sí, eso es lo que pienso... Por el amor de Dios, ¿podemos tener esta conversación en nuestro idioma?

—No, no podemos. Porque hicimos un pacto, y quiero que lo cumplas. —Me voy indignando por segundos—.

Una de las cosas que hago aquí, y tú no valoras, es trabajar cada día muy duro para mejorar mi español. Sabes que el sueño de mi vida es escribir una novela en castellano, para eso vinimos, por eso te pedí ayuda.

—Pero...

—Las dos chicas que pagaba tu padre para que te criaran mientras tu madre jugaba al golf eran mexicanas, para ti hablar español no supone ningún esfuerzo, pero incluso ese mínimo trastorno en tu vida lo consideras inasumible. Eres un egoísta. Eres incapaz de salir de tu zona de confort.

—Quizás sería más fácil salir de la zona de confort si la llamasen zona de mierda.

No me río. No voy a caer en la trampa que siempre me tiende, que siempre se tiende: el humor como coraza. Da un trago a su zumo. Le miro fijamente a los ojos. En ellos veo joyas, perfumes caros, mansiones de ensueño. Zapatos y bolsos. Muchos zapatos y bolsos. Pero también veo una vida de soledad frente al televisor.

—Quiero que regresemos a Estados Unidos.

—Yo no.

La vida con la pareja equivocada puede ser tanto o más solitaria que la vida de soltera: estás con alguien, pero no tienes compañía; ni perspectiva de tenerla, porque estás con alguien. Es la falta de expectativas lo que te destroza, esa es la verdadera soledad.

—Escribe en Nueva York tu novela. Te pagaré profesores de español nativos diez horas al día.

—¡No es solo el idioma, es la experiencia! Encajo tan bien aquí, me siento tan a gusto en esta ciudad... Además, ¡no quiero que me pagues nada! Has sonado machista, rancio. Por no mencionar que el que me estaría pagando las clases de español no serías tú, sino tu padre.

—Deja de restregarme por la cara que vivo a costa de

mi familia. Sí, somos ricos, ¡¿qué pasa?! ¡¿Debo avergonzarme por ello?! Tú tampoco trabajas y vives de la herencia.

—Yo sí trabajo. Que no cobre por ello no tiene nada que ver.

—¿Te refieres a las fotos que te pasas el día haciendo con el iPhone y luego subes a Internet? —Dibuja ese rictus burlón que sabe que no soporto, lleno de arrogancia y superioridad moral—. No me hagas reír.

—Ese es el problema, que te ríes de todo. Te lo he dicho antes: no crees en mí. Sí, vivo del dinero de mi padre, pero la diferencia contigo es que yo tengo proyectos, tengo sueños.

Va a interrumpirme, pero le acallo amenazándole con mi tostada, enérgica.

—Instagram aún es pequeño, mucha gente no lo conoce, pero te aseguro que va a dar mucho que hablar. Ya han anunciado que dentro de poco estará disponible en Android, y mi cuenta no hace más que crecer y crecer, cada día que pasa tengo más seguidoras. ¿Y sabes cómo lo consigo? Trabajando. Sí, aunque no lo creas y te rías de mí, lo consigo trabajando. —Noto cómo mi vehemencia le intimida—. A las americanas les encantan mis estilismos y las fotos que hago desde Barcelona, les chifla soñar con vivir algún día su aventura europea, llena de glamour, sofisticación y fantasía. ¡Yo les doy todo eso, aunque sea ficticio, y me siento muy orgullosa de ayudarlas a soñar! Soy útil, un apoyo para que sobrelleven su día a día, pero además de útil, algún día tendré millones de seguidoras, y te aseguro que las marcas me pagarán por promocionar sus productos. Ese es el futuro, aunque tú seas incapaz de verlo. En Nueva York hay mil chicas intentando lo que yo estoy intentando, pero ninguna tiene a su alcance *esto*. —Abro los brazos abarcando la ciudad entera—. El sueño europeo.

Se toma unos segundos antes de replicarme:

—Ya veo... —Sigue muy serio—. Me acusas de inmaduro, pero a la que estoy escuchando es a una cría. ¿Crees que cuando tengamos hijos podrás dedicarte a pasear por Barcelona haciéndote fotos con trapitos bien combinados?

—¡¿Hijos?! —¿Del susto he sufrido una pérdida de orina?—. ¿No vas un poco deprisa?

—No, Cam. Yo sé lo que quiero, tú no. Y lo que quiero es tener hijos contigo, en Nueva York. Porque en Nueva York hay una vida esperándonos, con nuestros amigos, nuestro idioma, nuestros sándwiches de pastrami, nuestros viernes por la noche en Broadway, nuestros fines de semana en los Hamptons..., y sí, con mi dinero, ¡¿es un pecado?! ¡Mi padre me ha regalado un ático el doble de grande que este frente a Central Park y aún no he podido ir a verlo porque estoy aquí perdiendo el tiempo! ¡Y me lo ha regalado porque quiere que su hijo viva en Nueva York, trabaje con él en Nueva York, se case en Nueva York y le dé nietos neoyorquinos!

Nunca le he visto tan enfadado. De repente una mezcla de lástima y culpabilidad que jamás antes había sentido me inunda por completo.

—Richard, no todo se puede comprar con dinero... —Alargo la mano a través de la mesa y tomo la suya—. Eso me lo enseñó papá, siempre me lo decía: no todo se puede comprar con dinero.

Ante mi ternura se le dulcifica el rostro.

—Debió de ser un buen hombre, me hubiese gustado conocerle. Ojalá el mío me hubiese dado de niño esa clase de consejos: no todo se puede comprar con dinero. —Entorna la mirada—. Supongo que es una de esas lecciones de vida con la que un padre debe sermonear a su hijo..., excepto si su hijo ha nacido de un vientre de alquiler.

Nos reímos. El ambiente se distiende gracias a la broma. Richard es un buen chico.

—Cameron, ¿por qué no quieres hacer el amor conmigo? —Su sonrisa triste se posa en la conversación como un nidito de gorriones en la rama de un cerezo.

—Para mí es algo muy importante..., quiero hacerlo con el hombre que...

—Di lo que tengas que decirme. Por favor, dilo sin más, prefiero la verdad.

Dudo, temo herirle. Pero al final me decido.

—Quiero hacerlo con el hombre del que esté segura que va a ser mi compañero de vida.

La sintaxis de lo que acabo de decir me resulta extraña, ortopédica. Quizás porque la sintaxis de mi amor por Richard también me resulta extraña, ortopédica.

—Entiendo..., y yo no soy ese hombre, ¿verdad?

—No lo sé, Richard. Aún no lo sé.

En sus ojos parecen temblar dos lágrimas. Nunca le he visto llorar. Ojalá se derramaran sobre su cara, y tras esas dos lágrimas vinieran muchas más. Pero eso no pasa: Richard se rehace. Así lo criaron. Le diría que nunca compartiré mi vida con un hombre al que no haya visto llorar, pero no se lo digo.

—Siento hacerte daño..., yo...

—No, Cam. No me pidas disculpas. Todo lo contrario, gracias por tu sinceridad. Pero ha llegado el momento de tomar decisiones.

Mi gato cruza la terraza. Camina misterioso, como si aún creyese habitar en el Antiguo Egipto. En secreto estoy convencida de que es la reencarnación de Leonard Cohen, el cantante preferido de papá. Sé que es una locura, pero esa fantasía me ahorra un dineral en psicoterapia. «Compórtate como quieras ser, y acabarás siendo como te comportas». Aleluya.

—¿A qué te refieres con... «tomar decisiones»?

—La semana que viene vuelvo a Nueva York. —Aprieta

mi mano, con suavidad, como si quisiera transmitirme un latido de amor—. Tú eres la mujer de mi vida, si te vienes conmigo dedicaré todos los días que nos quedan por delante a quererte. Pero si yo no soy el hombre de tu vida..., entonces no te vengas conmigo. Tu sitio está aquí, en Barcelona. La decisión es tuya.

Ahora soy yo la que tiene ganas de llorar. Me levanto para sentarme en su regazo. Le envuelvo el cuello con mis brazos. Me lo como a besos. Aspiro el aroma de su piel, recién lavada. Huele a gel de lujo, a hombre limpio con mucha clase, a loción para después del afeitado de marca cara.

—¿Qué es lo que noto en mi culo?

—Pues..., ya sabes..., que me alegro de verte.

Me guiña un ojo. Suelto una risa fresca y espontánea. Halagada.

—Te prometo que antes del domingo tomaré mi decisión..., pero hasta entonces quiero que seamos felices, que no pensemos en todo esto, que nos disfrutemos el uno al otro sea lo que sea que vaya a pasar con nuestro futuro. —Le vuelvo a besar, consciente de mi absoluta incoherencia, pero sin poder evitarla; es un beso largo, húmedo, turgente, como mi susurro en su oído—: ¿Qué te parece si esta noche me pongo ese picardías que tanto te gusta y con voz sensual te pido jugar a los médicos..., para que me auscultes... y averigües de dónde viene tanta fiebre..., pero sin meterme el termómetro?

—Pues me parece que te tendré esperando diez meses. —Ahora es él quien abre los brazos para abarcar la ciudad, teatral—. Es la lista de espera habitual en la Seguridad Social de este maravilloso país que tanto adoras.

De nuevo nos reímos. Juntos. Abrazados. Frente a la Casa Batlló y Barcelona entera.

¿Nunca os ha pasado estar horas buscando la pareja de un pendiente, renunciar, y que tiempo después aparezca por casualidad? Pues con la pareja de vida sucede lo mismo: todas las horas que pasamos buscando el amor son horas perdidas. Aparece cuando le da la gana.

Richard se ha ido al Belushi's, el típico bar para extranjeros cerca de Las Ramblas, donde siempre te puedes encontrar a dos chicarrones de Kansas con ganas de beber cerveza y ver fútbol americano en alguna de sus diez macropantallas. No me gusta ese lugar, allí me siento como supongo se siente un italiano en la imitación de Venecia que hay en un hotel de Las Vegas. Richard me ha preguntado si quería acompañarle, pero no: necesito pensar. Y cuando necesito pensar, ando. Camino por la ciudad, vago por ella sin rumbo. Paradójicamente, es como mejor ordeno las ideas. Mi novio, en cambio, lo tiene todo claro. La pelota está en mi tejado, sabe que a él solo le queda esperar sin hacer nada, y eso es lo que mejor se le da. Yo, sin embargo, tengo la cabeza hecha un lío, me va a explotar. Pero no envidio a Richard. Marie Kondo debería mencionarlo en su libro: lo más fácil de ordenar es un armario vacío.

—¿Podría hacerme una foto?

—Claro, faltaría más.

—Tan solo tiene que apretar aquí. Mil gracias.

Abrazo el maravilloso dragón del parque Güell y sonrío, aunque no me apetece. Alguien tendría que inventar en español ese término que en inglés utilizamos para mezclar la tristeza con el desencanto y el arrepentimiento: *sorrow*. No sé si en castellano existe esa palabra, quizás sí y yo no la conozco. *Sorrow*. Así me siento yo hoy.

—Haga varias, por favor.

Escojo la fotografía que más me gusta. Voy a subirla, pero me contengo, aplico antes un par de filtros bien elegidos. Conozco el secreto sagrado de las redes sociales: la espontaneidad no es el azar. Solo las tontas caen en esa trampa. Exactamente igual que en la vida.

Creo que mi creciente éxito en Instagram radica en que consigo llegar al corazón de la chica americana normal. Normal en el maravilloso sentido normal de la palabra «normal». Yo les preparo el cóctel que añoran: una foto bonita en un rincón sofisticado de Barcelona, con Cameron, una chica elegante y sexy pero no despampanante, de esas que sabes que nunca intentarían robarte al novio; estilismos bien combinados, complementos con clase y, para rematar el cóctel, una frase llena de chispa que aborda tus preocupaciones. ¿El cambio climático? ¿El hambre en el mundo? ¿Putin? ¿La basura espacial? No, esas no son las verdaderas preocupaciones de una chica americana normal. Me refiero más bien a: ¿por qué en el espejo me veo superguapa y cuando me hago un selfi salgo horrible? ¿Por qué el esmalte de uñas no me dura igual en los pies que en las manos? ¿Por qué las braguitas de los bikinis que me sientan fenomenal tienen un top que me queda horrible, o a la inversa? ¿Por qué no puedo evitar estrenar el pintalabios que me acabo de comprar aunque tenga otros siete empezados? Sí, lo sé, no me van a declarar la intelectual del año, pero soy feliz vendiendo felicidad.

—¡Lily, qué alegría!

—¡Cam, no te lo vas a creer! ¡Eres la primera a la que llamo, quería contártelo enseguida!

Escucho a mi amiga mientras paseo calle Rabassa abajo, camino del centro de la ciudad.

—¡Me lo ha pedido! ¡Me lo ha pedido!

—¿Quién te ha pedido qué?

—¡Bob, Bob me ha pedido que me case con él!

Justo lo que yo necesitaba hoy: una amiga derretida de amor con un pedrusco recién puesto en el dedo.

—¡Fue tan romántico! ¡Aún se me eriza la piel al recordarlo, y eso que pasó ayer! Pero en cuanto me he despertado, tras pellizcarme para estar segura de que lo que brilla en mi dedo es real, he cogido el teléfono para llamarte. ¿Ahí qué son, las cinco de la tarde?

—Las seis.

—¡Deja que te cuente, deja que te cuente! ¡Vas a alucinar!

Está tan feliz que su voz chillona suena histérica. A pesar de eso me habla en castellano: cuando conoces a alguien en un idioma, ya siempre te dirigirás a él en esa lengua. Es una especie de impronta. Lily y yo nos miramos a los ojos en primero de carrera en clase de conversación en español, y las dos supimos que seríamos amigas de por vida.

—Bob me dijo que le apetecía mucho ir al parque acuático de Long Island, compró las entradas más caras del delfinario, ¡las más caras, en primera fila! A mí me extrañó, porque a él nunca le han gustado mucho los peces, pero bueno, yo no tenía nada mejor que hacer un sábado por la mañana. Y agárrate fuerte, Cam, ¡agárrate fuerte!

Le hago caso y agarro mi bolso de Prada con saña: ha conseguido intrigarme.

—En pleno espectáculo, un delfín de esos amaestrados salta fuera del agua y se arrastra hasta llegar a mi silla. ¡De entre las mil personas que estábamos allí, el animalito se arrastra hasta detenerse delante de mí! Y entonces levanta esa boca tan graciosa que tienen y la apoya en mis rodillas... ¡Me estaba entregando el anillo que llevaba en el hocico! ¡¿Puedes creértelo?! ¡Era para mí! ¡¿Te lo puedes creer, Cam, el delfín llevaba en el hocico mi anillo?!

Conozco a su novio Bob. Le diría a Lily que lo mejor que puede hacer es casarse con el delfín.

—¡¿No te parece superromántico, Cam?!

Pero en lugar de decirle lo que pienso me pongo a llorar. Lloro, sin saber por qué, hasta que lo averiguo: sí, aunque sea una absoluta horterada, yo también quiero que un delfín me regale un anillo.

—Cam, ¿qué te pasa?

—No, nada...

—Pero... ¿por qué lloras?

—Es de felicidad, Lily, lloro por ti, me alegro tanto...

Esta noche tengo que darle una respuesta a Richard, y aún no sé qué decirle. Pero acabo de descubrir que yo también quiero que un delfín me regale un anillo. La feminista que habita en mi interior se da de cabezazos contra la pared mientras balbucea: «Caca, culo, pedo, pis..., caca, culo, pedo, pis...». Pero me da igual: quiero mi anillo.

—¡La siguiente eres tú, Cam! ¡Estoy segura! ¡Richard y tú hacéis una pareja maravillosa!

A las europeas les cuesta entender lo importante que es para una chica americana el modo en que un hombre te pida matrimonio. Desde niñas nos meten en la cabeza que debe ser algo de un romanticismo épico. Si no, ese hombre no te quiere lo suficiente. ¿Cómo lo hará Richard? Es un chico criado en el Upper East Side, organizará algo sofisticado y elegante. Nada de delfinarios en Long Island. Pero sabiendo lo mucho que me quiere, será algo inolvidable. Estoy segura.

—En cuanto tenga las invitaciones listas, te las envío a tu dirección de Barcelona. ¡Richard y tú no podéis faltar a la boda!

—Por supuesto, Lily..., allí estaremos. —Si no detengo este apocalipsis de nostalgia voy a estallar; es nostalgia de la peor clase: por algo que aún no ha sucedido—. Ahora tengo que dejarte, un beso enorme, me alegro mucho por vosotros.

En cuanto cuelgo me desmorono. Sollozo y camino. Sollozo y camino. Siento una pena enorme. De repente quiero volver a mi país, hincharme a crema de cacahuete, casarme, tener niños, que Richard los lleve al béisbol y me cuide de por vida... La macedonia de tópicos al completo. Maldito delfín.

—Al parque de la Ciutadella, por favor.

—¿Está usted bien, señorita?

El taxi huele a limpio, su conductor a buena persona.

—Sí, sí, no es nada..., se me ha metido algo en el ojo. Llévame al parque, por favor.

En toda la ciudad solo hay un ejemplar de roble norteamericano. He pasado horas junto a él, es mi rincón para pensar en Barcelona. Está entre la cascada y el estanque. Cuando llego, me siento en un banquito y, contemplándolo, intento tranquilizarme.

«Cameron, mantén la calma, dentro de dos horas hablarás con Richard y seguro que le das la respuesta adecuada...».

Poco a poco llega la serenidad, y con ella percibo el hambre. No he comido a mediodía por culpa de la ansiedad. Saco del bolso la ensalada de quinoa y wakame que preparé esta mañana antes de salir de casa. Me meto el tenedor en la boca, cierro los ojos y saboreo, intentando olvidarme del resto del mundo y de mi gran dilema.

—¿Sabías que comer directamente del táper provoca depresión?

Sobresaltada, me giro hacia el origen de la voz: desde el otro extremo del banco un morenazo me mira con unos ojos que parecen sacados de un anuncio de aceite de oliva.

—Vaya..., pues no, no lo sabía. ¿Tanta pena doy?

—Sí, un poquito.

Me sonríe como jamás me han sonreído en la vida. De repente tomo consciencia de que, por culpa de tanto llorar, tengo la cara hinchada y el rímel corrido: soy un oso panda atiborrándome de matojos junto a un príncipe azul que estornuda purpurina.

Quiero morir.

Mientras, la feminista que habita en mi interior sigue dándose cabezazos contra la pared.

—Yo soy David, ¿cómo te llamas tú?

—Cameron. Me llamo Cameron.

Y sin saber por qué, siento que acabo de encontrar el pendiente que había perdido y llevaba tanto tiempo buscando.

Marzo, 2020. Dos años antes de la desaparición de María

—¡Mil gracias, Cam! No tendrías que haberte molestado. —Coge la tarta de manzana que le ofrezco; tras ella está aparcado el precioso Aston Martin descapotable color *champagne* con el que se pasea arriba y abajo por Barcelona—. Vamos a la cocina y preparo un café, estoy deseando probarlo.

—¿Molestia? ¡Adoro los dulces!

—Puede que los adores, pero ni los pruebas. No tienes ni un gramo de grasa, estás estupenda.

Ese piropo solo me halaga si la que me lo dice está menos estupenda que yo. Y no es el caso.

—La que estás fantástica eres tú. Aún no me puedo creer que tengas una hija de catorce años. ¿La pariste en la guardería?

Eva se ríe. Es una muñequita perfecta. Asesinaría a las mujeres a las que pillas por sorpresa en casa subidas a la elíptica y siguen igual de sexys a pesar del sudor y los *leggings*. ¡¿Cómo lo hacen?!

—Te confieso que fue un accidente. Yo tenía veinte años, era una cría, pero bueno..., cosas que se hacen cuando estás enamorada. Si fuese ahora, ni loca. Tú no sabes lo que es tener una hija adolescente. Si me das a elegir, prefiero una colostomía.

—¡No me digas eso! —Ahora soy yo la que ríe—. ¡Mi marido y yo estamos buscando un bebé!

—Ni se os ocurra. Gastaros ese dinero en droga, lo disfrutaréis más.

Es guapa y simpática. Esas dos cosas juntas tendrían que estar prohibidas: los chicos solo deberían tener derecho a disfrutar de uno de esos dos atributos en una misma mujer. Todos los chicos, excepto el mío.

—¿Buscáis un niño o una niña?

—Yo prefiero una niña. A David le da igual.

—¿David es tu marido?

—Sí. Disculpa que aún no te lo haya presentado, pero trabaja mucho.

—Tranquila, habrá tiempo.

—Le comenté que te gustaba jugar al pádel. En cuanto estés instalada, me ha dicho que un día te vas con él al club y te presenta a la gente. Si por él fuera, jugaría todos los días, le encanta ese deporte. A mí no me haces coger una raqueta ni loca.

—Genial, dale las gracias de mi parte. ¿Está cerca?

—Aquí al lado. Es el Real Club de Tenis de Barcelona. Todos los días hay partidos, y siempre hace falta gente para completar equipos. Es una muy buena manera de hacer amigos..., especialmente hombres deportistas, solteros y ricos.

De nuevo nos reímos, pero no pica el anzuelo: sigue sin contarme nada sobre su situación sentimental. Más bien todo lo contrario.

—¿Cómo os conocisteis?

—¿Quiénes?

—Tú y David.

Me parece un poco brusca la pregunta, aunque quizás

sea porque yo también me muero de ganas por conocer su historia, pero no me he atrevido a indagar. Tan solo sé que es madrileña, no trabaja ni económicamente lo necesita, vive sola con su hija y se ha comprado el chalet justo enfrente del nuestro. Una de las casas más caras y exclusivas de Barcelona. Aunque la verdad es que en esta zona de Pedrales, todas lo son.

—Típica historia de chica conoce a chico: yo vine de Estados Unidos a mejorar mi español. Estaba un día en el parque de la Ciutadella y a David le apetecía ligar con una turista. Caí en sus redes, tonta de mí. La habitual guiri ingenua víctima de un *latin lover.* —Sonrío al recordar el que considero el día más maravilloso de mi vida.

—Hombres..., no hay quien los soporte..., pero qué haríamos sin ellos.

—Y que lo digas. Mira, yo soy de Boston, y allí tenemos el MIT. ¿Sabías que esos científicos tan listos han demostrado que soltarle a tu marido un «Te lo dije» equivale a diez orgasmos? Bueno, quizás no son diez sino cinco, y tal vez no era el MIT, pero da mucho gusto, eso seguro.

De nuevo reímos con ganas.

—Oye, no puedo parar de comer, ¡esta tarta está de vicio! Eres una artista, Cam.

Su piropo es sincero, lo noto. El café que ella ha preparado también está muy bueno.

—Podría mentirte y quedar fenomenal diciéndote que la he hecho yo, pero no sé ni freír un huevo. La compré en Santa Gemma, una pastelería del barrio. Tienes que conocer ese lugar, es increíble.

—En cualquier caso, mil gracias. Pero ya te lo he dicho, no tendrías que haberte molestado.

—En mi país traerle una tarta de manzana a los nuevos vecinos es una tradición. Si no lo hago, todos mis antepasados se revolverían en sus tumbas.

—¿Dices que eres de Boston? Tu español es perfecto, casi ni noto el acento.

—Gracias..., pero aún tengo que mejorar.

—Y acabas viviendo en Barcelona..., en la avenida Pearson. Qué pequeño es el mundo, ¿no crees?

—¿A qué te refieres?

—La de la inmobiliaria que me vendió la casa me dijo que ese tal Pearson era un ingeniero de Boston que hizo fortuna en Cataluña en el siglo XIX montando la red eléctrica. Y tú acabas viviendo al otro lado del mundo en una avenida que lleva su nombre.

—Pues la coincidencia no acaba ahí...

—¿No? Cuenta, cuenta.

Aunque ella es un poco hermética con su pasado, me apetece confesarle detalles de mi vida. La amistad se construye con confianza recíproca, y Eva me ha caído bien, no me importa ser yo la que dé el primer paso.

—Cuando David me trajo aquí para enseñarme su casa, estaba un poco nerviosa. Ya sabes, a ellos todo les da igual, pero para una chica la primera noche en la que tienes intimidad con un hombre... puede ser algo incómodo.

—Totalmente de acuerdo. Yo la primera vez necesito que sea con la luz apagada, hasta tener confianza en la cama. Ellos esas cosas ni las piensan, no las entienden.

—Justo a eso me refiero. Pues íbamos en el coche, subiendo por la avenida, y yo nerviosa pensando en el asunto, con dudas sobre si dar o no el paso... —Me ahorro el detalle de que esa noche perdí la virginidad: eso solo lo sabe mi marido, y aunque se niega a reconocerlo porque le gusta ir de moderno, sé que le encanta haber sido el primer y único hombre que ha estado dentro de mí—. El camino hasta aquí me pareció precioso, muy romántico: una avenida que nace en el corazón de Pedralbes, en zona urbana, pero que es larga, sinuosa, con cada curva va estrechándose y ascendiendo hacia la montaña, rodeada de casas hermosas con amplios jardines..., hasta morir en el puro bosque. Es Barcelona, pero me pareció que no estaba en Barcelona, sino en plena naturaleza.

Me emociono al evocar esa primera noche que David me trajo aquí.

—Sí, tienes razón. A mí también me sorprendió mucho este entorno tan natural dentro de Barcelona. Aún no he tenido tiempo de explorar la zona, pero la de la inmobiliaria me dijo que la avenida no tiene salida, es un *cul-de-sac* que muere en el parque natural de la sierra de Collserola.

—Exacto. Pues esa noche, rodeada por este entorno tan mágico, yo estaba nerviosa, y por hablar de algo, se me ocurre preguntarle a David cómo se llamaba la calle en la que estábamos. Avenida Frederick Stark Pearson, me responde. Tuvo que parar el coche, preocupado por mí al ver lo pálida que me había puesto.

—Te sorprendió la coincidencia..., claro, tú también eres de Boston.

—No, Eva. Yo no soy de Boston. Soy de una pequeña ciudad que hay cerca que se llama Lowell. Y Frederick Stark Pearson tampoco era de Boston: ¡él también nació en Lowell!

—Menuda casualidad...

—En mi pueblo es un héroe, fue un ingeniero que recorrió el mundo haciendo llegar la luz eléctrica a millones de hogares. Entre otros, a los de Barcelona, por eso le dedicaron esta avenida. El pobre murió junto a su esposa de una manera muy trágica: viajaban en el Lusitania para visitar a su hija, que vivía en Londres, y los submarinos alemanes hundieron el trasatlántico.

—Qué horror..., las guerras son terribles. Parece que conoces muy bien su vida.

—Mi padre era su biógrafo oficial en Lowell. Desde niña me estuvo contando las hazañas de Pearson por el mundo. Puedes imaginarte cómo me quedé cuando viajo al otro lado del Atlántico y el chico que me gusta tiene su chalet en una avenida dedicada al héroe de mi pueblo. Hasta entonces nunca había creído demasiado en el destino, pero... cuando escuché en su boca «avenida Frederick Stark Pearson», todas las dudas que podía tener sobre David desaparecieron. Sentí que era una señal..., y supe que él era el hombre de mi vida.

—Qué historia tan bonita, tan romántica... Ojalá a mí me sucediese algo así.

Creo que ya he creado el ambiente de confianza adecuado para preguntar:

—¿Tú... tienes pareja? ¿El padre de tu hija se reunirá con vosotras pronto?

El semblante le cambia. No, no es enfado. Ni tampoco se siente ofendida por la intromisión. Es tan solo dolor.

—Él murió.

—Vaya, lo siento... No debería haber preguntado, soy una idiota.

—Qué va, no te preocupes. Pasó hace mucho tiempo. La niña era tan solo un bebé. Desde entonces no he estado con nadie..., con nadie en serio, quiero decir. Es difícil olvidar.

Soy una bocazas. Intento arreglar el desaguisado.

—Tranquila, esas cosas suceden cuando menos te las esperas. Cualquier día estás sentada en un parque de Barcelona y se cruza en tu vida un *latin lover,* como me pasó a mí. —Le sonrío con cariño, con honestidad, y el dolor en su rostro parece menguar.

—Quizás en ese Real Club de Tenis conozca a uno de esos hombres ricos y solteros de los que me has hablado.

Aunque con lo mal que juego al pádel, fijo que antes lo dejo tuerto de un pelotazo.

De nuevo nos reímos. El nubarrón ha pasado.

—Me ha encantado la charla, Eva, pero tengo que irme.

—Yo también he disfrutado. —Salimos al jardín por la puerta de la cocina—. Ni te imaginas lo mucho que necesitaba hablar con una mujer adulta después de pasarme días discutiendo con una adolescente.

—Pues ya sabes, estoy al otro lado de la calle: si me necesitas, silba. —Es una broma, pero lo digo de corazón—. Además, parece que esa historia del coronavirus es más grave de lo que decían al principio. Si acaban confinándonos, vamos a tener que ayudarnos unos vecinos a otros.

—Sí, es verdad. Las noticias dan cada vez más miedo, está muriendo mucha gente.

—Es horrible, no sé cómo acabará esto... Pero pensemos en cosas más alegres. Como, por ejemplo, este jardín: ¡lo tienes precioso!

—Cam, hay dos tipos de mujeres: las que adoran las plantas... y las que tenemos cactus. —Me coge del brazo, cómplice—. Menos mal que el jardinero viene todos los días. Con una parcela tan grande, si no es por él, viviríamos en la jungla.

—Sí, en mi casa pasa lo mismo. Ni David ni yo tenemos tiempo para ocuparnos del jardín.

—¿A qué os dedicáis?

—Él es abogado. Yo *influencer* de moda.

—¡¿En serio?! ¡Voy a seguirte ahora mismo! —Saca el móvil del bolsillo de atrás de sus *leggings*; parece emocionada—. ¿Cómo te llamas en redes?

—Solo estoy en Instagram. Soy *Barcelona with Cameron.* Los *posts* están en inglés, mis seguidoras son todas americanas.

—Pero..., pero... —Conforme teclea en el móvil, los ojos se le abren como platos —. ¡Tienes tres millones de *followers*! ¡Eres famosa!

Intento disimular la hinchazón de ego: confieso que me pasa cada vez que veo esta reacción en una chica que disfruta con la moda.

—No, qué va, no soy famosa. En Estados Unidos hay *influencers* con muchas más seguidoras..., pero sí he de confesarte con cierto orgullo que muy pocas con tanto *engagement* como yo. —Dejo claro con un gesto burlón que el pavoneo es impostado—. Y lo mejor de todo es que en España no me conoce nadie, puedo llevar una vida anónima. Me gusta pasar desapercibida.

—No seas modesta, estas fotos son fantásticas... —Sigue mirando el móvil mientras paseamos sobre el césped acercándonos a la cancela—. Ahora mismo voy a darles un buen repaso a tus publicaciones, adoro la moda.

—Bueno, me halagas... Se me acaba de ocurrir una idea. Con esta rosaleda tan bonita de fondo, ¿te apetece que nos hagamos un selfi y lo subo a *Barcelona with Cameron*? Te prometo que soy una buena amiga, no una arpía traicionera: repetiré la foto hasta que *las dos* salgamos guapísimas.

A pesar del tono bienhumorado de mi propuesta, lo noto al instante: en su cara hay miedo.

—¿Con estas pintas? No, ni loca...

Es una excusa. No entiendo muy bien la razón, pero mi proposición le ha desencajado el rostro.

—No insisto, pero que conste que con ese *look* deportivo estás tremenda.

—Gracias, qué amable eres. —Parece recuperar la presencia al ver que no me pongo pesada con lo de la foto.

—Bueno, Eva, ya sabes, si necesitas cualquier cosa, estoy enfrente. —Intento mostrar naturalidad, hacer como que no me he dado cuenta de lo raro que ha sido lo que acaba de suceder.

—Lo mismo digo. Y gracias por la tarta. Cuando llegue mi hija del cole, seguro que arrasa con ella.

—Estoy deseando conocerla.

—Y yo a tu marido.

Nos abrazamos y me da dos besos. Besos de verdad. Piel con piel. No esos besos al aire que tanto odio. Vuelve a ser la vecina cálida y amable a la que conocí la semana pasada por pura casualidad al coincidir las dos en la puerta de nuestros respectivos chalets.

En cuanto salgo a la calle saco mi móvil. Entro en Instagram. Como me ha seguido en mi cuenta, localizo a Eva enseguida. Perfil abierto, su foto, una orquídea. Y la extrañeza que he sentido hace escasos segundos se reaviva: no tiene ni un solo *post* en el que aparezca su rostro. Hay paisajes, obras de arte, flores, muebles con clase, suculentos manjares... Y cuando quiere enseñar un bonito vestido, se las ingenia para que su cara no se vea en la imagen. No es normal que una mujer joven, atractiva, con buen gusto, no quiera aparecer nunca en su Instagram. ¿Por qué le asusta a mi vecina salir en una fotografía? ¿Por qué una madrileña sin pareja y que no trabaja se ha venido a vivir a Barcelona? Eva es un encanto, pero un sexto sentido me dice que hay algo extraño en su actitud. Un sexto sentido al que intento no hacerle caso: últimamente no hace más que traicionarme.

Cruzo la avenida Pearson, que a estas alturas de Pedralbes es ya tan solo una callecita, y entro en el chalet. Recojo el correo del buzón y mientras atravieso el jardín ojeo las cartas. Intento no pensar en lo que acaba de suceder, quitarle importancia a mis sospechas. Desde hace unos meses no me fío de mí. Entro en casa. Mister Cohen está en el recibidor esperándome. Restriega su cuerpo contra mi pantorrilla.

—¿Me has echado de menos, cariño mío?

De pie, mientras siento su ronroneo sobre mi piel, abro uno de los sobres del correo. Es de SteelShield, la compañía de seguros con la que tenemos todas las pólizas. Rasgo el cierre y saco un folleto que parece de publicidad.

—*My... my God.*

Me falta el aire. Pero a la vez siento que estoy hiperventilando. Esto no puede ser real. Esto no puede estar pasando. Empiezo a marearme, todo me da vueltas.

—*That's not possible...*

Lo que sostengo no es un folleto publicitario. Es una fotografía. En la imagen que tengo frente a mí aparece mi marido. Besándose con una mujer que no soy yo.

—Hijo de puta...

Están en lo que parece ser el reservado de un restaurante, y no son conscientes de que les fotografían. David lleva una camisa que se compró el año pasado, la imagen es por tanto reciente. La cara de ella no se ve, está en escorzo. Pero sí se intuyen unos rasgos hermosos y morenos. En el cuello luce un lunar.

—*Keep calm..., keep calm..., this is not real.*

Mis manos contradicen a mi cerebro: están temblando. Tanto que la fotografía y el sobre caen al suelo, junto con el resto del correo. Estoy sufriendo un ataque de pánico. Otra vez. Se me ha secado la boca, pero sudo mucho. Necesito beber agua fresca. Tambaleándome, camino hasta la cocina, con el corazón latiendo con tanta fuerza que siento que va a reventarme el costillar. La opresión en el pecho es horrible.

—*My goodness!*

En cuanto abro la puerta de la cocina, el espectáculo que se desparrama ante mí me aterroriza.

—*Christ!*

Hay sangre por todas partes. Pero mi visión túnel se

concentra en un punto muy preciso: una mujer desnuda está sentada en el suelo de la cocina, con la espalda apoyada contra uno de los armarios. Su cuerpo, joven y desmadejado, tiene una coloración tumefacta. Un tajo horrible surca su cuello de lado a lado. Ha sido degollada. No puedo verle el rostro, porque tiene la cabeza cubierta con una bolsa de supermercado.

—*This is not real...*, *this is not real...*

Todo se oscurece a mi alrededor a la velocidad a la que el plomo absorbe la luz. Caigo de rodillas llorando, entre espasmos, presa de la ansiedad. Cierro los ojos temblorosa, todo me da vueltas. Y de repente siento cómo alguien me aplica por detrás con mucha fuerza un paño húmedo contra la cara. Forcejeo, pero muy poco tiempo, porque enseguida pierdo el conocimiento.

—Princesa, ¿cómo te encuentras?

David me cachetea con suavidad la mejilla para espabilarme.

—¿Dó..., dónde estoy? ¿Qué ha pasado?

—Estás en casa. Tranquila. Te desmayaste en la cocina. Cuando llegué del despacho y te encontré tirada en el suelo, casi me muero del susto.

Sentado en el borde de nuestra cama me acaricia el pelo. Mi cabeza reposa plácidamente sobre la almohada, pero por dentro el centrifugado arranca de nuevo en cuanto la conciencia se reactiva.

—Tú..., tú me has engañado. ¡He visto la foto, he visto la foto! ¡Y a la chica muerta!

—Cariño, por favor, tranquilízate. Estás muy estresada y...

Sin hacerle ni caso, salto de la cama y corro hacia la cocina.

—¡Cam! ¡¿Dónde vas?! ¡Debes descansar, has sufrido un desmayo!

Abro la puerta y frente a mí tan solo veo nuestra fantástica cocina Scavolini impoluta, perfecta. Ni rastro del cadáver de la chica, ni rastro de los charcos de sangre.

—Cameron, por favor, debes tranquilizarte. —David me toma por los codos; nota que estoy temblando—. Esto no puede seguir así.

—Estaba ahí, yo la vi, yo la vi..., alguien me atacó, por detrás...

Me envuelve con su cuerpo grande y fuerte. Pero su abrazo, aunque reconfortante, no es capaz de aliviar el terrible dolor de cabeza que siento. La opresión en mis sienes. El mareo intenso.

—Me estás engañando, he visto la foto, he visto la foto.

—Pero ¿de qué hablas?

Me desprendo de él con un empujón sólido y corro hasta el recibidor. El correo está en la cesta, donde lo dejamos siempre. La única carta abierta es la de nuestra aseguradora, SteelShield. Sobre ella está el folleto.

—¡Esta es la prueba de que no estoy loca! ¡Esta es la prueba de que eres un cabrón!

Cojo de un zarpazo el papel y al darle la vuelta contemplo la imagen: como esperaba, aparecen un hombre y una mujer besándose en un restaurante. Pero son dos ancianos. Es publicidad de un seguro de vida y decesos.

—Has cambiado la foto, has limpiado la cocina..., te has deshecho del cadáver de esa chica..., han pasado horas, ya es de noche, te ha dado tiempo a todo...

Caigo de rodillas, anegada en lágrimas.

—Princesa, por favor, deja que te cuide.

David me recoge del suelo y, en brazos, me lleva hasta el salón. Me acomoda en el sofá y se sienta a mi lado.

—Esto no puede seguir así, necesitas ayuda.

—No estoy loca..., vi la foto, estabas con esa mujer, besándote, en el restaurante..., y vi el cadáver en la cocina...

—En esta casa no hay ningún cadáver. —Me acaricia el pelo—. Yo no digo que estés loca, cariño. Pero tu cabeza te está traicionando. Y cada vez es más grave.

—¿Me has engañado? —Quiero abrazarle, pero a la vez quiero salir corriendo, huir de él—. ¡Contéstame, por favor! ¡¿Me has engañado con otra?!

—Por supuesto que no te he engañado. Eres el amor de mi vida..., y estoy muy preocupado por ti. Llevas meses con mareos, te desorientas, oyes voces que solo están en tu cabeza, tienes ataques de pánico... El otro día llorabas como una niña porque decías que habías visto una sombra dentro de casa y creías que nos acosaba un intruso.

—Fue muy extraño, sentí que había alguien... Quiero que instales cámaras y alarmas.

—Sí, tranquila, ya he pedido presupuesto. Pero el problema es precisamente ese, tus sensaciones. Aquí no había nadie, registré el chalet de arriba abajo. Está todo en tu cabeza.

—Yo nunca me había sentido así, en mi vida..., pero desde hace unos meses...

—Con la edad cambiamos. Esto se te ha despertado ahora, y tenemos que buscarle solución. No le hemos dado importancia, pero creo que debemos ir a que te vea un especialista.

Me da un beso que consigue calmarme.

—Voy a prepararte una infusión, te relajará. Ahora túmbate y descansa.

Apaga las luces del salón, que queda en penumbra. Sigo sintiendo una enorme presión en las sienes. Echo la cabeza atrás y cierro los ojos. Poco a poco el ritmo cardiaco se normaliza. David tiene razón: necesito ayuda. Desde hace meses mi cabeza no funciona como solía. Tengo migrañas, ataques de ansiedad, me pierdo por Barcelona yendo a sitios que sé perfectamente dónde están, oigo voces que me susurran cosas incomprensibles, veo a mi padre por todas partes, conduciendo el taxi al que acabo de subir, reponiendo en el supermercado... Pero lo de hoy es la gota que ha colmado el vaso. Estoy asustada, y lo más terrible es que el miedo no viene de fuera. Por eso no puedo escapar de él. Vaya donde vaya, me acompaña. Porque es dentro de mí donde hay algo estropeado. Soy yo la que me doy miedo.

—Ven con mami, cariño.

Mister Cohen me observa desde el vano de las puertas del salón. Completamente estático. Yo estoy en penumbra, pero a él le ilumina la luz del recibidor.

—¿No quieres venir con mami?

Qué es..., qué es eso que..., qué tiene mi gato en... El corazón se me encabrita de nuevo. Lleno de pavor.

—¡Mister Cohen! ¡Ven aquí!

Como siempre hace cuando le grito, se da la vuelta con mucha calma y sale al jardín por la gatera de la puerta principal. No volverá hasta mañana. O quizás hasta pasado, si encuentra una hembra receptiva a sus encantos.

—Todo está en mi cabeza, todo está en mi cabeza...

Me repito el mantra, entre lágrimas: «todo está en mi cabeza». Necesito ayuda. Porque todo está en mi cabeza. Incluidos los bigotes manchados de rojo sangre que acabo de verle a Mister Cohen.

TU POSTAL SECRETA

Mientras me cantan cumpleaños feliz nunca sé qué decir ni qué cara poner. Todo el mundo me sonríe pero yo solo quiero que la canción acabe... ¡Siento tanto estrés que cumplo un año y envejezco tres!

Tu Postal Secreta
Apartado de correos 32224
08080 BARCELONA

Marzo, 2022. Dos semanas antes de la desaparición de María

Siempre estoy esperando a que anochezca. Por eso en invierno todo es más fácil. El sol se pone antes. Además, la gente no tiene tantas ganas de vivir. Eso me ayuda a respirar. Eso lo vuelve todo más sencillo.

—No me esperes despierto, Mister Cohen. Pero guarda el castillo.

Cada noche salgo de mi pisito alquilado de la calle Dalmàcia y camino hacia el monasterio. No soy religiosa, antes nunca iba a la iglesia, pero ahora, algunas mañanas que paso por aquí, entro en el claustro y rezo. Primera lección aprendida desde que empezó todo esto: lo mejor para volverte una persona más humilde es un poquito de sufrimiento.

Bajo por el empedrado medieval, frente al convento de Pedralbes, y no tardo en alcanzar el arranque de la avenida. Tomo la acera de la derecha y empiezo a ascender. En una zona residencial como esta, y ya de noche, no se ve ni un alma, pero cruzarme con alguien conocido me da pánico. Moriría de vergüenza.

«Ahí va esa pobre chica... Hay que ver, con lo mona que era y en qué se ha convertido».

Cuando la avenida ya es poco más que un camino estrecho sin aceras, llego a destino. Mi mirada está focalizada en el pedazo de asfalto que voy a pisar a continuación, nunca más allá, pero sé que me acerco porque mis latidos se aceleran. Es como si la densidad de David ejerciese una atracción capaz de desajustarme el corazón: él está cerca, y por la inapelable ley de la gravedad, yo me desplomo hacia el horizonte de sucesos.

Saco las llaves, miro arriba y abajo para asegurarme de que no hay nadie observando, y abro la cancela de la que fue mi casa. Por suerte no hay alarmas ni cámaras. Mi exmarido se compró uno de los chalets más exclusivos de Barcelona, pero nunca ha temido un asalto. Todos le decían que estaba loco, pero él es un hombre alto, fuerte, muy seguro de sí mismo. Y nunca nos pasó nada. Ya se sabe: la fortuna sonríe a los valientes. Recuerdo que David bromeaba con que, si una banda albanokosovar entrase a robarnos, les haría frente con el tenedor y el cuchillo con el que se estaba comiendo el pollo de la cena. Si se ponían duros, a lo mejor hasta cogía la raqueta de pádel. Eso era algo de él que me encantaba. Su virilidad primitiva, muy masculina, me hacía sentir segura. Y a la vez no me incomodaba, porque siempre era capaz de disfrazarla con una sonrisa elegante o una broma.

El enorme jardín se ve un poco descuidado. Ahora que la propiedad está cerrada, tan solo vienen a arreglarlo una vez al mes. El agua de la piscina se ha puesto verde. No necesito encender la linterna del móvil para orientarme. Conozco cada planta, cada árbol. Llego a la puerta trasera del chalet, entro con sigilo. Ya nadie puede descubrirme. Está muy oscuro. La memoria olfativa de la casa, como en cualquier espacio donde han sucedido cosas, se me mete muy dentro. Y me asusta. Voy a la cocina. Al lugar donde empezó todo. Al epicentro del dolor.

Me siento en el taburete que hay frente al ventanal.

Dejo sobre la encimera la botella de vino y la copa que siempre traigo en la mochila. ¿Seré capaz de controlarme esta noche? Si la familia tiene una velada tranquila, quizás sí. Pero si veo a la pareja haciendo el amor, seguro que no. La tortura entonces se vuelve demasiado intensa. David siempre fue muy discreto con esas cosas, pero a ella le gusta hacerlo con la persiana subida y las cortinas abiertas. Seguramente, le da morbo ese exhibicionismo controlado: sabe que solo pueden verlos desde la casa de enfrente, pero la casa de enfrente es de su marido y ahora está cerrada. Por eso incluso enciende la lámpara de su mesilla de noche. Cuando veo el punto de luz en medio de la oscuridad, y a ella en su centro, desnuda, a horcajadas sobre David, gozándolo..., no puedo controlarme. Abro la botella y empiezo a beber. Poco a poco, sin prisas. En la oscuridad de una casa deshabitada, bebo y observo, en silencio. Esa de ahí enfrente podría haber sido mi vida.

«Aún hay esperanza, no todo está perdido... Un día se dará cuenta de lo mucho que me quiere y volverá conmigo..., no todo está perdido». Cuando ya de madrugada agonizo avenida Pearson abajo, camino de casa, repito una y otra vez mi salmodia. «Aún hay esperanza, no todo está perdido, algún día volverá conmigo».

Segunda lección aprendida desde que empezó todo esto: a veces llamamos *esperanza* a lo que no nos atrevemos a llamar *consuelo.*

Tengo treinta y un años, y ya no soy una mujer deseable. Cuando el atractivo físico de una chica joven se esfuma de repente y su marido sabe que ahí fuera puede encontrar algo mejor, todo se va al traste. No es justo, pero nadie dijo que este mundo lo fuese.

Abro los ojos cuando Mister Cohen se pasea por mi almohada y con el rabo me da golpecitos en la cara. Hace tanto tiempo que ningún ser humano me toca que la calidez de su pelaje contra mi piel me parece el paraíso. Son ya las doce del mediodía. Me despierto tarde por culpa de la medicación. Por culpa de la medicación y de que cada noche llego a casa de madrugada.

Con andar pesado me arrastro hasta el cuarto de baño. No me gusta lo que veo en el espejo, quizás por eso no me reconozco de inmediato. Tardo un poco. El mundo se ha vuelto un lugar muy lento. La vida evoluciona a mi alrededor con una cadencia submarina. También dentro de mí. Hace dos años fui diagnosticada con esquizofrenia paranoide. Lo sé, suena mal. La realidad es aún peor.

Supongo que existe una clase de hombre capaz de relativizar que su divertida y hermosa esposa, una veinteañera con la que se casó para fundar una familia, se haya transformado de sopetón en una señora medio sonámbula que ha engordado cuarenta kilos, sin apetito sexual, de piel grasa, con la cara hinchada y el pelo prematuramente encanecido. Supongo que existe esa clase de hombre. David no pertenece a ella. Y no puedo echarle nada en cara: a mí nadie me engañó. Supe cómo era desde el principio. Y me encantó, caí rendida a sus pies, me enamoré. No solo era un tiburón en lo profesional, también lo era en lo personal. Eso lo vi enseguida. Pero me gustó, porque yo era la elegida. La que se había llevado el premio gordo, la que había conseguido conquistarlo para que sentase la cabeza, la que entraba cogida de su brazo en un restaurante chic de Barcelona y despertaba la envidia de todas las mujeres.

Sí, adoraba todo eso y ahora estoy pagando las consecuencias. Aposté fuerte y perdí, no tengo nada que reprocharle a nadie, salvo quizás a mí misma.

Al principio él estuvo a mi lado. Me apoyó, no echó a correr cuando mi cuerpo empezó a transformarse por culpa de las pastillas. Intentaba animarme. Pero un día Paul nos informó de algo que sentenciaría mi matrimonio: «Cameron, con la medicación que estás tomando no deberías quedarte embarazada. El feto podría sufrir malformaciones». Voy a tener que tragarme cada día esas cinco pastillas de diferentes colores por el resto de mi vida. Nunca seré madre. Mi marido decidió que semejante piedra al cuello era demasiado pesada para él. Por eso la acarreo yo sola. Y me asfixia.

David pertenece a una de esas estirpes de Barcelona que ha tenido poder toda la vida. Son siempre los mismos, desde siempre. En esta ciudad hay una docena de apellidos burgueses que llevan siglos controlándolo todo, y mi marido lleva dos de esos apellidos. Ni él ni su familia se plantearon jamás que el heredero pudiese ser un niño adoptado. Porque esos apellidos te abren todas las puertas, pero solo si son apellidos de sangre. ¿David presentando en sociedad a un bebé con rasgos orientales, africanos, andinos? Ni hablar. Descartado. Eso sería aún peor que si se hubiese casado con una charnega. Así de extrema es Barcelona. Tan cosmopolita, tan pueblerina. Tan sofisticada, tan paleta. Quizás por eso me sigue pareciendo una ciudad irresistible.

Tuve que cerrar mi Instagram. No di ninguna explicación, un día sencillamente *Barcelona with Cameron* desapareció. Fue difícil para mí, no solo había trabajado mucho hasta llegar arriba, además era un gran negocio. Pero disimular mi transformación física y anímica habría sido aún más doloroso. Explicar lo que me estaba pasando, inviable. Las pocas que lo han intentado en circunstancias parecidas a las mías reciben frases preciosas y motivantes de sus seguidoras, pero inexorablemente el *engagement* baja y baja conforme el tiempo transcurre: no puedes ser una *influencer* de moda cuando la ropa ya no te sienta bien y ninguna de tus seguidoras quiere parecerse a ti. La lástima no funciona a largo plazo. Nunca. Con nadie. Con nada.

Ahora sé que mi éxito en las redes se basaba en algo muy frívolo, y todo lo frívolo es endeble. Se desploma con la misma facilidad con la que surge. Al amor de David por mí creo que le pasó exactamente lo mismo. Eva tan solo estaba ahí. Al otro lado de la calle. Una mujer hermosa, inteligente, alegre, de buena crianza. Tampoco a ella le reprocho nada. En el confinamiento pasaron mucho tiempo juntos mientras yo vegetaba por la casa adaptándome a una medicación que había que ajustar y me dejaba zombi. Mi marido se dio cuenta de que deseaba otra cosa, alargó el brazo y la cogió. Como le han enseñado a hacer desde niño. Eva estaba sola y necesitada de amor. Se dejó querer, es comprensible. Yo tal vez habría hecho lo mismo en su lugar.

Nunca desayuno. Chándal amplio y cómodo, con gafas de sol. Elijo una de mis gorras, me la encasqueto y, por encima, los cascos Apple. Max Richter. *On the Nature of Daylight.* En bucle, durante horas. Salgo a la calle dispuesta a cruzarme Barcelona andando, como todos los días. Tengo trabajo que hacer, mucho. De lunes a domingo. Si no fuese por eso y por Paul, estaría ya muerta. Bajo por Diagonal observando cómo camina la gente. Siempre lo hago. Las caras engañan, la manera de andar no. Lo dice todo de ti. Caminas como eres, eres como caminas. En paseo de Gracia cruzo frente a los escaparates de ropa de las grandes marcas que antes me imantaban durante horas, pero ahora ni les presto atención. Kafka lo dijo mucho antes y mucho mejor que yo: creemos que caminamos cuando en realidad caemos.

Mientras estuve en la cumbre, no podía ni imaginarme el sufrimiento de muchas chicas de mi edad. La invisibilidad. Entrar en un sitio y que ningún hombre te mire. Nunca, ninguno. Hagas lo que hagas, por muchas horas que le dediques a estar guapa. La invisibilidad. No podía ni imaginarme lo mucho que contribuía a mi autoestima saber que, al cruzarme con un chico por la acera, él giraría la cabeza para contemplarme a gusto. Ahora que no lo tengo, sé lo importante que era eso. La invisibilidad es atroz, te vuelve absolutamente vulnerable. Ya no soy atractiva, ya no me miran. No soy deseable. Cuando tienes mi edad y te has vuelto de repente una mujer invisible, nada importa. Por mucho que te repitas que la vida tiene otros mil estímulos apasionantes, nada importa. Ni tu carrera profesional, ni tus amigos, ni el arte, ni la familia, ni el empoderamiento feminista... Si eres una mujer en edad reproductiva y te has vuelto invisible, nada importa. Y así cruzo Barcelona entera. Yendo al trabajo, escuchando *On the Nature of Daylight,* sintiéndome profundamente desgraciada por ser invisible. Sintiéndome una imbécil egoísta que no se ha dado cuenta del sufrimiento que esto implica hasta que no me ha pasado a mí. Pero, sobre todo, cruzo Barcelona buscando a una mujer morena y hermosa con un lunar en el cuello. Una mujer que vi besando a mi marido y ni siquiera sé si existe.

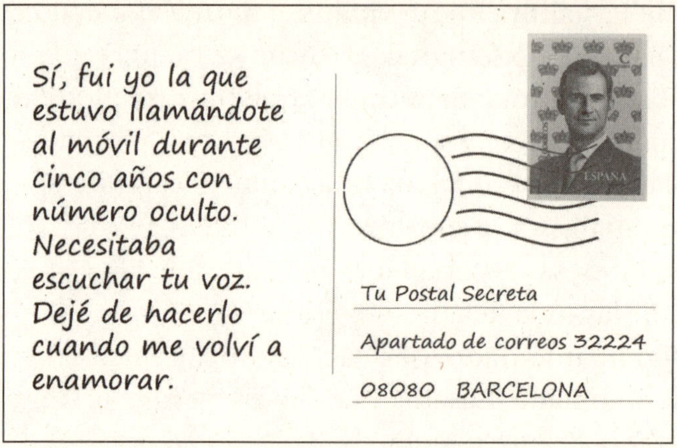

Si tienes un secreto que nunca le has contado a nadie, pero quieres que el mundo conozca, has dado con la persona adecuada. Anótate mi dirección y envíame una postal. Confidencialidad garantizada. De hecho, quizás mi única utilidad en esta vida sea ya tan solo esa: guardar secretos contándoselos al mundo.

—¿Qué tal ha ido la semana, Cameron?

Paul siempre me llama por el nombre completo. Nunca lo abrevia.

—Sin novedad en el frente. Paseando y leyendo.

Del dolor puede surgir algo hermoso. Las flores de estercolero también tienen fragancia. Así nació *Tu postal secreta.*

—Me gusta que hagas ejercicio y te cultives. Pero decidimos que debías buscar alguna actividad con la que socializar. No puedes pasarte el día sola, andando por Barcelona escuchando en bucle música triste y leyendo en un banquito junto a un roble americano. Sabes que eso no te hace bien.

Ni siquiera a Paul le he contado en qué trabajo. Me duele mentirle, sobre todo porque, además de buen médico, es muy buena persona. Pero aparte de nuestra sesión de psicoterapia semanal, esas postales son la única intimidad que hay ahora en mi vida. Sus remitentes han confiado en mí, no puedo traicionarles.

—Tienes razón. Te prometo que buscaré algo que hacer..., para conocer gente.

—Perfecto, pero pasa a la acción. No caigas en la parálisis por análisis. Y mientras avanzamos en ese camino, una opción interesante sería empezar a escribir esa novela con la que llevas toda la vida soñando.

—Lo he intentado, pero no puedo..., tengo siempre la cabeza embotada. Las ideas no fluyen bien, aquí dentro va todo como a cámara lenta.

—Tranquila, es normal. Ya sabes que es un efecto secundario de la medicación. Pero a pesar de eso deberías intentarlo. —Sonríe, acogedor—. Recuerda que esa novela es la razón por la que dejamos de tener esta charla semanal en inglés.

Es mi médico gracias a su excelente currículum, pero también porque el doctor Paul Bernstein es de Nueva York. Nació en Brooklyn, calculo que hace unos cuarenta y cinco años, aunque quizás sean más, porque tiene uno de esos físicos a lo remero de Oxford que a los hombres interesantes les hace parecer más jóvenes. También viste muy inglés. Su padre es rabino, y por lo visto le presionó tanto en temas religiosos que a los dieciocho años Paul se cogió un año sabático para recorrer Europa. Ya nunca regresó a casa más que para visitar a su madre, a la que sigue muy unido. Se enamoró de una barcelonesa, estudió aquí la carrera, se casó y actualmente es el jefe de Psiquiatría del Hospital del Mar. Un día le pregunté si no echaba de menos Estados Unidos.

—¿Un país en el que el Congreso aprobará cualquier día una ley para prohibir que los niños usen armas de fuego con piezas pequeñas que puedan tragarse accidentalmente? No, gracias. No echo de menos ese país.

Yo sí echaba de menos ese sentido del humor tan neoyorquino.

—¿Ponerme a escribir la novela... ahora? Siento que no es el momento, Paul. Ese libro es para mí muy importante..., es un sueño, como el de ser madre. Por culpa de las pastillas nunca tendré un hijo, no quiero que también estropeen mi novela. Entonces..., entonces no me quedaría nada.

Ahora quiero llorar, pero no puedo. Las píldoras hacen eso. Me taponan por dentro. Nada fluye en mí. Es muy raro, no me gusta. Como estar bañándote en el mar y no sentirte mojada.

—Esos pensamientos tan derrotistas, en primer lugar, no te ayudan, y en segundo lugar, son incorrectos. Conforme vayas estabilizándote, podemos probar a reducir la medicación, o a cambiártela. Te quedan por delante quince años de fertilidad, no tienes por qué renunciar a tu sueño de ser madre. Y mucho menos al de ser escritora. Pero incluso en el caso de que no tuvieses hijos, eso no implica la imposibilidad de una vida plena.

—Sí, lo sé..., es solo que...

Poco a poco mi lamento va muriendo.

—¿Esta semana ha habido alguna visita?

Me sonríe. Es el eufemismo que hemos pactado para referirnos a los brotes psicóticos, en mi caso fundamentalmente voces y alucinaciones visuales.

—Nada. Estoy limpia. —Le devuelvo la sonrisa.

—Eso está muy bien... —Meticuloso, anota con su Montblanc algo en mi ficha—. Llevamos ya casi un año sin visitas. Sé que la medicación ha afectado a tu calidad de vida, pero está funcionando.

—Bien por ella. ¿Nos tomamos una cervecita para celebrarlo? —De nuevo le sonrío, socarrona.

—¿Cómo llevas ese tema?

—Mejor. Esta semana solo he bebido... una vez. —Mi voz y toda mi gestualidad se avergüenzan.

—¿Donde siempre?

—Sí. Sigo yendo cada noche.

Se reclina en su sillón. Suspira, parece un padre comprensivo al que una hija adolescente frustra.

—¿Por qué lo haces, Cameron? ¿Por qué vas allí cada noche?

—Porque sigo enamorada de él.

—Pero eso te genera dolor.

—Bienvenido a mi país.

Es médico, y de los buenos, debería saberlo: la depresión puede ser una forma de vivir. Una forma de pasear por el mundo recorriendo las riberas de uno mismo.

—Dudo mucho que eso que sientes por David se pueda calificar de amor. Creo más bien que es una dependencia emocional. La pena puede parecerse mucho al miedo... y el miedo puede parecerse mucho al amor.

Lo que ha dicho, en efecto, me asusta. Porque me aleja de uno de los pocos asideros que me mantienen con vida. Por eso reacciono a la defensiva.

—No siento ni pena ni miedo. Tan solo le quiero.

—Esto ya lo hemos hablado muchas veces, pero podemos volverlo a trabajar si quieres —me dice comprensivo—. No dudo que tú le quieras, porque tienes un corazón generoso lleno de bondad. Pero te aseguro que él no está enamorado de ti. De hecho, dudo que alguna vez lo haya estado.

—¿Por qué... por qué dices eso? —Siento cómo mi boca se seca; la lengua me parece ahora papel de lija.

—Las personas nos definimos por lo que hacemos, no por lo que decimos. Y el comportamiento de David refleja una falta total de empatía, comprensión y simple humanidad.

—Eres muy duro con él.

—No lo creo. David es un narcisista, ese tipo de personas solo se quieren a sí mismas. En el fondo, lo que deberías sentir por él es lástima, con ese nivel de egoísmo nunca amará de verdad. Si estás tan obsesionado con tu yo, no puedes entrar en el yo de nadie más. Y en eso consiste enamorarse.

—No..., no..., la culpa fue mía..., no puedo darle un hijo..., las pastillas me han hinchado, estoy fea, ya no soy alegre como antes..., mi ingenio se ha esfumado... junto con mi libido...

—Cameron, para, por favor. No te hagas eso. No te lo mereces. El amor es otra cosa.

—Te equivocas..., yo sé lo que siento...

—El amor no es una hoja Excel donde anotas debe y haber. Nadie que te quiera así te quiere de modo honesto, porque el amor es ante todo generosidad. Generosidad y verdad, rasgos que David no tiene y a ti te sobran. No hay amor sin generosidad y verdad. Duele, da miedo, pero es el único camino. Cualquier atajo que tomes, puedes llamarlo como quieras, pero no es amor.

Su equilibrio me abruma. Pero me equilibra a mí, porque es contagioso: poco a poco, me siento más y más avergonzada por anhelar todavía a un hombre que es indigno de mí y de cualquier mujer que se valore mínimamente. Paul parece leerme la mente.

—La esquizofrenia es una enfermedad muy biológica. No tienes nada de lo que avergonzarte, como no te avergüenzas de tu color de ojos o de tu estatura.

Incapaz de sostenerle la mirada, tampoco quiero humillar la mía. Por eso giro el rostro y me observo en el soberbio espejo que hay colgado en el salón de este piso señorial de la calle Balmes, donde Paul montó hace diez años su consulta privada.

—La noche que bebiste, ¿tuviste alguna ausencia?

—No, tan solo me desmayé... Amanecí en el suelo de la cocina, me había acabado la botella de vino.

—¿Te hiciste daño al caer?

—No, estaba bien. Bueno, el dolor de cabeza habitual. Y el zumbido en las sienes.

De nuevo suspira.

—Sabes que lo del alcohol tiene que acabar. La interacción con la medicación es peligrosa.

—Sí, lo sé... Intentaré controlarlo.

—¿El chico inAmorAti hizo acto de presencia? —Para relajar el ambiente alza las cejas y pone una boquita de piñón muy cómica—. Quizás debamos darle una oportunidad a ese hombre misterioso.

Me guiña un ojo con mucha gracia.

—Sí. Esta semana apareció en el radar.

—¿Y esa sonrisita?

—Bueno..., no te voy a negar que me hace ilusión poder gustarle a alguien. Pero su foto de perfil es un piano de cola, lo cual significa que es un cincuentón con barriga y calvo que lleva a sus espaldas dos divorcios y tres hijos.

—O quizás tan solo significa que le gusta la música clásica. Y aunque fuese como tú dices, si ese cincuentón calvo y con barriga está dispuesto a quererte con generosidad y con verdad, yo creo que habría que darle una oportunidad. Él le dio al *match,* ¿por qué no haces tú lo mismo y así al menos podéis escribiros en la aplicación? No te compromete a nada.

Como me negaba a hacer ninguna actividad para socializar en el mundo real, Paul me aconsejó que al menos me descargara alguna aplicación para conocer gente. A desgana, elegí inAmorAti, tan solo porque el nombre me hizo gracia; los juegos de palabras combinando tres idiomas siempre me han gustado. Antes, cuando era deseable, pensaba que las mujeres que estaban en esas webs eran unas perdedoras. Jamás se me pasó por la cabeza que yo acabaría en una. Y menudo baño de humildad: solo me ha *matcheado* un hombre. De entre los cientos de miles de machotes que hay en Barcelona con la testosterona saliéndoseles por las orejas, solo un *match*. Todo un éxito. Me siento como una surfista en Bolivia.

—De momento no me apetece que me escriba.

—¿Por qué?

—Querrá conocerme, en persona.

—¿Qué hay de malo en eso?

—Sé que le decepcionaré... A nadie le gusta llegar a una fiesta en la fase ceniceros desbordados, suelo pegajoso, me tiro a esa gorda porque es la única que queda consciente.

—No hables así de ti, por favor.

—¡Pero si es verdad! Cuando un hombre busca a una mujer, eso es lo que ve en mí.

—No voy ni a molestarme en discutir lo que acabas de decir, ya lo hemos hecho en muchas ocasiones. Eres una mujer maravillosa, y el hombre que no sepa verlo, peor para él. En cualquier caso, me alegra que inAmorAti te haya generado una ilusión. Aunque sea pequeña, esos avances son importantes.

—Ya ves tú..., cosas de Internet: la joven rusa que quería conocerte se casa con el empresario nigeriano al que no quisiste ayudar.

Suelta una carcajada muy fresca. Los rizos de su pelo trigueño vibran con la risa.

—Nunca pierdas esa chispa, es tu mejor medicina. —Coge su taza y se acaba el té—. Freud decía que la única cura auténtica a la neurosis es el humor. Porque las risas son como un trauma, pero al revés.

—¿Un trauma en positivo?

—Eso es. Solo ellas son capaces de limpiar a fondo nuestra mente y desinfectarla cuando esta se ensucia con pensamientos oscuros. No hay higiene mental sin risas. No hay verdadera felicidad sin risas. Ellas son el canario en la mina: cuando no cantan, algo anda mal por ahí dentro.

—Pero yo no me río desde hace dos años...

—Lo sé. Pero te aseguro que eso cambiará. Te lo prometo, confía en mí.

EVA

Estar casada me gusta. Ser la esposa de David me hace sentir la mujer más envidiada de Barcelona. Fue hace un mes, todo muy discreto, nada de fiestas, banquetes ni recepciones. Siendo quienes son en la ciudad, mi familia política se mostró indignada. Solo se casan en secreto los ladrones, los pobres o las folclóricas embarazadas, dijeron. Pero yo no podía correr riesgos, le puse una excusa a David y él se impuso. Eso me excitó, que se enfrentara a los suyos por mí. Menudo lío se armó... Son una casta. Presumen de no haber bajado jamás de la Diagonal. Pero esta madrileña sin estudios criada en Parla hace con ellos lo que quiere. Por una sencilla razón: sé manejar a mi marido.

A David hay que saberlo llevar. Necesitaba un hombre como él en mi vida. Arrogante, seguro de sí, que nos pueda proteger a mí y a María si pasa algo. Es un macho alfa, dominador. Nadie le toca lo que es suyo. De hecho, creo que en el contexto propicio podría llegar a ser violento. Pero claro, habiéndose criado en la zona alta de la ciudad, ese contexto es poco frecuente. Si la situación hubiese sido a la inversa, si Cameron le abandona por el vecino, no quiero ni imaginarme lo que habría llegado a hacer David. Pero no vale la pena pensar en eso, porque no es lo que sucedió. Lo que sucedió es que se enamoró de mí, y solo eso importa.

Durante el confinamiento pasamos mucho tiempo juntos. Como tan solo había que cruzar la calle, y en esta zona tan solitaria la Policía patrulla de uvas a peras, yo iba a su chalet y él al mío continuamente. Estaba muy afectado por la situación de Cameron. Yo le apoyé de modo honesto. Ella me cae bien, diría que incluso llegué a apreciarla; siento mucho lo que le ha pasado. Pero un día, mientras David me ayudaba a apilar unos trastos en el garaje, lo vi en sus ojos. El deseo. Ese pequeño aparatito que todos llevamos dentro, ese insignificante carburador que lo cambia todo en cuanto empieza a bombear. El deseo.

Conseguir que saltase la chispa fue de lo más sencillo. El pobre hacía meses que no tenía sexo. Durante unas semanas me mostré indiferente. Pero el día elegido me puse un top escotado de tirantes y los *shorts* más ajustados que tengo. No parecía una fulana pidiendo guerra, eso sé que no le hubiese gustado, pero sí le daba un acceso fácil a mi intimidad que sin duda activaría su imaginación. Justo lo que yo quería que se le activase ese día: iba a venir a ayudarme con la piscina. Durante el confinamiento tuvimos que hacerlo todo nosotros, el servicio nos dejó en la estacada.

—Vamos, te invito a un granizado de limón riquísimo que he preparado esta mañana. Con el calor que hace y después de lo que hemos trabajado, creo que nos lo merecemos.

Mi concepción del sexo no es demasiado romántica. Disfruto con él y sé sacarle partido, ya está. Algunas piensan que eso no es muy femenino, allá ellas. Las chicas buenas van al cielo, las malas donde quieren. Y yo me fui con David a la cocina a tomarme un granizado. Fingí no alcanzar unos vasos muy bonitos que había dejado adrede en lo alto de un armario. Se acercó por detrás para ayudarme, caballeroso como siempre. En un aparente descuido rocé mi trasero contra él, y allí lo dejé. Pude sentir de inmediato cómo algo muy grande y muy duro crecía pegado a mi cadera. Me volvió loca saber que todo eso estaba pasando en ese cuerpo gracias a mi cuerpo. No me moví ni un milímetro, a pesar de que ambos sabíamos lo que estaba sucediendo. Giré el rostro hacia él, con mirada gatuna, pero ladeando la cabecita para parecer sumisa. Azorada.

Él me besó. Fue él, lo juro. Aunque confieso que acogí su beso con apetito. Al percibirlo, David se desbocó. Desde atrás cazó con una mano mi pecho, mientras con la otra me bajaba de un tirón los *shorts* y el tanguita, todo a la vez. Mordiéndome el cuello, me penetró de manera brusca, incluso violenta. Nunca un hombre me había llenado así. Recuerdo cómo a través de su miembro sentía palpitar el corazón de David en mis entrañas.

Con lo inteligente que es, y mi marido ni sospecha que su ex nos vigila cada noche desde su antigua casa. Los hombres son tan tontos para algunas cosas... Un día la descubrí por casualidad entrando a hurtadillas. Supongo que es el último refugio que conserva: contemplar cómo podría haber sido su vida. Le estoy guardando el secreto, me parece cruel quitarle lo único que le queda. Además, la conozco bien, sé que es inofensiva. La pobre se atormenta viéndonos vivir como la familia feliz que somos, tan solo eso. La frontera entre el dolor y el placer puede llegar a ser muy tenue, lo sé bien, y supongo que ella juega a eso. Me disgusta que la pobre sufra, pero desde luego, no puedo permitir que se interponga de ningún modo entre mi marido y yo. Por eso cuando hacemos el amor por la noche enciendo la luz y abro las cortinas. Para que sepa que David es mío. Que disfruta de mí como jamás ha disfrutado con ella. Lo hago para marcar mi territorio.

CAMERON

Como cada día, abro el cajetín de mi apartado de correos. Expectante. Soy ese marinero que saca la red: ¿cómo se habrá dado esta noche la pesca? Hay unas cien postales. Buena captura. Recibo unas tres mil al mes. Las meto en mi mochila y salgo del edificio de Correos, frente al puerto. No llevo las gafas de sol: el brutal chasquido de luz estalla en mi cabeza como las bolas tras el primer tiro en una mesa de billar.

—Joder... —Rebusco en mi mochila y al final las encuentro; ya con las gafas puestas, vuelvo a sentirme segura: desde que me medico, la luz directa del sol puede producirme migrañas—. ¡Taxi!

Todos los días camino desde aquí hasta el cercano parque de la Ciutadella, leo un rato en el banquito que hay junto al roble y me vuelvo a casa como vine, paseando durante hora y media. Pero hoy tengo un poco de prisa, el váter se ha embozado y a las cinco espero al fontanero.

—A la calle Dalmàcia, número 10.

—A mandar. —Fundas de ganchillo, suena la COPE, estampita de la Virgen del Carmen, patrona de los conductores—. ¿De dónde es usted? Dígamelo tranquila; aunque sea extranjera, voy a llevarla directita adonde me ha dicho, sin rodeos.

—Estados Unidos. —Se le ve un buen hombre, pero yo no quiero que me den conversación.

—¡Pues menuda tienen montada allí! ¡Estamos en marzo de 2022 y ya hay quien dice que en las elecciones de noviembre del 2024 los candidatos serán Trump y Biden! ¿Usted qué cree? ¿Se acabarán enfrentando esos dos?

Tengo que cerrarle la boca.

—Supongo que sí, se enfrentarán... si consiguen recordar quién es quién.

Como sospechaba, no es capaz de captar el sarcasmo. Opta por sonreír, inseguro. Es un sencillo taxista que tan solo pretendía ser amable. Pero desde que estoy mal, la simpatía ajena me da pereza. *I'm trash.* El resto del trayecto transcurre en silencio. Yo, con la frente apoyada contra la ventanilla, hago lo de siempre: observo a la gente en las aceras, buscando a una morena guapa con un lunar en el cuello. Es curioso, vi una chica degollada en mi cocina, pero la imagen que no me quito de la cabeza es la de esa mujer besando a mi marido.

—Son quince euros. No acepto dólares.

No le río la broma final. Ni lo merece ni estoy de humor. A cambio, le doy un billete de veinte y salgo sin decir nada ni esperar las vueltas.

—Hola, Mister Cohen. ¿Me has echado de menos?

Entro en el despacho y saco el mazo de postales. Quizás el mejor momento del día sea este: leerlas, revisarlas y seleccionar las cinco elegidas. El timbre de casa me interrumpe.

—Soy el fontanero.

Abro la puerta: madre del amor hermoso. Menudo desatascador. ¿Por qué no pasamos del váter y nos largamos a un riachuelo prístino en medio de los Pirineos para que allí, desnudos los dos, puedas lavarme la cabeza con tus manos musculosas, enjabonándome y enjuagándome el cuero cabelludo con un ligero masajeo orgásmico?

—Ahí está el váter. No traga bien.

Me insinuaría, pero ¿para qué? Actuar como si se tuviera algo y tenerlo realmente no es lo mismo. Los hombres calvos con peluquín suelen olvidar esa gran verdad. Y así es justo como me siento yo, como uno de esos pobres desgraciados.

—Está embozado, en un periquete lo apaño.

—Estoy en mi despacho trabajando. Cuando acabe, dé un grito y vengo.

—¡Oído cocina! A mandar.

En cada postal alguien me confiesa un secreto, siempre anónimamente. Solo pongo dos condiciones: que se redacte a mano y que sea un verdadero secreto que jamás haya sido revelado a nadie. Cada día fotografío cinco de esas postales, las que me parecen más auténticas, y las subo a la cuenta de Instagram que creé cuando tuve que cerrar *Barcelona with Cameron*. La llamé *Tu postal secreta*, en castellano. Solo acepto las redactadas en español. Con mi experiencia en redes sociales, y cuidando al máximo las cinco postales elegidas cada día, fui creciendo en seguidores de un modo frenético. El confinamiento ayudó: la gente, encerrada, quería compartir. Ya tengo casi un millón de *followers*, la mayoría de aquí, pero también muchos sudamericanos. Todo el mundo se pregunta quién está detrás de *Tu postal secreta*, y ese misterio me gusta. En *Barcelona with Cameron* yo era el centro, ahora me muevo entre bambalinas, no podría ser de otro modo. Pero la sensación es la misma: alguien espera algo de mí. Si a las cinco postales que subo cada día le sumara una sexta publicitaria, podría sacar un buen dinero. Pero no. Este proyecto quiero mantenerlo puro. Él es la única vida que hay ahora en mi vida.

—Señora, ya he acabado... ¡Madre mía! ¡Cuántas postales! ¡Debe haber miles y miles!

No sé qué me duele más: si lo de «señora» o su intromisión. El fontanero contempla con ojos como platos las baldas de mis estanterías, que cubren las paredes desde el suelo hasta el techo. Atestadas con mazacotes de postales.

—¡Le he dicho que diese un grito, que yo acudía! —Mientras él sigue mirando alucinado, le empujo hacia el pasillo: Dios mío, qué duro está—. Largo de aquí.

—Yo era por no molestarla... Sí que debe usted de tener amigos. A mí hace años que nadie me envía una postal...

—Sí, sí..., muy bien. —Ya estamos en la puerta de casa—. ¿Cuánto le debo?

Me da la factura.

—¡¿Cincuenta euros de desplazamiento?! Pero ¿cómo te mueves tú por Barcelona? ¿En una calesa tirada por seis alazanes?

—Qué cosas tiene... La vida está muy cara, y le he hecho un trabajo de bandera, ese váter ya no le dará problemas, pero deje de echar bolas de pelo...

Le doy dos billetes, sobra dinero, pero le empujo fuera sin esperar el cambio y cierro en sus narices. Me ha puesto muy nerviosa que descubra mi guarida. Nadie ha visto jamás esa habitación, excepto yo. Apoyo la espalda contra la puerta e intento tranquilizarme.

«Es tan solo un fontanero ignorante, sin imaginación, no tiene ni idea de lo que ha visto, no podría atar cabos ni aunque su novia le dijese que es fan de *Tu postal secreta...*».

Me paso la tarde dando vueltas nerviosa, pasillo arriba pasillo abajo, con Mister Cohen rondándome los tobillos. Cualquier incidente me altera, por eso no quiero conocer gente ni socializar. Ideas absurdas acuden a mi mente, peligros sin sentido, que me generan ansiedad.

«El fontanero me descubrirá, me pedirá dinero, me chantajeará para no delatarme... Si pierdo el anonimato, mis seguidores dejarán de confiar en mí y *Tu postal secreta* se irá al garete».

Empiezo a sudar, me zumban las sienes, palpitaciones. Estoy tentada de llamar a Paul, pero no podría desahogar mis miedos, ni siquiera él sabe nada de *Tu postal secreta.* Opto por beber. Abro una botella de vino y me la empino a morro. Sin copas ni vasos. En cinco tragos la finiquito. Me desplomo en el sofá. Ni tan siquiera me da tiempo a ver esas estrellitas que anteceden al desmayo.

Abro los ojos, dolorida. Es ya de noche. Estoy en el suelo de la cocina de mi antigua casa. No sé cómo llegué hasta aquí. He tenido una ausencia. Espero no haber molestado a nadie, no haberme puesto en evidencia, que Mister Cohen esté bien. Espero no haber alterado el orden público, como la otra vez. Si mi vida ha corrido peligro me da igual. Eso ya no me importa. Ojalá acabase todo de un modo rápido e indoloro. Ojalá tuviese el valor.

Me agarro a una silla para levantarme. Estoy hecha un desastre. Los faldones de la camisa por fuera del pantalón, varias manchas de vino, huelo a sudor. Palpo los bolsillos del abrigo. Tengo la cartera, las llaves de casa y el móvil. Menos mal. Enciendo la pantalla, hay un aviso: el chico inAmorAti está dentro del radio que configuré en la aplicación. Quinientos metros. Debe de ser un vecino de la zona, que trabaja a turnos o viaja mucho, porque unas noches está y otras no. El dolor de cabeza es terrible. En medio de la oscuridad contemplo la pantalla del móvil. En ella tal vez esté mi futuro. Alzo la vista, y al otro lado de la calle veo mi pasado. Me meto el teléfono en el bolsillo sin darle al *match*. Como siempre, es mi pasado el que tira más fuerte de mí.

La familia está cenando en la cocina. Todo muy agradablemente normal. María y David parecen llevarse bien. Pero la relación entre madre e hija es a todas luces tensa. En los tiempos que corren no debe de ser fácil lidiar con una adolescente. Recogen los platos, Eva se queda aseando la cocina, María sube a su cuarto. David se va al salón para sentarse frente al televisor: el gran guerrero debe descansar tras una dura jornada batallando mientras su hembra adecenta el hogar. Todo muy casposo..., pero me acuerdo de cuando yo hacía lo mismo. Y deseaba dejar la cocina limpia cuanto antes para estirarme en el sofá y apoyar mi cabeza sobre el regazo de David. Él cambia de canal con una mano. Con la otra coge distraído su móvil y trastea. En mi bolsillo suena el mío. Nuestra melodía. Se me acelera el corazón. Temblando cojo el teléfono: es él. Me está llamando a mí mientras yo le observo a través de la ventana, en su nuevo hogar, viendo la tele.

—Hola. —Intento parecer serena—. ¿Qué tal?

—Hola, Cam. —Cuando estábamos juntos me llamaba siempre «princesa»; cada vez que ya no lo hace, siento una puñalada—. ¿Cómo va todo?

Su tono es relajado. De vez en cuando, cada dos o tres meses, me telefonea. Se siente culpable, tan solo quiere saber cómo estoy. Y yo, tonta de mí, vivo esperando esa llamada. Que él me hace mientras está más atento al partido de fútbol que ve en su televisor.

—Todo en orden. De maravilla. ¿Y tú?

—Genial. En casa las cosas marchan bien.

En tu nueva casa, con tu nueva familia, en tu nueva vida. Llena de planes y complicidades con las que yo ni puedo soñar. Eres esa rata que abandonó el barco en cuanto vio que empezaba a entrar agua.

—Oye, Cam, ¿te pillo en buen momento?

—Sí, claro, puedo hablar..., estoy esperando a un amigo, nos vamos a cenar, pero aún no ha venido.

Conforme pronuncio la mentira, me abochorno: ¿por qué intento ponerle celoso? Es patético, especialmente viendo al pimpollito sexi perfecto que ahora mismo está llenando el lavavajillas en su cocina.

—Eso está bien, me alegra que te distraigas. Yo aquí sigo, en el despacho, esta empresa va a acabar conmigo.

—¿Por qué me miente? ¿Qué necesidad tiene? ¿Lo hacía ya cuando estábamos juntos?—. La última vez que hablamos me dijiste que estabas planteándote trabajar, ¿has empezado ya?

Le da igual si ceno con un hombre. O llamarme estando su esposa en la habitación de al lado. De hecho, le da tan igual que en estos momentos vuelve a cambiar de canal. Es humillante, o al menos, yo lo siento así.

—No..., de momento creo que estoy mejor sin trabajar..., necesito tiempo para...

A Eva seguro que no le importa que hable con su ex. David incluso podría quedar a cenar a solas conmigo, y ella nos reservaría el restaurante encantada. Para ella soy inofensiva. Gorda, hinchada, fea, chiflada. ¿De qué preocuparse? No soy rival.

—... me tienen muy ocupada los borradores de la novela, me gustaría empezar a escribirla el mes que viene.

—¡¿Vas a ponerte ya con el libro?!

—Sí. El argumento está estructurado, el perfil de los personajes también. En un año quiero tenerlo listo.

Salgo a cenar con un hombre, trabajo en proyectos literarios, soy feliz, no tengo nada que reprocharle... Yo también le miento. Para no darle pena. Despertar lástima es lo más antierótico en la lista inconsciente de cosas antieróticas que todo hombre lleva en la cabeza. Quizás solo superado por una mujer con bragaza reglera, sujetador deportivo, piernas sin depilar y media calcetín por la pantorrilla. Que es justo como me vería David si cruzase la calle y le apeteciese desnudarme.

—Eso estaría genial. Espero que me saques.

—¿Que..., que te saque?

—En tu novela. Nunca he salido en una, me haría mucha ilusión.

—Sí, claro... —Lo dice en broma, pero su buen humor me desencaja—. Tengo que dejarte, Pedro ya está aquí.

—Salúdalo de mi parte. Espero conocerle algún día, si lo vuestro llega a buen puerto.

—Sí, claro..., es solo un amigo. A ver si quedamos un día para tomar un café, hace tiempo que no follamos. ¡Hablamos! ¡Quería decir hablamos!

—Claro, cuando quieras...

—Buenas noches. Te dejo. Adiós.

Le cuelgo, aturullada. Él para mí sigue siéndolo todo, y constatar mi insignificancia en su vida me duele. Pero, como dijo no recuerdo quién, entre el dolor y la nada, prefiero el dolor.

Como un búho, sigo oteando la noche. Ahora la pareja ve una película en el salón. María les dice algo desde la puerta y sale al jardín. Le engancha la correa al dálmata y se lo lleva a la calle. Con la parcela tan grande que tienen es innecesario, pero utiliza al perro como excusa: pasean siempre avenida Pearson abajo hasta el arranque del pasaje de la Font del Lleó. En su cruce con la avenida Pearson, desde hace unas semanas, casi todas las noches a María la está esperando alguien. No sabría precisar su edad, está oscuro y desde esta cocina es imposible distinguirlo con exactitud. Viste bien, nunca con chándal. Se le ve corpulento, con una complexión fuerte. Cada noche se abrazan en cuanto se ven. ¿Será su novio? No creo, porque nunca se besan en la boca, siempre en las mejillas. Quizás él aún no se ha decidido, todavía la está cortejando... De todas las que conozco, es tal vez la palabra más hermosa del castellano, lástima que esté cada vez más en desuso: cortejar.

Tras el saludo, siempre se sumergen en las sombras del callejón. Fuera del alcance de miradas indiscretas, incluida la mía. Me da mucha envidia María. Es una adolescente con toda la vida por delante que se reúne cada noche en secreto con un chico que la pretende.

¿Volverá a sucederme eso a mí algún día?

CAMERON

—¿Por qué crees que te ha afectado tanto la llamada de David?

Reflexiono antes de responderle a Paul.

—En un tarro de vidrio vacío, una pequeña moneda de metal es escandalosa cuando lo agitas, ¿verdad?

—Sí, en efecto.

—Pues esa soy yo ahora, un tarro vacío. La llamada de David es esa moneda de diez centavos, sin valor, insignificante. Pero reverbera en mí de una manera exagerada porque no tengo amigos, ni vida social, pareja, familia, ilusiones. Expectativas. Sé que no debo sobrevalorar esa llamada por culpa del eco que produce en mis paredes interiores, en mi vidrio..., pero me es imposible no hacerlo.

Paul permanece unos segundos en silencio antes de hablar. Cuando hace eso, siempre me pregunto qué estará pensando, pero el dilema dura poco porque él enseguida me lo cuenta. En ese sentido, es un hombre sin misterio. Eso le resta atractivo, pero le hace ser mejor médico.

—Cameron, me gusta lo que has dicho y, sobre todo, cómo lo has dicho. Esa manera tan precisa y preciosa de narrar tu mundo interior no solo te permite crecer como persona, además te va a convertir en una gran escritora, estoy seguro de ello.

Doy gracias por haber conocido a este hombre. No sé qué habría sido de mí sin su ayuda. Y aunque no sea mérito de mi exmarido, es a David a quien debo agradecerle que Paul entrase en mi vida. Dios nos da la llaga..., pero también el ungüento. Pocos meses antes de mi brote psicótico, cuando yo ya tenía síntomas de mi enfermedad pero no les había dado importancia, acompañé a mi marido a la final de un torneo de pádel organizado por el club. David y su pareja perdieron frente al equipo de Paul. En el cóctel posterior, tras entregarse las medallas, le conocí. Mi marido ni se acercó a saludar, no encaja bien las derrotas. Demasiado ego. Al ser los dos americanos, entablamos una conversación cómplice llena de sarcasmo y nostalgia burlona hacia nuestro país. Volvimos a coincidir unos meses después en una recepción del consulado estadounidense, ofrecida a los americanos residentes en la ciudad que habíamos tenido éxito en nuestras respectivas profesiones. De nuevo, la charla con Paul fue encantadoramente frívola. Cuando meses más tarde se hizo evidente que necesitaba un psiquiatra, supe que debía ser él. Precisaba de alguien que fuese un buen profesional, pero con el que también sintonizase emocionalmente y que compartiese mis mismos referentes culturales. Paul era perfecto. Y acerté de pleno con mi decisión. Al principio yo estaba tan destrozada que me vino muy bien poder hablar en inglés. Cuando mejoré y Paul supo que llevaba diez años sin conversar con nadie en mi idioma, porque soñaba con escribir una novela en español, consideró que era muy conveniente para la terapia retomar los retos previos a mi enfermedad. Y desde entonces no ha vuelto a hablarme ni una sola vez en inglés.

—¿Por qué no soy capaz de llenar otra vez mi vida? ¿Por qué el tarro sigue vacío? Yo antes... tenía amigos, proyectos..., pero ahora no me apetece nada.

—Creo que te equivocas. Estoy convencido de que ese vacío viene de mucho más atrás.

—¿A qué te refieres?

—¿Nunca te preguntas cómo acabaste casándote con alguien tan mediocre humanamente como David, y por qué, a pesar de lo que te ha hecho, sigues enganchada a él emocionalmente?

Paul lo ha dicho con la educación y delicadeza que siempre emplea al hablar conmigo. Pero sus palabras han resonado en mi cabeza como los cascos de un caballo bien herrado galopando loco sobre el mármol de esta consulta.

—Me enamoré de él...

—En efecto. Y estoy seguro de que ese sentimiento fue genuino y puro. Por lo que hay que dar un paso más y hacerse la siguiente pregunta: ¿quién decide de quién nos enamoramos?

—No lo sé..., ¿quién?

—La infancia.

Sus ojos color miel lo suavizan todo.

—Ahora no..., no te sigo.

—La infancia es ese secuestrador del que conseguimos escapar, pero a cambio de una promesa: para dejar de ser mi rehén, una parte de ti se quedará siempre conmigo.

Las palabras me van calando, poco a poco. Él lo sabe y les deja su tiempo.

—Cameron, el vacío que sientes ahora viene de muy lejos. De cuando eras una niña y tu madre determinó los límites de vuestra relación. Y lo hizo de un modo cruel: el dolor de no sentirse amado cuando más vulnerable eres es un lastre muy difícil de sobrellevar.

Me falta el aire. Lo que da en el blanco adquiere vida propia. Crece, se reproduce, coloniza, su vigor arrasa con todo. Como la hiedra. Por eso ahora dentro de mí una maraña de vegetación furiosa sofoca mis pulmones.

—Sí..., es verdad. Que..., que mi madre no haya venido a visitarme desde que comenzó todo esto..., que solo me llame por teléfono, que no venga a cuidarme..., me duele..., me duele como si estuviesen arrancándome pedazos de carne.

—Lo sé. Aunque hasta ahora jamás me lo habías verbalizado. Y esa es una de las razones por las que lo sé: ni tan siquiera te atreves a hablar de ello. Pero ahí está el origen de todo, y debemos afrontarlo. Durante tu adolescencia y juventud, para tapar ese vacío existencial, rellenaste tu vida con amigos, novios, proyectos... Los chicos iban detrás de ti, tus seguidoras de Instagram te adoraban, viniste a vivir a una ciudad europea llena de estímulos. Resumiendo: rellenaste ese gran vacío con frivolidad. Sé que la enfermedad que sufres te parece algo terrible, pero tienes algo que agradecerle, algo importante.

—¿Qué?

—El dolor.

—El dolor... —Quiero llorar, pero no puedo—. ¿Para..., para qué me ha servido tanto dolor?

—El dolor nos sirve para comprender.

Siento que me están diseccionando en vivo y sin anestesia, para salvarme la vida. El aroma a madera de la colonia que siempre usa Paul es ahora lo único agradable que percibo.

—Pero..., pero ¿qué tiene que ver todo esto con..., con David?

—Intentar conquistar a un hombre que no se deja querer, contentarle para quebrar su inaccesibilidad emocional, fundamentar tu autoestima en alguien impredecible, egoísta e imposible de satisfacer, que solo piensa en él...

—No sigas, sí..., capto la idea. Eso es lo que llevo haciendo toda la vida con mi madre.

—En efecto. Pero tú no tienes la culpa: es lo que te

enseñaron a hacer de niña. Por eso creo que ese vacío que sientes ya lo sentiste hace muchos años, antes de que te dejara David. En la infancia.

—¿Y aún... dura?

—Y durará para siempre si no lo afrontas.

—Para siempre...

—Sí, para siempre. En psicoanálisis a ese fenómeno se le llama «compulsión de repetición»: caerás en el mismo patrón una y otra vez. Aparecerá un David tras otro, y todos te harán muy infeliz.

—Eso que dices... es terrible.

—Lo sé. Elegimos como pareja a esa persona que permite sobrevivir a las creencias que aprendimos cuando éramos niños. Aunque sea a costa de que nosotros no sobrevivamos.

—Y en mi caso..., ¿cuál es esa creencia?

—Tu madre te hizo creer algo profundamente erróneo: que eres indigna de amor. David tan solo te ha permitido confirmar esa creencia.

Por fin lloro. De un modo sereno, mientras contemplo a Paul. Él me acerca una caja de clínex.

—¿Sabes..., sabes lo que echo mucho de menos? ¿Más que nada?

—¿Qué?

—Que alguien me toque. Sentir una piel.

Se levanta de su sillón, rodea la mesa y me toma la mano. Cuando me pongo en pie, entre lágrimas, me abraza del modo más cálido que me han abrazado jamás.

—¿Qué puedo hacer..., qué puedo hacer para salir de esta trampa? ¿Hay escapatoria?

—Por supuesto que la hay. —Sus palabras y el calor de su cuerpo me reconfortan—. Tan solo tienes que actuar.

—¿Cómo? —Me aferro a él, y lloro.

—No confirmando nunca más tu creencia, tan errónea. No acercándote a hombres indignos de ti, que no te quieren, no te cuidan, no te respetan. Solo así dejarás de ser rehén de ese secuestrador que te raptó cuando eras una niña.

EVA

Por fin. Lo he conseguido, soy muy feliz. Me he quedado embarazada. Vengo de la farmacia, por segunda vez, con otro Predictor que ha vuelto a dar positivo. La semana que viene iré al ginecólogo, pero quería estar segura antes de decírselo a David. Esta noche le daré la noticia. A lo mejor, mientras se está duchando, entro en la bañera y se lo susurro al oído. Me apetece celebrarlo abrazada a él, bajo el agua, mientras me sostiene en el aire agarrándome fuerte por el trasero. Dice que eso es lo que más le gusta de mi cuerpo de muñequita, que puede hacer con él lo que quiera. David no es de esos hombres con los que un polvo en la ducha se transforma en una desesperada odisea para mantenerte con vida. Cuando mi marido me folla en la bañera yo me siento una sacerdotisa egipcia.

Se alegrará, hace meses que lo buscábamos. Con un hijo de los dos sé que nunca me abandonará. Tal vez tenga algún escarceo, en su trabajo hay becarias jóvenes muy monas, pero eso no me importa. Los hombres como él necesitan de vez en cuando sentirse cazadores. Pero sé que volverá a mí, esas zorras son ermitas, yo a partir de ahora seré ya para siempre la catedral. David no plantará a la madre de sus hijos. A mí no me hará lo que le hizo a Cameron, porque yo sí le voy a dar lo que más desea: un heredero. Su familia por fin nos dejará en paz, menuda matraca he tenido que soportar. Panda de cretinos. Para ellos la Diagonal es The Wall, y aquí en Pedralbes esos putos pijos se creen The King in the North. Pero que se anden con ojo porque aunque finjo ser una de ellos..., en el fondo soy madre de dragones, la que no arde, rompedora de cadenas. La reina loca.

Espero que este embarazo sea diferente. Con María fue todo muy difícil. Estaba sola, sin nadie que me ayudara, era pobre y muy joven. Pero deseaba tanto ser madre que pude con todo. Lo deseaba con mi alma entera, de una manera obsesiva, me levantaba y me acostaba pensando en ello. Si se lo hubiese pedido, estoy segura de que él me habría ayudado, pero yo no quería compartir a mi hija con nadie. Tan solo le utilicé. Sé que no estuvo bien, sé que fui egoísta, pero qué otra cosa iba a hacer: no podía pagarme un banco de esperma, necesitaba un hombre que me dejase embarazada, lo encontré, hizo su función. Fin de la historia. Si él hubiese entendido cuál era su papel en esta obra, no habría acabado como acabó. Si no se hubiese puesto tan tozudo, yo no habría tomado cartas en el asunto. Pero hay que ver las cosas por el lado positivo: gracias a lo que hice me tuve que venir a Barcelona y conocí a David. Y gracias a lo que hice tengo una hija maravillosa que no se parece en nada a mí: es buena persona.

CAMERON

He venido a despedirme. Mayo de 2022, hasta aquí ha llegado mi aventura en Barcelona. Diez años, diez largos años... María ya duerme en su habitación, es tarde. Hoy no ha paseado al perro, tal vez se ha peleado con su noviete. David lee en la cama, espera a que su mujer se acueste para apagar la luz. Ella está en el cuarto de baño, supongo que desmaquillándose. Esta noche la primavera empieza a oler a verano, quizás por eso Eva ha abierto de par en par la ventana del cuarto. Yo no lo hago, podría levantar sospechas si desde fuera se viese la cocina abierta. No volveré a esta casa, jamás. Paul tiene razón. Este ritual insano lo único que hace es anclarme al pasado. Regresaré a Nueva York. Debería haberlo hecho hace tiempo. Intentaba convencerme de que seguía en Barcelona porque me daba miedo volver a mi país como una fracasada, pero no: me he quedado para mantener el vínculo con David. Por eso vengo aquí cada noche, pero se acabó. Debo afrontar mis fantasmas, no dejar que me devoren por dentro.

Ella sale del cuarto de baño con un picardías muy sexy que ya le conozco de otras ocasiones. Encaje blanco. A David le gustan esas cosas, yo tenía uno parecido. Imaginarme ahora con él puesto me resulta grotesco: con mi tamaño actual tendría que sustituirlo por una carpa de circo. Eva se lo pone cuando quiere celebrar algo con su marido, pero él no la ha visto salir, sigue absorto en la lectura. Ella sube a la cama y gatea sinuosa. Le quita el libro de entre las manos para darle besitos traviesos. En cuanto David advierte que está juguetona, la toma por la cintura, le da la vuelta y se encabalga sobre ella. Es de esos hombres que nunca dicen no cuando lo que ven les gusta. Echo tanto de menos tenerlo así, encima de mí, deseándome. Sentir cómo sus potentes abdominales se contraen para rozarme con fuerza, queriendo entrar..., y postergarle el placer, hacerle sufrir un poquito para que a los dos nos dé más gusto. Menos mal que no voy a regresar aquí jamás. Menos mal que en Nueva York nada me resonará a él. Si sigo viniendo a esta casa, los recuerdos acabarán conmigo.

Él le lame los pezones. Siento cómo se erizan los míos. A mí eso antes me daba grima, hasta que conocí a David: sabe utilizar la lengua, y no solo en los tribunales ejerciendo de abogado. Recuerdo cómo le molestaba que yo no tuviese mi orgasmo cuando lo tenía él. Por eso, en cuanto empezaba a escuchar esos gruñiditos que le salían de tan dentro, me concentraba mucho y casi siempre llegábamos juntos. Eso es lo maravilloso de tener un hombre al que quieres de corazón: conoces cuándo llega su placer, y puedes provocar el tuyo. Jamás, ni una sola vez, David me hizo el amor y yo no ascendí al séptimo cielo. Solo he estado con él, pero no necesito más experiencia para saber que un hombre se maneja bien en la cama cuando te saca un partido que tú ni sabías que llevabas dentro.

Después de provocarle, Eva se ríe ante las urgencias de su esposo. Con ambas manos sobre el pecho le refrena, se lo quita de encima susurrándole al oído. Alarga el cuerpo hasta el primer cajón de su mesilla de noche, saca algo y se lo da. Parece una especie de termómetro. Desde aquí no lo distingo bien, pero la reacción en David es automática: abraza a su mujer, ríe, la besa. Ahora no le mueve un deseo sexual. Es tan solo alegría. Deja esa especie de termómetro sobre la mesilla y le levanta el picardías a Eva. Otras veces esto conduce a que le practique sexo oral. Confieso que a veces me he masturbado contemplando cómo él se lo hace. Pero en esta ocasión es diferente: le besa el estómago, se lo acaricia. De un modo paternal. Y lo entiendo todo. Eva acaba de anunciarle que está embarazada.

«No, por favor, no...».

Se me desmoronan todas las convicciones, tan endebles. Irme de Barcelona, empezar una nueva vida, escapar de esta negrura. Nada tiene ya sentido. El dolor lo abarca todo. Algo más fuerte que yo está invadiendo mi yo. Esto es el fin: con un hijo suyo, David jamás dejará a Eva.

«No, por favor...».

Bebo vino en silencio, desde la oscuridad de mi pozo, contemplando cómo fornican. Llegan juntos al orgasmo, aunque quizás ella lo ha fingido para complacerle. Creo que es esa clase de mujer.

Cuando me acabo la botella de vino, la casa duerme ya a oscuras. A mí todo me da vueltas, el zumbido en mi cabeza es horrible, me cuesta distinguir entre la realidad y lo que mi mente construye como realidad. Ojalá perdiese ya el sentido, porque aún sé lo que siento, y es horrible. Absoluta desolación, en estado puro, destilada y purificada hasta llenar mi cuerpo por entero. Esto es lo que me aguarda hasta el final de mis días ahora que conozco la única verdad que importa: David va a ser padre, sin mí. Nunca volverá conmigo.

—Esto tiene que acabar..., no puedo más...

Me desplomo sobre la encimera. Veo mi rostro carnoso reflejado en el ventanal de la cocina, entre sombras.

Pero al otro lado del cristal, en la casa de esa familia feliz que tanto envidio, que tanto odio, hay movimiento: María ha salido de su cuarto, iluminándose tan solo con la pantalla del móvil. Desciende con sigilo por las escaleras a la planta baja. La pierdo de vista, hasta que reaparece en el jardín. Lleva al dálmata cogido por el collar, sin correa. Le abre la cancela y lo deja salir a la calle. El perro, al verse libre, arranca a correr en dirección al pasaje de la Font del Lleó, donde todas las noches lo lleva su ama.

—¿Qué..., qué demonios está haciendo esa cría?

Va a estallarme la cabeza. El dolor es horrible. Veo cómo María vuelve a subir al cuarto. Baja otra vez dos minutos más tarde, ya no lleva el pijama, viste un chándal. Sostiene en una mano el móvil con el que se ilumina, en la otra un papel que deja sobre la mesa de la cocina. Sale al jardín y, ya en la calle, se pierde en la oscuridad camino del callejón. A su perro no se le ve por ninguna parte.

—Que le jodan a la niñata..., a ella y a su madre.

Caigo al suelo de la cocina, las piernas no me sostienen. Esa debilidad suele anteceder a las ausencias. Llamaré a David. Tengo una excusa, su hijastra se ha ido de casa a las dos de la madrugada, tras soltar al perro. Algo sin sentido. Qué palabra tan horrible, «hijastra», suena a maldad..., aunque a lo mejor la mala soy yo: esa niña no me ha hecho nada. Pero su madre, sí. Hablaré con David, será lo mejor, lo solucionaremos todo, le diré que vuelva conmigo. Que aún le quiero y le perdono. Sí, eso haré. Saco el móvil. El chico inAmorAti está ahí.

Sin saber muy bien lo que hago, le doy al *match.* O quizás sí sé lo que hago: una parte de mí, pequeñita y agazapada, intenta salvarme la vida. Intenta que no llame por teléfono al hombre que me domina, que no llame al hombre que me impide escapar del lado oscuro. He de salvarme. Tengo que cruzar al otro lado del espejo. Sea como sea, he de hacerlo.

«Hola, ¿qué tal?».

La respuesta del chico inAmorAti ha sido instantánea. Es obvio que llevaba tiempo esperando que le hiciese caso. Me doy pena: ¿en serio pretendo sustituir a David por un desconocido que no se atreve siquiera a poner una fotografía suya en el perfil de la aplicación?

«¿No dices nada?».

Nerviosa, sin saber qué hacer ante su insistencia, me maldigo por haberle dado al *match* permitiéndole así escribirme.

«Hace tiempo que me apetecía hablar contigo. Me alegra que te hayas decidido por fin».

Siento que mi cabeza va a colapsar de un momento a otro. Este tipo me trae sin cuidado, a mí solo me importa que ahí enfrente, al otro lado de la calle, hay una mujer embarazada que me ha destrozado la vida. Para siempre.

«Sé que estás ahí».

Odio a esa zorra. Quiero hacerle el mismo daño que ella me ha hecho a mí.

«¿Tú también vives en Pedralbes?».

No me atrevo a responder. En lugar de escribirle, a trompicones, reduzco el radio de la aplicación. De quinientos metros a doscientos. El chico inAmorAti sigue apareciendo como disponible.

«Me apetece conocerte. En persona».

De doscientos a cien metros. Sigue dentro. Siento taquicardias, muy fuertes.

«Creo que nos llevaremos bien».

De cien metros a cincuenta. ¡¿Cómo..., cómo es posible?! Aún está en el radio del geolocalizador de la aplicación.

«Soy una persona agradable, no tienes nada que temer».

De cincuenta al mínimo, veinte metros. Esto no puede estar pasando: sigue dentro.

«¿No sientes curiosidad por saber quién soy?».

El corazón va a reventarme. De dolor y de pánico: ese hombre está en esta casa. ¡Ahora!

«Creo que te gustaré».

Miro a mi alrededor, aterrorizada, buscando entre las tinieblas de la cocina. No hay nadie. Aún. Y pierdo el conocimiento.

CAMERON

Los primeros rayos del amanecer arañan el ventanal de la cocina. Abro los párpados para toparme con dos ojos que me observan.

—*Fuck!*

Son ojos muertos. De un salto me pongo en pie. Es la energía del miedo. Aterrorizada, me aparto: sobre el suelo de la cocina yace tendido un hombre.

—*Holy God!*

Desconfío de mi cerebro. La resaca brutal que siempre sucede a una ausencia le está afectando.

—*Again..., this is happening again...*

Hace más de dos años, en este mismo lugar, el cadáver de una chica degollada arrasó con mi vida. He regresado al punto de partida. No he avanzado ni un milímetro.

«Está todo en mi cabeza..., esto no es real».

Pero mis ojos me contradicen: un hombre de unos sesenta años, pequeño, delgado, está tendido sobre el suelo de la cocina. Frente a mí. Tiene un tajo horroroso en el cuello, como la otra vez. Pero no lleva una bolsa de supermercado en la cabeza.

«¿Es el chico inAmorAti? ¿Qué pasó anoche? ¿Por qué está desnudo? ¡¿Qué hicimos?! ¡¿Lo he matado yo?! ¿Nos acostamos? ¿Existe o es mi enfermedad?».

Las preguntas se agolpan frenéticas. Esta cocina es enorme y aséptica, pero ahora el espacio se está volviendo nauseabundo, opresivo, cada vez más pequeño, más asfixiante. Como las paredes de un camión de la basura prensando su contenido. Conmigo dentro. Pero no puedo irme, aún no. Me acerco al cuerpo. En mi vida he visto a este hombre. Al menos en estado consciente. Es feo. Quizás me lo parece aún más porque no tiene ni un solo pelo en todo el cuerpo. Depilación integral. Cejas, pestañas, pecho. Incluso alrededor del pene su piel lechosa luce sin vello alguno.

—*This is not real! This is not real!*

Necesito una prueba que me confirme si soy una trastornada o realmente hay un cadáver frente a mí. Palpo los bolsillos de mis vaqueros, escarbo en la mochila: mi móvil ha desaparecido. Tengo las llaves, la cartera con mis tarjetas y el dinero, mi blíster de pastillas. Pero el móvil no está.

«*Shit.* Mierda, mierda, mierda».

Quería hacerle una fotografía. Porque así Paul podrá comprobar que no veo visiones. Que frente a mí hay un cadáver y un enorme charco de sangre. Pero sin móvil no hay foto. Hiperventilo, muy nerviosa. La ansiedad está empezando a apoderarse de mí. Conozco sus avances, cómo va conquistando mis territorios interiores. Dentro de poco tendré una crisis. La oigo llegar, a la ansiedad. No me queda mucho tiempo.

—*I need a proof... I need a proof...*

Bajo ningún concepto quiero dejar mis huellas dactilares sobre el cadáver. Por eso me acerco al cuerpo y con mi codo desnudo toco su hombro. Puedo sentir el frío de la carne. No estoy loca: esa piel contra mi piel es real.

—*I need a proof for Paul... I need a proof.*

Si el cuerpo no estuviese tan perfectamente depilado, podría cortarle un cabello con las tijeras de la cocina. Pero eso es imposible.

«¡Joder! ¡Cómo no se me ha ocurrido antes!».

Cojo el clínex que llevo en el bolsillo, por suerte no

está usado. Empapo una esquina con la sangre del charco que hay bajo el cuello del cadáver. Ya tengo la prueba que necesitaba.

Muy asustada, con los primeros temblores del ataque de pánico, meto la botella de vino vacía y la copa en la mochila. Miro alrededor para asegurarme de que no me dejo nada mientras siento el acelerón del corazón violentando mi pecho. No se ve por ninguna parte un cuchillo ensangrentado. El arma del crimen. Registraría la casa para intentar localizar mi móvil, pero es un chalet de cuatrocientos metros cuadrados, me llevaría horas. Si llega la Policía y me encuentra aquí, estoy perdida. Me asusto aún más al advertir que ya pienso como una criminal: ni se me ha pasado por la cabeza avisar a las autoridades.

Un minuto después ya estoy caminando avenida Pearson abajo. A estas horas tan tempranas no hay ni un alma por la calle. Estoy absolutamente desorientada, es como si el sol hubiese caído del cielo y rodase sobre la tierra sin saber adónde ir.

—Hola, Mister Cohen. Buenos días.

Acerca su hocico para curiosear el clínex.

—No, cariño. Esto no es un juguete. Es mi vida.

El ataque de pánico me hace temblar, a duras penas soy capaz de abrir una bolsa para congelados. Meto el clínex dentro y la guardo junto a los *fingers* de pollo. Alprazolam. Tres pastillas y a dormir, que es morirse un poco. Sin agua, a palo seco. Paul me dijo que solo hiciese esto en caso de emergencia. Y sabe Dios que esto es una emergencia. Semejante dosis conseguiría que un caballo haciendo claqué cayese desmayado y no se despertase hasta una semana después. Justo antes de dormirme, pienso en el clínex que hay en mi congelador. A lo mejor no estoy loca. A lo mejor tan solo soy una asesina. Así de sencillo.

CAMERON

¿Qué es ese ruido? Entreabro los ojos y miro el despertador. Son las once. Del día siguiente. Aporrean la puerta. Eso me espabila: recuerdo el cadáver degollado. ¿Habrá sido todo un sueño? Aún somnolienta, me acerco a la cocina y abro el congelador. Ahí está el clínex, empapado en sangre. Puede que sea una asesina, pero no imagino muertos.

—¡Ya va! —Siento un hambre atroz—. *Asshole...*

El que llama a la puerta resulta muy insistente. Es extraño, no espero a nadie. Nunca espero a nadie. Pero antes de abrir me tomaré la medicación, llevo mucho retraso. Abro el blíster y lo vuelvo a cerrar: si no veo muertos, ¿para qué necesito las pastillas?

—Inspectora Sandra Castells, ¿puedo pasar?

—Sí..., claro. —Me activo como si me hubiesen pinchado con una bayoneta—. Adelante.

La policía que tengo enfrente me analiza con su rayo láser: a todas luces no le gusta lo que ve. Pijama flojo, batín lleno de manchas, cara embotada. Alguien que está durmiendo a las once del mediodía un jueves no es de fiar. Pero no le debo de parecer peligrosa, porque les dice a los dos *mossos d'esquadra* uniformados que esperen en el rellano.

—Una vecina me ha confirmado que es usted Cameron Portman. —Mister Cohen se sienta en el sofá junto a la policía, y la mira fijamente—. ¿Es correcto?

—Sí..., soy yo. ¿Sucede algo?

—De momento, permítame que las preguntas las haga yo. ¿Qué ha hecho en las últimas veinticuatro horas?

El cerebro me va a mil. ¿Debo negarlo todo? ¿Fingir hasta el último aliento? ¿Confesar? Pero es curioso: no siento miedo.

—Dormir.

—¿Cómo... dice?

—Soy esquizofrénica. Tomo una medicación muy fuerte, a veces solo tengo ganas de meterme en la cama y dormir.

—Entiendo. ¿Por eso tenía el móvil apagado?

—Correcto.

—¿Podría algún médico corroborar lo que dice?

—Por supuesto. Me trata desde hace tiempo.

—Si es tan amable, anote aquí sus datos. —Saca de su americana impersonal una libretita y un bolígrafo—. La noche previa a su *largo sueño,* ¿qué hizo?

—Estar aquí, en mi casa. —Ignoro su ironía.

—¿Sola?

—Sí, sola. No tengo pareja.

—Su exmarido dice que sale con un tal Pedro.

—¿Ha hablado... con David?

—Ya le he dicho que de momento las preguntas las hago yo.

Dudo.

—Me inventé lo de Pedro, para darle celos. No se lo diga a mi ex, por favor. —¿Es compasión lo que veo en su rostro ahora?—. Sé que suena patético.

—Quédese tranquila.

—¿Sabe que tiene usted un tono de piel precioso? Qué envidia..., yo soy muy pálida. He tenido resacas que me han durado más que el moreno de la playa.

No puedo creer que eso haya salido por mi boca: ¡¿qué me está pasando?! A pesar del alprazolam que aún circula por mi sangre, voy muy acelerada. Siento que en estos momentos mi cerebro es una coctelera química impredecible.

—¿Está usted bien? ¿Ese tic en el ojo es normal?

No. Si me hubiese medicado, no lo tendría. Si abandonase el alcohol, no lo tendría. Si mi exmarido no se acabase de quedar embarazado, no lo tendría.

—Discúlpeme, estoy un poco nerviosa, nunca había venido a mi casa la Policía... Además, carezco de esa neurona que te impide meterte la pizza en la boca cuando está ardiendo. Pero su piel me encanta.

—Gracias..., es usted muy amable. —Está absolutamente descolocada; yo también: no sé lo que le pasa a mi cabeza, no puedo controlar lo que digo—. Habla usted un español perfecto.

—No tanto. El otro día estuve a punto de contratar un fin de semana en una caja rural.

Su rostro intenta asfixiar la risa y mantenerse adusto. Sin duda es una pose, una chica tan atractiva trabajando en la Policía debe protegerse. Yo mientras tanto acabo de descubrir qué me pasa: hace ya casi cuarenta horas que no me tomo la medicación. Mi cerebro está experimentando la abstinencia, que el alprazolam no puede compensar; es tan solo un ansiolítico. Por eso, a pesar de que hay dos policías en el rellano de mi piso que seguramente acabarán llevándome esposada, no siento miedo. Y solo digo tonterías.

—Se levanta usted de buen humor.

—Ya ve..., me ha pillado... A veces tardo horas en hacer un bizum porque no se me ocurre nada gracioso que poner en el concepto.

Casi ni recordaba cómo soy. Lo ingeniosa y rápida que

puede ser mi mente. Echaba de menos mi insolencia, mi irreverencia. Me siento como un niño con zapatos nuevos tras dos años descalzo. Un niño que juega al borde del acantilado.

—Tengo entendido que se divorció de su marido y que además no trabaja. ¿Cómo es que no ha regresado a Estados Unidos?

—Mi país se desmorona. Hasta Melinda y Bill Gates se divorcian. Para un informático que tenía pareja, y va y la fastidia... Además, adoro España. Aquí la gente se besa mucho y se toca mucho. Los abrazos son de verdad.

No puedo parar. Ella me observa con interés. En plan entomólogo. Creo que acaba de darse cuenta de que debemos de tener la misma edad, aunque hasta ahora pensaba que yo podía ser su madre.

—Sí, lo sé, con todo este entusiasmo por España parezco James Rhodes. Bueno, él toca mejor el piano. Y tiene el pelo más bonito.

Apoya sus codos sobre las rodillas. Es delgada, fibrosa, envejecerá bien. Me mira fijamente, se ha puesto aún más seria. Puedo percibir el aroma floral de su perfume, no muy policial.

—Déjese de majaderías. No sé a qué está jugando, pero está metida en un buen lío.

—Perdone, pero yo...

—Anteanoche estuvo en la casa que antes compartía con su exmarido, en Pedralbes.

—¡¿Qué está usted diciendo?!

—No se esfuerce. Si el numerito de trastornada no le ha funcionado, aún lo hará menos el de indignada. Eva Gómez, la vecina de enfrente que ahora está casada con su exmarido, nos ha informado de que hace meses que usted les espía cada noche desde esa casa.

—Esa mujer está loca... —Me siento atrapada; mi reciente reprís mental no es suficiente para pergeñar una escapatoria, por lo que me limito a sudar.

—Sus huellas dactilares están por toda la cocina. Además, tres cámaras de seguridad de diferentes chalets de la avenida Pearson grabaron una silueta de mujer que se corresponde con su complexión física. Subió por la acera a las once de la noche y bajó a las siete de la mañana. No fue difícil comprobar que era usted, por esa calle no pasea nadie, son todo chalets y mansiones.

—No sé de qué me habla. —Eva lo sabía, por eso dejaba la luz encendida y las cortinas abiertas.

—¿Prefiere que sigamos la conversación con un abogado delante? Está en su derecho.

—No lo necesito. Sé defenderme sola. Esto es todo un gran malentendido. —Lo sabía; esa zorra lo sabía.

—La veo muy optimista. ¿Siempre ve usted la botella medio llena?

—Siempre. No sabe los problemas que eso me trajo como monitora de buceo.

No se ríe. Yo tampoco. Nos sostenemos la mirada unos segundos. Mister Cohen decide romper el empate técnico: salta al regazo de la policía y allí se hace un ovillo.

—Tiene un gato muy bonito... —De nuevo está descolocada; no se atreve a empujar al minino para no parecer ella misma un animal insensible—. Cuando acabemos de hablar, ¿le importaría si echo un vistazo a su casa?

—Por supuesto que me importaría. Vivo aquí, son mis cosas. Y ni siquiera sé por qué está usted haciéndome todas estas preguntas. Además, ¿para registrar mi casa no necesita una orden judicial?

—La estamos tramitando. Junto a la retirada de su pasaporte, para que no pueda abandonar el país mientras siga en curso la investigación.

—Pero ¿se puede saber qué investigan?

—Sí, se puede saber. La hija de Eva Gómez, María, ha desaparecido. Dejó una nota a media noche diciendo que iba a buscar a su perro, que se había escapado. Y desde entonces no se sabe nada de ella.

Entonces están aquí por María...

—¿El perro ha vuelto?

—Sí, pero... ¿a quién coño le importa el perro?

—Yo es que empatizo mucho con los animales...

—A la mierda el perro. Sabemos que usted estuvo en la casa de enfrente esa noche. Deje de negarlo. Por supuesto, hemos registrado a fondo el chalet de su exmarido, por si hubiese escondido allí a María, o enterrado su cadáver en el jardín. Y no hemos encontrado ningún indicio. Además, como acabo de decirle, las cámaras la grabaron subiendo y bajando sola. Ni tengo pruebas contra usted ni creo que le haya hecho nada a esa joven, pero necesito que colabore.

No me buscan por lo del chico inAmorAti. Han estado en la casa y no han encontrado el cuerpo. Siento un gran alivio y, a la vez, una pena inmensa: ¿fue mi enfermedad la que se lo inventó todo? ¿El clínex que hay en el congelador es también fruto de mi imaginación psicótica?

—Eva Gómez y su exmarido me han contado toda la historia. Puedo entender que quiera ver a esa mujer muerta después de lo que le hizo. Pero necesito que me explique lo que vio anteanoche. No la voy a juzgar por espiar la nueva vida de su exmarido, le aseguro que, comparado con lo que veo cada día en esta profesión, eso no es tan raro.

Ahora quiere hacerse mi amiga, mostrándose cómplice. Lo he visto en un montón de series policiales. Conseguir que colabore, incluso que confiese. He tenido la oportunidad y el móvil: soy sospechosa. Debo medir muy bien mis palabras.

—Sí, estuve allí. Y me bebí una botella de vino mientras los veía..., mientras los veía...

—¿Practicar sexo?

Asiento. Me autocompadezco casi tanto como se compadece de mí el rostro de la inspectora Castells.

—Mi psiquiatra me tiene dicho que no beba alcohol con la medicación que tomo, pero cuando los veo haciéndolo el dolor me resulta insoportable. Quiero desmayarme, que es justo lo que pasó. Me desperté al amanecer. Pero antes de perder el conocimiento vi algo.

—¿Qué vio?

—María no fue a buscar al perro. Sobre las dos ella lo dejó escapar. Luego subió a su habitación, se quitó el pijama, se puso un chándal, dejó la nota en la cocina y salió de la casa. A los pocos segundos me desmayé.

—¿Hacia dónde fue María?

—Hacia la callejuela que hay a cien metros, el pasaje de la Font del Lleó. Queda allí casi todas las noches con alguien, un chico, creo...

—¿Son pareja?

—No lo sé..., nunca se besan. Pero se tienen mucho cariño. Se abrazan. Y él le pasa el brazo sobre los hombros cuando caminan hacia el callejón.

—¿Quedan siempre tan tarde?

—No. Nunca. Suelen verse después de cenar. Con la excusa de pasear al perro, ella sale de casa, están una hora juntos y luego vuelve al chalet.

—¿Los vio anteanoche?

—No, María no salió a pasear al perro y no se vieron después de cenar. De hecho, me extrañó. Habrán reñido, pensé.

—¿Sería capaz de identificar a ese chico?

—Qué va..., siempre lo he visto de lejos, desde la cocina. Y de noche. Pero supongo que sabe que el pasaje de la Font del Lleó se transforma en una senda que se mete en la sierra de Collserola. Es un terreno muy agreste, pero María es joven, está en forma, podría haberse ido de la ciudad por esa trocha y no saldría registrada en ninguna cámara de las que han comprobado ustedes en Pedralbes.

—Sí, lo sabemos. Y también sé que usted lo sabe, vivió allí muchos años. —Me escruta molecularmente—. Le agradezco esta información, pero ¿es consciente de que eso que hace usted por las noches es un allanamiento de morada reiterado? Comete un delito.

—Bueno, tengo las llaves, fue mi casa... y mi exmarido nunca me prohibió explícitamente que fuese allí. ¿Acaso David... quiere denunciarme?

Soy sospechosa. Seguramente la principal sospechosa. Pero en estos momentos puedo ver en los ojos que tengo frente a los míos una genuina comprensión.

—No. Él solo quiere recuperar a María. De hecho, su mujer la ha acusado a usted, pero su exmarido la defendió.

Una felicidad instintiva se me mete dentro, porque a pesar de haberse enterado de que le espiaba por las noches, David sigue confiando en mí; intento que esa felicidad no se transforme en anhelo, porque sé que el anhelo hace conmigo lo que la humedad hace con las paredes: me atraviesa, me debilita, me llena de dudas.

—¿Había esa noche alguien más en el chalet con usted?

—Nadie. No tengo por costumbre humillarme acompañada de amigos.

Sopesa lo que acabo de decir intentando adivinar si miento. Y mientras lo hace, acaricia a Mister Cohen. El muy traidor se deja querer.

—De momento eso es todo. ¿Sigue negándose a permitir que eche un vistazo a esta casa?

—Sí.

—No se está haciendo ningún favor.

—Ya me ha pasado antes. Soy esa invitada a la fiesta que acaba de cagarse en medio del salón. Sobre la alfombra persa.

Le cuesta encajar mi respuesta, tan desabrida. Nunca me he sentido más neoyorquina: la vida ya no pasa ante mí a cámara lenta.

—Usted sabrá lo que hace. Esta es mi tarjeta; si recuerda algo más, llámeme.

Esta lata de gusanos hay que cerrarla. Y deprisa: en cuestión de horas la orden de registro estará lista.

Por Internet alquilo un trastero en un polígono de Sant Boi. Bajo a Diagonal y recojo la furgoneta que he contratado. Me paso dos horas cargando cajas llenas de postales en la trasera. Está hasta los topes, pero tan solo tendré que hacer un viaje. Cuando cruzo por el puente de la autopista sobre el Llobregat, doy un chillido al volante que es pura adrenalina: qué privilegio estar viva, aunque solo sea para recordar lo fantástico que era estar viva. Subo el volumen de la radio. *Satisfaction*, Rolling Stones. La canto a gritos. El desequilibrio químico que llevo en la cabeza produce una euforia extraterrestre. Quiero atracar una gasolinera. Bailar desnuda por Las Ramblas. Decirle a David que sigo enamorada de él.

—Las llaves de su trastero. Acceso siete veinticuatro. Si paga el primer año por adelantado, se le queda en 150 euros.

El tipo es raro, de esos que te puedes imaginar regalándole lencería a su hermana. Me mira con cara de estar pensando: «¿Un polvo y te lo dejo por 120? Para lo gorda que estás, no estás mal».

—Pillo el año completo.

«Para la edad que tienes, eres guapa». ¿Por qué la fiscalía no persigue semejante sadismo?

—¿Tarjeta o efectivo?

—Efectivo.

No quiero dejar rastro. En esta nave industrial de mala muerte sabía que no me pedirían identificación de ningún tipo para contratar el trastero. Una hora después aparco frente a los laboratorios Anabiol, en un polígono de L'Hospitalet.

—Quiero que me analicen esto.

—¿El líquido rojo que hay en este clínex?

—Correcto. Y rápido. El precio no es problema.

Devuelvo la furgoneta. Camino hacia casa con el vigor maníaco de una yonqui con el mono. Ya no soy esa paca de heno que vagaba por Barcelona escuchando música triste. Me voy a comer el mundo. Aunque acabe necesitando Fortasec.

—He perdido el móvil. Quiero uno nuevo y el duplicado de la tarjeta.

Salgo de la tienda Vodafone, me descargo inAmorAti y la abro: ahí está la conversación. No lo soñé. Ese tipo me escribió. Ahora no está conectado. La aplicación no memoriza las localizaciones antiguas de los *match,* por lo que no puedo confirmar si realmente estuvo dentro del chalet.

—Hola, Mister Cohen. No te pongas meloso, que aún no te he perdonado lo de esta mañana. Vete a hacerle cariñitos a Caraestaca.

Enciendo el ordenador. Busco en prensa, por Google, noticias... En los últimos dos días no se ha encontrado en Barcelona ningún cadáver de un hombre sesentón, desnudo y depilado. De hecho, no se ha encontrado ningún cadáver.

«¡Tranquilízate!». Me cuesta. La abstinencia hace que

mis sinapsis neuronales echen chispas, fogonazos que destellan dentro de mi cabeza. Borro el historial de búsqueda, las *cookies,* todos los archivos de *Tu postal secreta.* Por si me requisan el ordenador. Y de repente, noto el placer dentro de mí: la venganza.

—¿Lo he hecho? —En mi tahona más interior amaso el odio con fuerza de panadero—. ¿He matado a María?

Al menos, su desaparición sé que es real. Pero esa niña nunca me hizo nada. Casi ni la conocí, hablé con ella cuatro o cinco veces. No le deseo ningún mal. Pero me alegra el dolor de su madre. Sé que durante mis ausencias puedo hacer barbaridades, aunque hasta ahora no le había causado daño a nadie. ¿Se lo he causado a María? ¿Se lo he causado al chico inAmorAti?

Intento no precipitarme, ninguno de los dos crímenes es seguro que se haya producido: por diferentes razones, pero ambos tienen aún que demostrar su existencia.

A pesar de ello, no puedo evitar sentirme despreciable.

No confiar en tus propios sentidos, en tu propia mente, te vuelve terriblemente vulnerable. Ahora entiendo algo que leí hace tiempo en un poema: no soy por entero la misma, no soy por entero otra. A la gente normal le asustan los peligros que la rodean. Yo el peligro lo llevo dentro. Me intriga ese otro ser que habita en mí.

—Si los maté..., ¿he sido yo quien los ha matado? —me pregunta la chica que observa mis dudas desde el espejo.

—Se haya ido por su propio pie, o coaccionada por alguien, María tuvo que abandonar Pedralbes por la senda de la Font del Lleó. Unos trescientos metros monte arriba, ese sendero se cruza con una pista forestal que permite salir de la sierra de Collserola. No hay otra opción, hemos investigado a fondo los dos automóviles que las cámaras captaron bajando la avenida Pearson esa noche, sus dueños están limpios. Y la única que lo hizo andando, su exmujer, iba sola.

—Ha sido esa trastornada, ella se la ha llevado... ¡Detengan a esa puta tarada!

—Eva, por favor, cálmate.

¿Por qué la protege? No soporto la serenidad de David. Es como si ya no tuviese sangre en las venas.

—Estamos investigando a Cameron Portman. No vamos a dejar ningún cabo suelto, esté tranquila.

—¿Tiene usted hijos?

—No.

—Pues entonces no me pida que esté tranquila.

—Cariño, por favor. Esa actitud no ayuda en nada. La inspectora Castells está haciendo su trabajo.

¿Qué pasa? ¿Te quieres follar a la poli guapa? No, creo que la calma de mi marido tiene un origen aún más siniestro: ahora que vamos a tener nuestro propio hijo, María le estorba. Quizás hasta se alegra de que se la hayan llevado.

Vi en un reportaje que los leones matan a las crías que sospechan no son suyas.

—No estamos escatimando medios. La única posibilidad al margen de la senda de la Font del Lleó es que retengan a su hija en alguna propiedad de la avenida Pearson. Veinte agentes están ahora registrando todas las viviendas de alrededor, pero le anticipo que no van a encontrar nada. Ustedes no tienen esa clase de vecinos.

—¿Y se puede saber cuál es la clase de vecino que secuestra a adolescentes de dieciséis años?

—Si fuese un secuestro económico, ya habrían contactado con ustedes. Pero si se hubiese fugado de casa, no lo habría hecho con las manos en los bolsillos. —Odio la condescendencia con la que me mira—. ¿Sabe si María sale con alguien? ¿Le habló de algún chico?

—No. Que yo sepa, no estaba con nadie. Es una niña muy buena, muy tranquila, solo piensa en sus estudios...

—A veces los padres son los últimos en enterarse de esas cosas. Escríbame por favor en esta libreta los nombres de sus mejores amigas.

Su amabilidad de cartabón lo mantiene todo a distancia. Supongo que es eso lo que pretende.

—¿Han encontrado algo en su cuarto? —pregunto mientras hago la lista—. Y discúlpeme, estoy muy nerviosa.

—Tranquila, es comprensible. En el registro de la habitación de su hija no hemos encontrado nada, y en su ordenador tampoco. Se llevó el móvil con ella, pero como ya saben, está apagado desde esa noche. Estamos trabajando para ver sus últimos movimientos mediante triangulación de antenas, pero lleva su tiempo. Sin embargo, hemos conseguido clonar la tarjeta para acceder a llamadas y mensajería. No hay nada sospechoso. Si quedó con alguien a las dos de la madrugada, no lo hizo usando su móvil, y eso es muy extraño en una adolescente.

—En su taquilla del colegio quizás haya algo...

—La hemos registrado ya, sin resultados. Y hablamos con el jefe de estudios. Confirmó que María no es una alumna problemática, todo lo contrario. No había discutido con ningún compañero.

—Esto es increíble..., nos levantamos una mañana y María no está en su cama, la tierra se la ha tragado. —En vez de enfado, es todo preocupación: nunca había visto a David así de afectado por nada—. ¿Podemos hacer algo nosotros?

—Sí. Pueden.

—¿Qué? Lo que sea, inspectora.

—Creo que ha llegado el momento de hacer pública la desaparición. Con el peinado de la zona, seguro que algún vecino ya se ha ido de la lengua. Debemos utilizar los medios de comunicación a nuestro favor.

—¿Cómo?

—Hagan una rueda de prensa. Son una pareja ideal, de la alta sociedad de Barcelona. Eso genera morbo, la gente devora las desgracias de los ricos. Sé que lo que digo es desagradable, pero debemos comportarnos de manera inteligente. Toda la ciudad verá la fotografía de María; si alguien la retiene contra su voluntad, si alguien ha visto algo, nos contactará.

—Yo no..., yo no voy a aparecer en los medios. David, haz tú esa rueda de prensa. Yo no puedo..., me desmoronaré.

—Es usted la madre, debe aparecer para despertar ternura. David es el padrastro, no es lo mismo..., y discúlpeme, no quiero ofenderle.

—Estoy embarazada, de muy poco tiempo... No voy a pasar por eso, tengo miedo de que tanta tensión..., tengo miedo a perder el bebé.

No me cree. Ahora me mira de un modo acusador. Pero no tengo alternativa.

—Está bien. Lo organizaré todo para esta tarde, ¿le va bien, David?

—Sí, por supuesto.

Él me mira con tanta extrañeza como ella.

—Eva, quisiera tener más información del padre de María. ¿Ha conseguido recordar algo?

—Nada. —Me controlo para que no se note mi nerviosismo—. Nunca he sabido nada de él.

—A ese tal Pablo, según me dijo, lo conoció usted una noche en la discoteca Kapital de Madrid. Se acostaron y no lo volvió a ver. ¿Jamás se cruzó con él por la calle?

—Nunca. —David pone mala cara: por culpa de esta policía entrometida he tenido que contar parte de la verdad; parte de la verdad que ni siquiera le conté jamás a María—. Él no ha tenido nada que ver en esto.

—¿Cómo está tan segura? En desapariciones de niños, los padres suelen ser el sospechoso habitual.

—No en este caso. Él no sabe ni que María existe.

Me altera la mirada de esta mujer. Es como si fuese capaz de ver mis mentiras.

—Una última cosa. ¿Hay alguien que tenga algo contra ustedes?

—En el despacho siempre hay discusiones con clientes, pero no hasta el punto de...

—David, sé sincero. Sí, hay alguien: Cameron.

—Aparte de ella. Usted ganó un premio en la lotería de varios millones. Me dijo que decidió venirse a Barcelona y cambiar de aires porque en Parla con tanto dinero empezó a sentirse incómoda.

—Sí, pero fui muy discreta. Nadie supo lo del premio. Me largué porque vivía en un barrio duro, prefería que María se criara en otro ambiente. Lejos de malas influencias. Mis padres han fallecido, no tengo hermanos. Nada me ataba a Madrid.

CAMERON

—Hola, Cameron. —Pasamos al salón—. Vino a verme la Policía preguntándome por ti. ¿Ha sucedido algo?

—Ahora te lo cuento. ¿Qué les dijiste?

—Nada. No les recibí. Ni siquiera les confirmé si venías a esta consulta. Tan solo haciendo eso ya habría traicionado la confidencialidad médico-paciente. —Pone mala cara—. Te noto un tic, y ese temblor de manos no es normal. ¿Estás bien?

—Llevo..., llevo dos días sin tomar la medicación.

Su rostro, circunspecto, poco a poco evoluciona hacia una media sonrisa.

—Eres una paciente muy poco paciente.

Sabía que no iba a montar un cirio, reñirme, sulfurarse. Por eso confío tanto en él. Porque entiende lo que me pasa y no me trata como a una niña.

—¿Sabes cuál es la mayor sorpresa que me he llevado gracias a no medicarme? —Agranda su sonrisa, expectante—. Me siguen gustando los hombres.

Suelta una carcajada. Me encanta hacerle reír.

—Sí, de verdad, no te burles de mí... No sé qué tienen los cinturones de herramientas, pero veo a un obrero con eso colgando de la cintura y me deshago.

—No me burlo. —Contiene las risas—. Es fantástico oírte hablar así. Y tu fetichismo con los cinturones de herramientas es muy habitual. Es el equivalente femenino a los zapatos de tacón para los hombres.

—Me quedo más tranquila..., pero lo malo es que..., lo malo es que a mí me siguen gustando los mismos chicos que me gustaban antes, pero yo ya no les gusto a ellos. Ahora solo me miran los viejos. ¿Cómo se sobrevive a eso?

—Bienvenida al club. ¿Sabes que eso le pasa a todo el mundo a partir de los cuarenta y cinco?

—¡Pero yo tengo treinta y uno!

Se toma con humor mi histerismo.

—Sé que un cambio físico a esa edad es más duro de aceptar y asimilar. Pero debes ver en ello una oportunidad: te aseguro que eso que te gustaba antes en los hombres es tremendamente frívolo y efímero. Ahora puedes centrarte en rasgos mucho más auténticos y profundos.

No sé si creerle. Un hombre a sus treinta es un bailarín tomando vuelo. Sus deseos inconscientes de reproducción, de perpetuar sus genes, arrasan con todo. ¿Cómo renunciar a ese atractivo?

—No estoy de acuerdo, Paul. Pero no importa, me encanta estar en desacuerdo con ideas inteligentes.

A él sé que le agradan esa clase de florituras conceptuales.

—Anda, cuéntame lo que ha sucedido. ¿Por qué vino a verme la Policía y has dejado de tomar la medicación?

Se lo narro todo, con detalle. El embarazo de David, la botella de vino, el extraño comportamiento de María, los mensajes del chico inAmorAti, cómo el geolocalizador de la aplicación lo situó dentro de la casa, mi ausencia, el cadáver degollado, la muestra de sangre, la visita de la Policía.

—Han registrado mi piso, sin encontrar nada. —Lo único que obvio es lo del trastero en Sant Boi: quiero que *Tu postal secreta* siga siendo solo para mí—. Ese hombre estaba allí, muerto..., lo toqué, ¡lo toqué! No sé si lo he matado, si he matado también a María...

—No nos precipitemos. Y debes calmarte. Teniendo en cuenta la edad de esa joven, lo más probable es que vuelva a casa dentro de una semana, cuando se le haya acabado el dinero y las ganas de aventura. Respecto al chico inAmorAti, ¿cuándo tendrás los resultados del análisis de ese clínex?

—Ya los tengo, están aquí. —Saco el sobre de la mochila y se lo tiendo, con la satisfacción de un mago que saca un conejo de su chistera—. No lo he abierto..., fui en taxi hasta el laboratorio y vine aquí directa. Prefiero que lo abras tú. Para que sepas que no lo he manipulado... Para que sepas que no estoy loca.

—Yo ya sé que no estás loca. —Me vuelve a sonreír, abre el sobre y lee—. Aquí, aparte de la descripción hematológica, tan solo dice que la muestra era de sangre de cerdo. Corriente, sin particularidades. La presencia de hormonas confirma que era un animal de crianza industrial, de los que encontramos en el supermercado.

Me tiende el papel. Lo leo, incrédula.

—Sangre... de cerdo. —Esas tres palabras me llevan al puro borde de la falla, a la zona de fricción donde las placas tectónicas crujen anticipando la catástrofe—. No puede ser..., eso es..., yo lo vi...

—Cameron, serénate y escúchame bien: lo que tú percibes y la realidad no siempre coinciden. Has tenido un brote psicótico.

Las dos últimas palabras me trepanan.

—El cuerpo de ese hombre y el geolocalizador de la aplicación diciéndote que el chico inAmorAti estaba dentro de la casa son creaciones de tu mente producidas por la combinación del alcohol con tu medicación, en una estructura neuronal esquizoide. Tenía que pasar antes o después, llevas meses jugando a la ruleta rusa cada vez que vas a ese chalet.

—Pero..., pero, ¡y el clínex! ¡Y la sangre! ¡Existen! ¡En el laboratorio los analizaron!

—¿Tienes carne de cerdo en la nevera?

—Sí..., hace unos días compré chuletas.

—Pues ahí lo tienes.

—Pero yo..., yo no recuerdo haber empapado un clínex en la sangre de esa bandeja de carne...

—Ese es el problema: que te fías de tus recuerdos. De lo que ves. Sin pararte a pensar que puede ser tu cerebro traicionándote.

—Mi... cerebro... traicionándome. —Ahora todo en esta consulta, incluido Paul, es tan perfecto que parece sacado de un libro de ilustraciones; todo, excepto yo.

—Esto que te voy a explicar no es muy científico, pero creo que es pedagógico: tienes que pensar en la esquizofrenia como si fuese un virus que necesita un huésped para sobrevivir. Hará lo que sea para habitar dentro de ti, aprovechándose sobre todo de tu inconsciente. —Da la impresión, escuchándolo, de que sus palabras no van a ser asaltadas por el tiempo; permanecerán aquí, para siempre—. Utiliza la lógica: si ese cadáver hubiese existido, y la Policía me has dicho que está rastreando todo Pedralbes buscando a María, ¿qué ha sido de él?

No tengo respuesta. De hecho, todo lo que tengo son preguntas.

—Pero..., pero mi móvil no estaba, y la Policía no lo encontró en el registro del chalet...

—Eso no lo sabes. Quizás sí lo tienen y lo están analizando. O lo extraviaste volviendo a tu casa.

—Y el chico inAmorAti... no se ha vuelto a conectar desde esa noche.

—Estará trabajando. Te aseguro que no verlo *online* dos días no justifica pensar que esté muerto.

Estoy mareada. La luz de la lámpara Tiffany que preside el escritorio de Paul se vuelve muy aceitosa.

—Esa cara de desolación no tiene sentido, Cameron. No puedes entristecerte porque hayamos confirmado que no eres una asesina.

Conforme argumenta, los sentimientos en mi bodega interior van desplazándose como la carga de un barco que se hunde.

—La... la posibilidad de ser... —me cuesta mucho hablar; toda la energía de estos últimos dos días se ha esfumado—, de ser una asesina me aterroriza, pero..., no te lo creerás, también era una esperanza.

—¿Una esperanza?

—Sí, por fin sentía que podía agarrarme a algo. Agarrarme a un pedazo de vida que me permitiera reincorporarme al camino. Escapar de las fauces del precipicio y seguir caminando. Tan solo eso, seguir caminando... fuera ya del grupo de los perdedores.

Su rostro está lleno de calidez y comprensión.

—Cameron, lo que dices no tiene sentido. Tu capacidad de razonamiento está nublada, y tú no te das cuenta precisamente porque tu capacidad de razonamiento está nublada. Debes confiar en mí: tan solo tienes una enfermedad, pero nunca le has hecho daño a nadie. Y nada nos indica que eso haya cambiado, no eres una asesina. ¿Está claro? En psicología el mejor predictor del comportamiento futuro es el comportamiento pasado.

—Paul... —ahora no le escucho, mi obsesión tiene vida propia—, ¿no crees que a lo mejor todo lo montó David? Desde el principio, es todo un gran plan...

—¿A qué te refieres?

—... para deshacerse de mí. He llegado a pensar que ya

conocía a Eva, de antes, que estaban juntos, por eso ella se vino con su hija desde Madrid.

—Entiendo. Y tu exmarido te hizo creer que eras esquizofrénica degollando a una joven, poniéndole una bolsa en la cabeza y dejándola en vuestra cocina. Además, se hizo una foto con otra supuesta amante que luego cambió por un folleto publicitario. —Con un gesto comprensivo consigue que la ironía resulte inofensiva—. Para deshacerse de ti, ¿no crees que le hubiese resultado mucho más sencillo pedirte el divorcio?

Su aplastante lógica me cierra la boca. Pero por poco tiempo: mi obsesión, llena de incoherencias, se resiste a morir.

—David no solo está embarazado... —hablo como una sonámbula—. Se ha enterado de que les espiaba por las noches desde casa... No podré mirarle a la cara jamás.

—No nos importa lo que piense David de ti. Por suerte, ya no está en tu vida. —Su semblante adopta un rictus muy serio—. Toda la lucidez que has creído experimentar estos dos últimos días es ficticia: necesitas tus pastillas. ¿Me prometes que cuando llegues a casa te tomarás la medicación?

Llevo el blíster en la mochila. «Toda la lucidez que has creído experimentar estos dos últimos días es ficticia». Pero no se lo digo.

—Sí, te prometo que me la tomaré —contesto con una sumisión que recuerda a esa Cenicienta que fregaba el suelo a cuatro patas—. Paul, todo lo que siento ahora es desesperanza.

—Lo sé, pero debes entender que eso nos pasa a todos. A lo largo de una vida plena, uno renace muchas veces. Pero también muere muchas veces. —Sus manos, engarzadas sobre la mesa ante mí, ofrecen una seguridad que yo ansío—. Cameron, debes ser fuerte. Quizás lo más difícil de esta vida es renunciar al renunciamiento. Salir de la desesperanza, del abandono total a la inercia. Como cualquier otro refugio en el que los humanos nos instalamos, puede llegar a ser muy acogedor. No escuches esos cantos de sirena.

EVA

—He querido hablar con usted a solas porque el tema a tratar es delicado. Y sospecho que su marido no sabe nada de esto.

—Mi marido lo sabe todo de mí.

—Lo dudo. Sería el primer caso en la historia.

—No estoy de humor para...

—Usted *secretea.*

—¿Cómo dice?

—*Secretea.* Soy inspectora de Policía y mujer, esas cosas las huelo a la legua.

—Pero ¿se puede saber...?

—Esconde algo, aún no sé qué, pero si quiere recuperar a su hija más le valdría ser completamente sincera conmigo. Esto tiene muy mala pinta.

—Yo siempre le he dicho todo lo que sé.

—Como quiera, es su conciencia la que sufrirá si María no aparece..., o aparece...

—Es usted despreciable.

—Solo quiero ayudarla. Y el tiempo apremia, los primeros días tras una desaparición son cruciales.

—¡Pues póngase a trabajar en vez de insinuar cosas horribles! ¡Pregunte lo que quiera preguntar!

—No se altere y escúcheme con atención, es importante. Piense en su hija antes de responder.

—...

—Los compañeros de la Policía Nacional tienen un grupo operativo en Madrid especializado en rastrear boletos de lotería premiados. Eso ya lo sabe.

—Sí, vinieron a verme cuando gané la Primitiva.

—Lo suponía, por eso hablé con ellos. A usted le tocaron once millones de euros, una cantidad así siempre se rastrea. Es muy tentadora para las mafias que ponen en contacto a ganadores de premios con gente que quiere blanquear dinero negro.

—Yo no sé nada de eso. Jugué y gané. Ya está.

—Sé lo que les dijo. Pero, como le mencioné antes, un policía ve a la legua si alguien *secretea*. Mis compañeros no la creyeron, rascaron un poco más. Le ahorro los detalles de la investigación, pero con la ayuda de un soplón de una de esas mafias, conectaron su boleto premiado con un tipo que vive en un poblacho de Jaén cuyo tren de vida empezó a desbocarse justo poco después de que a usted le tocara la lotería. Y resulta que es el cartero, tiene una nómina de mil euros. La misma que tenía usted de camarera. ¿No le parece muy raro que alguien así empezase a irse de mariscadas, prostitutas de lujo a gogó, viajes alrededor del mundo..., y casi todo pagado en efectivo?

—No sé de qué me está hablando.

—Yo creo que sí lo sabe. Y si mis compañeros de Madrid hubiesen podido demostrar algo, le aseguro que ya se habrían puesto en contacto con usted. Pero el cartero es listo, tiene el dinero muy bien escondido y es más duro que los clavos de un ataúd: no va a cantar. Con lo cual usted y él se irán de rositas, no hay manera de demostrar los hechos, ningún juez lo va a empapelar por irse de mariscada con un par de putas. Pero teniendo en cuenta que el premio fue de once millones, usted le tuvo que entregar un mínimo de quince en billetitos negros a cambio del boleto premiado. Por menos, nuestro querido cartero no se hubiese metido en líos.

—Ya se lo he dicho: no sé de qué me habla.

—Mentira. Yo no soy de Hacienda, todo esto me traería sin cuidado si no fuese porque una chica de dieciséis años ha desaparecido.

—¿Qué tiene que ver mi hija en esas fantasías?

—Eva, escúcheme bien: usted y yo sabemos que tenía un mínimo de quince millones de euros en dinero negro. Necesito saber de dónde los sacó. Para conseguir una cantidad como esa, estoy segura de que tuvo que tratar con mala gente. Y es muy probable que ahí esté la pista que nos lleve a María.

—En mi vida he manejado dinero negro. Ya se lo he dicho: jugué a la lotería y me tocó. Fin de la historia y fin de la conversación.

CAMERON

Salgo de la consulta de Paul y paseo hacia mi casa. Auriculares-diadema. Max Richter. *On the Nature of Daylight.* De Balmes a Sarrià son tres cuartos de hora, llegaré de noche. Ya no me fijo en los obreros con cinturón de herramientas que buscan una boca de metro tras el trabajo: se me ha vuelto a secar la vida, como si sin querer se me hubiese caído dentro del horno.

—Tal vez podría... —murmuro frente a mi portal, dubitativa, con las llaves en la mano; una vecina que sale me ve hablar sola, reconfirmando que en la finca hay una chiflada—. *What the fuck! Let's go for it!*

Debo intentar recordar. Saber qué hice esa noche, durante mi ausencia. ¿Le causé daño a María? ¿El chico inAmorAti y yo nos vimos? ¿Qué pasó con mi móvil? Si me vuelvo a tomar las pastillas, ya nunca averiguaré lo sucedido. Me sumergiré en el limbo, en la neblina perpetua. ¡Debo intentar recordar!

«Iré con mucho cuidado. No puede verme nadie. Si Caraestaca me descubre merodeando tendré problemas. Aún más problemas. Y si me tropiezo con Eva... o con David, no quiero ni imaginármelo. Pero debo intentar recordar, debo volver allí».

Cruz de Pedralbes. Ahí está, la avenida Pearson. Ascendiendo hacia las alturas. Y yo aquí. Siempre aquí. Lejos del cielo.

Es tan abajo no ser.

«Toda la lucidez que has creído experimentar estos dos últimos días es ficticia: necesitas tus pastillas».

Las recientes palabras de Paul me debilitan. Sé que me las dice por mi bien, pero me debilitan. Escuchándolas de pie frente a la avenida, me siento tan absurda como la aguja de una brújula empeñada en señalar al sur. Contra natura. No puedo dejar de observar sus curvas, las farolas, el asfalto, sus árboles. Su ascender pausado. Y sin darme cuenta, me meto en ella, disolviéndome dentro. Camino por su acera como si yo fuese un barco trastornado que surca su propia estela. Navegando hacia el pasado. Siempre, sin descanso, navegando hacia el pasado.

«¿Qué barullo es ese?».

En la puerta de uno de los colegios privados internacionales que hay en el barrio se ve mucho jaleo. Focos encendidos, cámaras de televisión, flases, periodistas. Nadie impide la entrada. Avanzo pegada al seto, intentando no llamar la atención. En el campo de futbito hay congregadas unas doscientas personas, muchas velas encendidas, un silencio respetuoso. Parece una vigilia. En el centro de todo, enmarcado por una de las porterías, David, de pie.

La visión me succiona hacia él.

Va bien vestido, con cara muy triste. La suya es una resignación semítica. Llena de dignidad, llena de épica. Semejante imagen enloquece mis pupilas dejando una impronta que tardará en desaparecer. Quizás no lo haga jamás.

—Gracias por venir. —Ajusta el micrófono—. Creo que todos ya sabéis por qué estamos aquí. Mi esposa no ha sido capaz de asistir, está destrozada...

Agazapada en el fondo, mientras le escucho, observo

al público. Aparte de la prensa, y de un grupo numeroso que parecen profesores y personal del centro, está lleno de padres de alumnos. Todos ricos, y muy compungidos, con ese aspecto espantosamente prosaico de los que se dedican a fabricar dinero con dinero.

—... ella es buena, tierna, cariñosa, inocente... Os lo suplico, si tenéis a María, no le hagáis daño.

En diez años jamás hasta ahora vi a David suplicar. Por nada, por nadie. Esa sumisión lo vuelve aún más atractivo. Tras él, Caraestaca. Leí una vez que basta mirar una cosa fijamente para que se vuelva interesante. Compruebo la veracidad del aforismo con la inspectora Castells. Ahí está, de pie, estática, serena, toda de Zara pero sobria. Como un león de bronce velando un edificio institucional.

—... gracias a todos por venir. —Y sin previo aviso, gira el rostro y su línea visual se cruza con la mía: me ha visto, de lleno; me petrifico, contemplando su silencio—. Jamás olvidaré vuestra ayuda. De corazón.

Quiero salir de aquí, escabullirme cuanto antes. No estoy preparada para hablar con David. No sé si estará enfadado conmigo, si sospecha de mí, si... Con el nerviosismo me trabo con uno de los cables de televisión y caigo sobre el césped. Tres o cuatro personas muy amables se preocupan por mí y me ayudan a levantarme. Me siento el ogro del pantano por haber sido tan cínica analizando a todo el mundo. A todo el mundo, menos a David.

—No es nada, no es nada, estoy bien, de verdad.

—Usted por aquí, menuda sorpresa. No hay boda sin la tía Juana.

Caraestaca frente a mí. Destilando ironía.

—Hola, inspectora Castells... Sí, bueno...

Rezo para que David no se acerque. En mi estado actual, no tengo ni idea de cuál sería mi reacción. Por suerte, puedo ver por el rabillo del ojo cómo los periodistas le acaparan.

—¿Por qué ha venido?

—Estoy preocupada..., quería apoyar a David.

—Supongo que no se le habrá pasado por la cabeza volver a la casa de su ex.

—No..., por supuesto..., qué va...

—Cameron, se ha acabado espiar desde la cocina. Déjenos trabajar, por favor.

—Sí, claro.

—Aprovecho para preguntarle un par de cosas. Mañana iba a ir a verla.

—Usted dirá.

—¿Se puede saber qué es esa montaña de postales que ha escondido en un trastero de Sant Boi?

Mi cara de pasmo le arranca una sonrisa. Tan furtiva que cabe la posibilidad de que ni su propietaria haya sido consciente de ella.

—No creerá que íbamos a dejarle tiempo para que vaciase el piso y eliminase pruebas. Cuando fui a verla, ya tenía la orden de registro, pero quería tentarla.

—¿Ten..., tentarme?

La noche es fresca, pero siento cómo el sudor unta mi piel. Y cómo la luz de las velas unta mi sudor.

—Sí, tentarla. Y usted cayó en la trampa. Pero al ver que se limitaba a trasladar cajas llenas de postales a un almacén y llevaba un pañuelo con sangre de cerdo a un laboratorio, le reconozco que se me rompieron los esquemas.

«Toda la lucidez que has creído experimentar estos dos últimos días es ficticia: necesitas tus pastillas». Puedo sentir mi olor corporal.

—El ordenador fue borrado de un modo tan torpe que los técnicos hacían bromas a su costa. En cinco minutos recuperaron la información. ¿Por qué demonios hizo búsquedas intentando averiguar si en los últimos días había aparecido el cadáver de un sesentón depilado?

«Toda la lucidez que has creído...».

—Esto..., estoy enferma, ya se lo dije, tengo ideas absurdas, me obsesiono con cosas que veo en las películas..., las busco en Internet para calmarme..., lo del laboratorio, el pañuelo, fue lo mismo.

—Suponía que era alguna paranoia producida por su enfermedad. Me hubiese gustado aclarar todo esto con su médico, pero se negó a recibirme. Y la ley le ampara, por lo que tengo que hablarlo con usted.

Saca del bolso un iPad y me toma por el hombro para llevarme a un rincón más discreto del jardín. El contacto físico me sobresalta.

—He estado revisando sus antecedentes y me he encontrado con esto.

En la pantalla aparece una grabación que ya conozco, de una cámara de seguridad: soy yo en bragas y sujetador en un bar del Raval. Gritando como una energúmena, en inglés. Parezco poseída, insulto a todo el mundo. Salto tras la barra atemorizando a la camarera y arraso con botellas y vasos, que caen con estrépito. Los clientes huyen despavoridos. No agredo a nadie, pero los aterrorizo. Llega un coche de la Guardia Urbana y los agentes me detienen.

—Esto pasó hace un año. En el atestado consta que usted se desmayó en el coche patrulla camino de la comisaría y cuando despertó no recordaba nada.

—Tengo..., tengo ausencias.

—¿Ausencias?

—Pierdo la consciencia... a veces.

—¿Y no recuerda nada de lo que hace en esas ausencias?

—Nada..., pero no soy peligrosa..., nunca le he hecho daño a nadie.

—No sé qué pensar viendo este vídeo... El atestado también dice que dio una tasa muy alta de alcohol en sangre.

—Sí, bebí..., por eso tuve la ausencia... No debo beber, por la medicación, pero a veces..., a veces no puedo evitarlo.

—¿La noche en la que desapareció María bebió?

—Sí.

—¿Y tuvo una ausencia?

—Sí. Ya se lo dije, me desmayé.

—Una cosa es desmayarse, otra cosa es *esto.* —Alza el iPad—. ¿De qué hora a qué hora tuvo la ausencia?

—Pues..., más o menos, de las dos a las siete de la mañana.

—Para aclarar las cosas: en esas cinco horas usted no es consciente de lo que hizo. Podría estar durmiendo, pero también podría haber destrozado un bar y no acordarse de nada.

—Es..., es correcto.

A pesar de lo intenso de la conversación, a pesar de que una inspectora de Policía está insinuando de un modo más o menos velado que soy una persona peligrosa capaz de cualquier cosa, incluido el asesinato de una adolescente, a pesar de todo eso, en mi mente solo hay una preocupación: que David no se acerque. Que David no me vea así. Temblando, sudorosa, asustada, con un tic.

—Cameron, sé que es usted la que está detrás de *Tu postal secreta.* No conocía esa cuenta de Instagram, pero tras inspeccionar el trastero estuve haciendo averiguaciones. ¿Por qué le preocupaba tanto escondernos esas postales? Son inofensivas.

—Ese..., ese es mi mundo. Es todo lo que tengo.

Suaviza el rostro. Ya no es una estaca. La compasión lo transforma en algo muy bello.

—Puede estar tranquila. Su secreto está a salvo conmigo. Y a nivel personal, la felicito, esa cuenta es una preciosidad..., una maravilla. —Después de lo que acaba de decir, la inspectora Castells, aunque me meta en la cárcel, es lo más parecido a una amiga que hay ahora en mi vida—. ¿Por qué va cada noche a espiar a su exmarido? ¿Por qué se tortura así?

Si está fingiendo bondad, lo hace muy bien. Y yo me agarro a esa bondad a la desesperada. Como alguien que cae por una cascada y se agarra al chorro de agua.

—Inspectora, yo... en los dos últimos años he leído mucho..., he leído más que en toda mi vida. ¿Sabe usted por qué hay tantas personas, sobre todo mujeres, que se autolesionan?

—Supongo que es un trastorno psíquico.

—Esas mujeres se cortan la carne, se queman la piel, se clavan agujas... porque la alternativa es peor.

—¿Peor?

—Su dolor emocional es tan fuerte que prefieren provocarse un dolor físico, horrible, para no pensar en el otro. Su único alivio es ese, aunque resulte difícil de creer. Lo que a usted le parece una tortura para ellas es un consuelo.

—No entiendo qué tiene que ver eso con usted.

—Yo subo a esa casa cada noche por lo mismo que esas mujeres se hacen cortes en la carne: la alternativa es peor. Quedarme a solas con mis recuerdos es peor. La nostalgia es peor, se lo asegu...

Rompo a llorar. La inspectora no sabe muy bien cómo reaccionar. Al final me abraza.

—Bueno, cálmese. Y hágase un favor: no vuelva a subir a esa casa.

Un poco incómoda, se despide con un apretón en mi

codo y se dirige hacia David, que sigue rodeado de periodistas. Yo estoy desorientada, confundida. La gente pasa y me ve llorar, lo cual me sofoca. Necesito esconderme. Me escapo a los baños de niñas. No hay nadie, pero me meto en un cubículo y cierro la puerta. Teniendo en cuenta lo minúsculo que es el retrete, estos deben de ser los lavabos de preescolar. Me siento en la tacita y respiro profundamente: este es el refugio perfecto, porque ahora mismo soy justo eso, una niña pequeña. Los váteres de colegio huelen igual en todo el mundo. En todas las épocas. Viajo en el tiempo y en el espacio hasta mi guardería en Lowell. Recuerdo aferrarme a la pierna de papá, llorando como lloro ahora: no quiero que se vaya y me deje allí, con esos extraños. Todo estaba ya entonces dentro de mí. Paul tiene razón.

«La infancia es ese secuestrador del que conseguimos escapar, pero a cambio de una promesa: para dejar de ser mi rehén, una parte de ti se quedará siempre conmigo».

Necesito tranquilizarme. Pensar en otra cosa. Miro el móvil. Notificación: el chico inAmorAti está conectado. Es de noche, estoy en Pedralbes, y el chico inAmorAti está conectado. Como siempre. Le escribo: «Hola». Me contesta: «Hola ☺». Enseguida otro mensaje: «¡Qué sorpresa tan agradable!». Está vivo. Sigue escribiendo, querrá ligar, proponerme una cita como la otra vez, pero no le doy tiempo: desinstalo la aplicación. No lo maté. Me lo imaginé todo. Mi mente se lo inventó.

«Toda la lucidez que has creído experimentar estos dos últimos días es ficticia: necesitas tus pastillas».

Paul siempre tiene razón. Saco de mi mochila el blíster y la botellita de agua. Me tomo las píldoras. Salgo del lavabo. Ya se han ido casi todos los asistentes, pero la inspectora Castells y David siguen atendiendo a un par de periodistas rezagados. Busco la salida, las luces del colegio ya se han apagado. Unos veinte metros por delante de mí camina un hombre, solo. No lo vi antes entre la multitud que asistía al acto, y eso que su gran envergadura, la americana a cuadros y el pelo rubio no pasan desapercibidos. Parece extranjero.

«¿Dónde demonios he visto antes a ese tipo?».

Su manera de andar, esos movimientos me resultan familiares. No sé cuándo ni dónde, pero esa gestualidad la conozco.

«Sure!».

No puedo verle el rostro, pero sé quién es. La sangre se me hiela. Sí, seguro que es él. Las caras engañan, la manera de andar, no. Lo dice todo de ti. Caminas como eres, eres como caminas: ese que va ahí delante, y ahora baja entre sombras por la avenida Pearson, es el mismo que cada noche espera a María y su perro. Para abrazarla, para meterse en la oscuridad con ella.

Nos acercamos al arranque de la avenida Pearson, miro hacia atrás, no se ve a nadie: si la Policía aún me sigue, lo hace muy bien. El hombre pasea tranquilo, con las manos en los bolsillos, hacia la cruz de Pedralbes. Mantengo la distancia, para que no sienta mis pasos tras él. Enfila una calle que conozco bien, en ella está el consulado americano. Quedo un poco al descubierto: ambas aceras están encajonadas entre muros altos, sin árboles, el barrio es de mansiones y chalets con grandes parcelas. Pero él no se da la vuelta en ningún momento, va a lo suyo.

En cuanto entramos en Sarrià, respiro aliviada: es viernes noche, hora de cenar, hay gente. Tuerce por la calle Mayor, estrecha, con bullicio. Me siento segura, a pesar de que el hombre que camina veinte metros por delante de mí puede ser un asesino que viene de asistir a la vigilia organizada en honor a su víctima: en las películas eso responde siempre a un perfil psicopático. Debo llamar a la Policía, pero primero averiguaré dónde vive; si ahora le pierdo el rastro, luego sería como buscar una aguja en un pajar.

«Bar el Tomás de Sarrià».

A pesar de la buena noche que hace y las mesas que el establecimiento tiene en la calle, ha entrado para sentarse en un taburete, frente a la barra. Como el bar hace chaflán, es setentón, tiene grandes cristaleras y dentro hay poca gente, la escena me recuerda a Hopper. Bebe ginebra a palo seco. Con los brazos cruzados sobre la barra y la mirada fija en el vaso.

Cada vez más y más Hopper.

Ahora puedo verle la cara a través del ventanal. Su rostro es principesco. Orondo, sonrosadote, lleno de gentileza y a la vez de altivez acerada. No es guapo, pero tiene algo.

¿Qué demonios hago aquí? ¿Llamo a la Policía?

No tengo credibilidad, la inspectora Castells me considera una loca. Si después de lo de las postales en Sant Boi, la sangre de cerdo, el cadáver depilado, mis vigilancias a David... le cuento que he identificado al novio de María solo por su manera de andar, me mandará a paseo. Debo ofrecerle algo más. Esto debo resolverlo yo. He de saber si le hice daño a esa niña. Dónde está, qué ha sido de ella. Paul me lo dijo una vez. Y Paul nunca se equivoca.

«El puente entre la cordura y la locura casi siempre lo sostienen nuestras expectativas vitales. Sin un propósito, todo se desmorona».

Ya tengo mi propósito: siento que salvando a esa chica me salvaré yo. Si la he matado, me hundiré con ella. Me llega un wasap:

«Gracias por venir esta tarde. Quiero verte. Mañana a las 12 en el Toni Bigoti?».

Es David.

EVA

—No entiendo por qué no has venido.

—Ya se lo dije a esa policía, estabas delante: tengo miedo de perder el bebé. Nuestro bebé.

—No me lo trago, Eva, no me lo trago... ¡Es tu hija la que ha desaparecido, por el amor de Dios!

—Pero..., pero... ¿por qué me gritas?

—Llorar no te servirá de nada. Hay algo en todo esto que no encaja... Me dijiste que el padre de María fue un novio de cuando eras jovencita, que también se apellidaba Gómez, como tú. Por eso la niña se llama María Gómez Gómez. Me dijiste que se desentendió de ella, se olvidó de vosotras. Pero resulta que los dos apellidos de María son tuyos, porque a él ni le conoces. Y me he tenido que enterar así...

—Te lo oculté porque sabía que no te gustaría... Yo era una cría, fue una noche muy bestia, bebí demasiado. ¡¿Tú nunca hiciste una locura de juventud?!

—Sí, pero si esa locura se hubiese transformado en una niña de dieciséis años, te lo hubiese contado. Me has mentido. Ahora ya sé que no puedo fiarme de ti.

CAMERON

—¿Qué va a ser, señora?

—Señorita, si no le importa. Lo mismo que el caballero, no me apetece pensar.

—A mandar.

El caballero aparta la vista del vaso de ginebra y se gira hacia mí. Con cara de pocos amigos.

—Se puede saber cómo es alguien... observando cómo trata al camarero.

Su fuerte acento alemán vuelve la frase agresiva.

—Sí, eso es verdad. Pero tampoco hay que exagerar. Tengo una amiga que, en su primera cita en un bar con uno de Tinder, para demostrar lo cariñosa que era se tiró al camarero. Creo que estuvo un poco feo hacerlo encima de la mesa, a mitad cerveza.

Su carcajada también es germánica.

—Hola, soy Hans. —Me tiende una mano enorme.

—Yo, Cameron. ¿Alemán?

—Un poco más al sur.

—¿De Suiza? ¿El país perfecto?

—Eso es. Pero puedes estar tranquila. Bernard Shaw dijo que el patriotismo es la convicción de que tu país es el mejor del mundo tan solo porque tú naciste en él. Yo no padezco esa enfermedad, Suiza es una mierda.

Un tipo leído. Y redicho, pero lo bastante listo como

para combinarlo con autocrítica. Alguien capaz de soltarle esa frase a una desconocida en una barra de Sarrià seguro que se apunta a invadir Polonia. Su barba pelirroja también es prepotente. Pero me apetece olerla.

—Yo sí padezco esa enfermedad de la que hablaba Bernard Shaw, en mi país es pandémica.

—¿Estadounidense? —Sonríe, seductor.

—Te lo he puesto fácil. —Enfatizo el tuteo y alzo mi vaso para brindar.

—*Prost!*

—¿Qué haces aquí bebiendo solo? Se te ve triste.

—He perdido a alguien importante para mí.

—Vaya. Lo siento. ¿Puedo ayudarte en algo?

—No. Nadie puede. —Bebe, esquivo; le observo pensar, sus cavilaciones recuerdan al caldero de la bruja, rebullendo repleto de ingredientes insanos—. ¿Y tú? Tampoco estás hecha unas castañuelas.

—Yo también he perdido a alguien. Vengo de espiar a mi ex, me ha dejado por otra.

—¿Y qué tal se ha dado la misión? Parece de alto riesgo, solo para valientes.

—Muy reveladora. Es más feliz que conmigo.

—Te acompaño en el sentimiento.

—Que le jodan. ¿A qué te dedicas?

—Soy profesor. De literatura alemana. En un colegio pijo de Pedralbes.

—Interesante. Hablas de libros y te escuchan.

—No conoces a los adolescentes de hoy en día: nadie me escucha, solo están pendientes de sus móviles. Además de profesor, soy jefe de estudios y, a pesar de eso, cobro una miseria. Tan solo estoy en ese colegio porque quería salir de Suiza como fuese. —Me mira con sus preciosos ojos azules, pero advierto que ahí dentro no hay nada que se esté comunicando realmente conmigo—. Y tú, ¿a qué te dedicas?

—Soy rica, vivo de rentas. Viajo y disfruto.

—Brindo por ello.

Nos acabamos las copas. Con una señal autoritaria le indica al camarero que las rellene. Alberga una especie de densidad secreta que me atrae. Me atrae mucho. Quizás tenga algo que ver con la maldad.

—Vivir sin trabajar..., eres afortunada. Hablas un español perfecto, debes de llevar tiempo aquí.

—Diez años.

—¡Diez años! ¿Qué te gusta tanto de este país?

—El café.

De nuevo se carcajea. Debe de tener mi edad, pero está impregnado de una decadencia fin de siglo. Una melancolía de balneario a lo Thomas Mann.

—¡No te rías, hablo en serio! Con el café me he vuelto muy española. Ahora me siento ridícula saliendo de un Starbucks con un cubo lleno de lava hirviente que lleva mi nombre escrito, servido por un camarero sumiso como un eunuco que está dispuesto a espumarte la leche con la boca.

—Eres muy graciosa. —Redobla las risas—. Hace tiempo que no hablaba con una chica tan simpática.

«Simpática» es el último adjetivo que una mujer quiere escuchar en la boca de un hombre cuando está coqueteando con él en un bar. Aunque ese hombre pueda haber matado a una adolescente. Pero quizás me haya equivocado, quizás me haya pasado de lista: con la manera de andar no se puede identificar a una persona de un modo fiable.

—Un profe atractivo como tú debe de llevar locas a sus alumnas. A esa edad todas fantaseamos con esas cosas, las hormonas se nos salen por las orejas.

Tuerce el gesto. La ginebra ya me está haciendo efecto.

—No quiero hablar de eso. A mí me gustan las mujeres

más hechas. —Él también empieza a estar borracho: me desnuda con la mirada—. Mujeres con sentido del humor... y con conversación adulta.

Haciendo equilibrismos sobre el taburete, cruzo las piernas con furia y aprieto mucho los muslos para calmar la desazón. Para que ese gusanito que caracolea en mi vientre se esté quieto y deje de retorcerse, pero no hay manera: me estoy excitando con alguien que podría ser un asesino.

«Seguro que no, seguro que me he confundido, esa manera de andar es muy corriente, él trabaja en el colegio de María, no estuvo liado con ella, es suizo, esa gente tiene ética...».

Las pastillas aún no han hecho efecto. Por eso me apetece acostarme con él. Por eso y porque me está seduciendo. Tras dos años, alguien me está seduciendo.

Me desea.

La sensación es maravillosamente embriagadora. Pura ambrosía. Por eso me apetece tanto. Por fin me apetece mucho acostarme con alguien que no es David.

—Sí, lo sé, soy una pesada, hablo mucho y al principio caigo mal, pero luego... luego todo empeora. Estate tranquilo, nada de mala conciencia. Yo tampoco me soportaría si fuese tú y estuviese ahí sentada frente a mí.

Alarga una de sus enormes manos y me tapa la boca. De modo brusco, algo violento. Sin darme cuenta, me voy melancolizando bajo su mirada.

—Cállate.

Se acerca y me besa. Tiemblo. Mi cuerpo arde. De deseo y de terror. ¿Cómo algo que sucede en la superficie puede llegar tan adentro? Nos quedamos mirándonos, sin decir nada. Vuelve a acercarse, pero esta vez su lengua quiere entrar dentro de mí. Me resisto un poco, muy poco. Su barba huele bien.

—¿Vamos a mi casa? Vivo aquí al lado.

—Vale.

—¡Ponga otras dos ginebras y cobre todo!

Nos las bebemos de un trago y salimos tambaleándonos, cogidos de la cintura. Al sentir esa mano sobre la chicha de mi cadera pienso en lo joven y sexy que es María, con su cuerpecito perfecto, terso, duro, y me aterroriza imaginar que este hombre lo comparará con el mío. No me aterroriza irme con un asesino para meterme en su cama, me aterroriza que desprecie mi cuerpo.

—Es aquí.

Calle popular, casa sin personalidad, planta baja y altillo. La fachada de ladrillo cara vista presenta caries aquí y allá que evidencian vejez y poco mantenimiento. Una contraventana con un gozne fuera pide un repintado.

—Pasa. Perdona el desorden.

Me agarra con fuerza, besándome con el mismo vigor. Es tan corpulento y fornido que incluso a mí es capaz de sostenerme en el aire. Se me olvidan las inseguridades sobre mi cuerpo, se me olvida el peligro: soy una diosa. Ya no me acordaba de lo empoderadora que es esa sensación. Cuánto la necesitaba... Antes de darme cuenta, estoy desnuda tendida en su cama. Lo que siento cuando me penetra trae a mi memoria lo que sentí cuando perdí la virginidad. No es placer. Es una especie de pellizco en las entrañas, muy primitivo.

—Ve con cuidado..., no tomo nada...

De repente, una idea me asesta un navajazo traicionero. Necesito poner distancia entre esa idea y yo para no desangrarme. Por eso me centro en mi orgasmo, para separarme de esa idea, para alejarme de su poder letal: estoy siéndole infiel a David, con un asesino. Soy penosa.

Me despierto con los primeros rayos del amanecer. Hans, a mi lado, duerme a pierna suelta, despatarrado sobre la cama, desnudo. No me sorprende: así duermen los hombres dispuestos a invadir Polonia. Salgo del cuarto con sigilo, no me atrevo a buscar mi ropa para vestirme, temo despertarle. Quizás no tenga otra oportunidad.

El salón de la casa recuerda a una migraña: atestado, sucio, caótico, doloroso. Hay estanterías abarrotadas de libros por todas las paredes, sin ninguna coherencia estética. Se ven varios volúmenes esparcidos sobre la alfombra, encima de la mesa, en alguna silla, abiertos como si su propietario fuese un pulpo interrumpido a mitad lectura simultánea. Junto a los libros, cajas de pizza con restos resecos, botellas de cerveza vacías, ropa sucia.

«¿Por dónde empiezo?».

El problema fundamental es que no sé lo que busco. Alguna conexión entre Hans y María, pero ese objetivo es tan ambiguo y amplio que tan solo consigue marearme: frente a mí hay cientos de miles de páginas. Me llevaría días localizar una carta o una fotografía escondida entre ellas. Pero ¿quién guarda hoy en día cartas o fotografías en papel? Debo pensar, debo pensar correctamente. Por desgracia, noto claramente cómo mi cerebro se ha ralentizado. No, no es la resaca.

—Malditas pastillas...

Lo susurro con rabia. Pero me sobrepongo.

«Si este combate he de boxearlo con una mano atada a la espalda, que así sea».

La arenga motivacional funciona. Cautelosa para no despertar a Hans, me paseo por el salón desnuda, observándolo todo. Buscando un escondite. No saco los libros de las estanterías, pero sí compruebo que sus lomos están hechos de papel para asegurarme que no hay ninguno hueco. Repaso cada una de las baldosas hidráulicas del piso, por si alguna está suelta. Miro detrás de los cuadros, bajo los muebles, en los cajones... Es frustrante, y aún estoy en el salón. Queda la cocina, el cuarto de baño, el piso de arriba. ¿Y si los recuerdos de su relación con María están escondidos en su habitación, donde por supuesto no puedo buscar sin despertarle? ¿Y si esos recuerdos no existen porque mi identificación de Hans es otra de mis chaladuras de enferma? Me desplomo en el sofá.

«No puedo desanimarme, debo continuar. Este es mi propósito. Lo que da sentido a mi vida ahora: averiguar qué pasó».

La arenga motivacional funciona de nuevo. O quizás sea que por fin he tenido sexo tras más de dos años de abstinencia forzada. Sea por lo que sea, me pongo en pie de un salto, sintiendo cómo vibran mis lorzas. Pero esta vez la sensación no me entristece: anoche toda esta carne le hizo feliz a un hombre. Muy feliz.

Tres veces feliz, concretamente.

Me regodearía en el recuerdo, pero no tengo tiempo que perder, debo proseguir mi exploración. Voy a subir la persiana para tener más luz, pero temo hacer ruido. Busco el interruptor de la lámpara del techo, pero en el techo no hay lámpara: un cable cuelga con un casquillo sin bombilla. La única luz artificial del salón parece ser la que proporciona un flexo de lectura junto al sofá. Al agacharme para encenderlo, lo veo: esto es muy raro, sobre todo para una mente germánica.

El flexo está conectado a una regleta con cinco enchufes, a la cual hay conectada otra regleta con otros cinco enchufes. Total, nueve enchufes disponibles. Ocupados al completo. Televisor, consola, cargadores varios, flexo, ventilador... Nueve aparatos que chupan todos la luz del enchufe en la pared al que está conectada la primera regleta. Algo bastante imprudente si quieres prevenir una sobrecarga, sobre todo teniendo en cuenta que a un par de metros, en la misma pared, hay otro enchufe que no tiene conectado nada: ¿por qué?

Mientras me acerco a ese enchufe solitario, mis sienes laten al ritmo de mi corazón. Menuda batucada. Lo palpo, tiro de él y no tardo en sentir la dulce sensación del triunfo. Me recuerda mucho a lo que sentí anoche cuando Hans me sedujo. Poder.

«I got you, bastard».

Es un falso enchufe. No está atornillado a la pared, sale por presión. Al extraerlo, se destapa un pequeño cubículo. Saco todo lo que hay dentro.

—Cazado..., no está mal para una empastillada. Te he cazado, cabrón.

Tres enormes fajos de billetes de cincuenta euros. Cada uno debe de tener por lo menos trescientos. Y un cuadernito de tapas duras. Lo abro: «Diario de María Gómez».

—¡¿Qué haces ahí?!

Me pongo en pie de un salto, espantada.

—Hans, yo solo...

Aún desnudo, ha irrumpido en el salón llenándolo de energía oscura: su enfado es un humo negro y espeso a través del cual puedo contemplar dos teas rojas mirándome.

—Du Hurensohn! Lass das!

No sé alemán. Pero no me hace falta: viene hacia mí hecho una fiera. Suelto el diario. Pero él me empuja igualmente, con violencia. Al caer, me doy en la sien con el canto del sofá y siento cómo mi yo funde a negro.

CAMERON

Cuando vuelvo en mí, sigo en el mismo sitio. Aún desnuda. Han desaparecido los fajos de billetes y el diario de María. Me palpo el chichón mientras me incorporo, dolorida. No parece grave. Entonces me acuerdo de la cara de odio con la que Hans me miraba a la vez que embestía: si sigue en la casa, corro peligro. Pero no se escucha nada. Con cautela me acerco a su habitación. Cama sin hacer, cajones abiertos y vacíos, sus cosas de aseo no están. Es obvio que ha hecho las maletas a toda prisa para escapar. No se ha llevado el reloj despertador de la mesilla: las once y media.

—*Shit!*

Me visto en un plis plas, salgo a la calle, busco la tarjeta en el bolso y, sin dejar de correr marco el número, en el móvil.

—Inspectora..., soy yo..., Cameron.

—¿Ha sucedido algo? La noto muy alterada.

—Es que llevo un poco de prisa..., pero...

—Tranquilícese, con tanto jadeo ni la entiendo.

—Sé quién es el novio de María..., estuvo anoche en la vigilia..., le seguí..., he averiguado... —¡Horror! Con las prisas me he puesto la camiseta del revés: dejo a la inspectora con la palabra en la boca, móvil al bolsillo, me quedo en sujetador en plena calle y reemprendo la carrera ya con la camiseta del derecho—. ¡Debe darse prisa! ¡Ya habrá tiempo para preguntas! Se llama Hans, es profesor en el colegio de María, vive en la calle del Clos en Sarrià...

—Ya hablamos con él y...

—Es la casa de ladrillo cara vista, no tiene número pero es la de la ventana descolgada, no hay pérdida. He dejado la puerta entornada, para que no tengan que echarla abajo. Él no está. Ha huido, con mucho dinero en efectivo. Tenía muy bien escondido el diario de María..., pero yo lo encontré.

—Cameron, necesito que...

—¡Ya sé que piensa que estoy loca! ¡Pero tiene que hacerme caso! ¡Debe creerme! ¡Ese animal me dejó sin conocimiento, es violento y les lleva un par de horas de ventaja! ¡Tienen que detenerle antes de que salga del país! ¡Estoy segura de que fue él! ¡Fue él!

Cuelgo sin darle tiempo a preguntar. Hago la otra llamada que debo hacer y apago el móvil. No quiero distracciones. Entro en una farmacia de la Diagonal, la señora licenciada me pone mala cara, fijo que es del Opus. Pero me vende lo que le pido. Como ya no tengo pasaporte, me identifico con el carnet de conducir. Llego cinco minutos tarde. La terraza está casi vacía.

—Tráigame una cerveza. Sin alcohol.

Menos mal que siempre llevo desodorante en el bolso. Llega la birra. Me tomo la píldora y confío en que el sofoco tras la carrera compense la falta de maquillaje. Odio ser tan blanca de piel.

Aunque a David eso le gustaba.

Todavía no ha llegado.

—Disculpa el retraso, princesa. Mi vida está del revés.

Las que están ahora del revés son mis bragas: ¡¿*princesa*?!

¡¿Ha dicho *princesa*?! Nunca pensé que la angustia, al endurecerle las facciones, pudiese volverle aún más irresistible.

—Supongo que está siendo horrible... Eva debe de estar destrozada.

Se limita a sonreírme de un modo ambiguo. No soy capaz de interpretar el gesto. Dentro de mí hay ahora semejante macedonia sentimental que no sé ni lo que siento. Le diría que yo sola resolví el caso, que he hecho lo que la Policía no es capaz de hacer: encontrar al malo. Pero sé que se lo diría tan solo para impresionarle, para que me vuelva a admirar. Callo.

—¿Tú cómo estás? ¿Qué te has hecho en la sien?

—Nada, me di un golpe con una puerta, estoy bien..., pero antes que nada quería pedirte disculpas por lo de ir a tu casa, de noche... No quiero que pienses que soy una chiflada, solo fueron unas pocas veces, sentía nostalgia... Me muero de vergüenza.

—Cam, esa no es mi casa. Sigue siendo *nuestra* casa. —Alarga el brazo y me toma la mano—. No tienes nada de lo que avergonzarte.

De nuevo me sonríe. Estoy hecha un flan. La mano me hierve. Por un instante, muy breve, nos metemos uno dentro del otro. Gracias a esa sonrisa.

—De hecho, soy yo el que debe pedirte disculpas, el que debe sentirse avergonzado. Te hice mucho daño, lo sé.

—Ol..., olvídalo..., ahora lo importante es tu hija.

—Por supuesto que no lo olvido. Hasta que no ha pasado lo de María... No entiendo muy bien la razón, pero estos últimos tres días me han hecho ver lo mal que me porté contigo. Fui cruel.

—No sirve de nada mirar atrás. Lo hecho, hecho está. No pienses ahora en eso.

—Sí que sirve. Mirar mi pasado no lo cambia. Pero me cambia a mí.

El David que yo conozco no dice este tipo de cosas. Esa sosegada humanidad le es ajena. Estoy muy descolocada. Ahora el silencio se expande como ese humo que salía por la nariz de un actor cuando en las películas se podía fumar.

—Creo que por culpa del sufrimiento de estos días, he pensado..., he pensado mucho sobre lo que nos pasó. Y no sé si hice lo correcto. Si decidí bien.

—David, todos elegimos en esta vida. —Poco a poco, mi mano, asustada, se retira hasta mi regazo—. Lo difícil es vivir con ello. Y no hay nadie que pueda ayudarte con eso.

Creo que le ha dolido. Pero mi intención era justo la opuesta. Ahora su mirada trágica convoca a nuestro alrededor fuerzas inquietantes.

—Sí, tienes razón. Eres muy inteligente..., siempre fuiste la más inteligente de los dos.

No me gusta que me digan que soy inteligente. Porque cuando yo estoy delante de alguien inteligente, siempre me siento bajo sospecha. Y no quiero que nadie se sienta así delante de mí. Sobre todo, David.

—Cam, te quería preguntar..., esto es importante. —Él nunca duda, nunca es timorato; esta tragedia le ha cambiado, aún no sé si para bien—. Has hablado con la Policía, pero Eva y yo estamos desesperados y... ¿Viste algo esa noche, desde casa, que no le hayas contado a la inspectora Castells?

—No. Se lo conté todo.

—Sé que esa mujer puede llegar a ser muy fría, incluso desagradable. Por eso pensé que..., sabes que a mí me puedes contar cualquier cosa. Tal vez...

—No le oculté nada a la inspectora. De verdad.

—¿Estás segura, princesa?

Ya no me acordaba. La energía de David es como la

energía de la cola de un cometa: mágica, brillante, poderosa. Deja una estela cuando se ha ido de una habitación. Y te atrapa.

—Por favor, si viste algo que no hayas contado, ahora es el momento. Quedará entre tú y yo, te lo juro.

Me mira tan fijamente que me asusto: es como si supiese que esa noche vi a un hombre desnudo y depilado junto a mí. Con una raja en el cuello.

—Ya te lo he dicho. Todo lo que vi se lo conté a Castells. María soltó al perro, volvió a su cuarto a cambiarse, dejó una nota y se fue hacia el sendero por donde solíamos ir tú y yo cuando nos apetecía trepar por la sierra como si fuésemos cabras montesas.

Esta vez sí pretendía herirle. Arrancar la piña, descubrir la llaga: «No quiero hablar de ello, pero esa noche, además de a un tipo degollado, también vi cómo celebrabais que estáis embarazados».

—Fuimos muy felices, ¿verdad?

—Sí, David. Fueron los ocho años más felices de mi vida.

—¿Te..., te arrepientes de algo? De haberme conocido, de...

—De nada. Repetiría todo el viaje.

Conforme pronuncio cada palabra, es mi dignidad la que se va arrepintiendo más y más. Pero ya es demasiado tarde. Creo que David nunca será consciente de todo su poder. Lo cual le vuelve aún más atractivo.

—Cam, tal vez podríamos...

—Hola, soy Pedro. ¿Cómo estás, cariño?

Salgo de la burbuja, dislocada. Alzo el rostro: ¡ni me acordaba de esto! ¡Soy absolutamente imbécil!

—Hola, yo soy David.

Se dan la mano y el recién llegado acerca una silla, se sienta junto a mí y me propina un piquito en los labios con absoluta naturalidad.

—Cariño, si no nos damos prisa, llegaremos tarde al partido.

—Sí..., claro. —No sé si el bochorno que siento es por la situación o por el desparrame hormonal que ya empieza a hacer efecto—. Quizás podrías...

Le hago señales disimuladas para que aborte misión, pero como aún tengo el tic en el ojo, creo que son señales confusas.

—Bueno, yo ya me iba... Adiós, Cam. Estamos en contacto. Encantado de conocerte, Pedro.

David se levanta y, un poco contrariado, se aleja sin que yo pueda hacer nada para evitarlo.

—¡Joder! ¡¿No has visto que te hacía señas para que te largases?! ¡Eres idiota!

—Pero el plan no era..., cuando me llamaste por teléfono hace un rato...

—Tienes razón, perdona. La idiota soy yo. —Quisiera morirme en este preciso instante; me siento una auténtica inútil—. Toma, lo acordado.

—No debería cogerte el dinero. Me he dado cuenta al chocarle la mano, si llego a saberlo no me siento..., pero...

—¿Qué dices? ¿De qué te has dado cuenta?

—No se ha tragado que seamos pareja.

—¿Por qué..., por qué dices eso?

—Tu ex me ha reconocido. Sabe que soy actor.

Un incendio que nace en mi útero me seca la boca. Quizás de sopetón me ha llegado la menopausia: el remate perfecto para este fantástico día.

—Las últimas Navidades su despacho me contrató para hacer de Papá Noel. Montaron una fiesta infantil con los niños de todos los socios.

—Pero..., pero si ibas disfrazado de Papá Noel no te habrá reconocido.

—Cuando acabó todo, ya sin barbas ni traje rojo, se

fueron los niños y tu ex me invitó a un whisky. El mejor que he probado en mi vida. Es un buen tipo, ha disimulado para no comprometerte..., pero yo debía decírtelo, sabe que soy actor y sobrevivo haciendo estas mierdas. Si no quieres, no me pagues.

Le meto a la fuerza los dos billetes de cincuenta euros en el bolsillo de la camisa y me voy para que no pueda verme llorar.

EVA

—He venido porque tengo un par de cosas importantes que contarles.

—¿No puede hacer nada con esos malditos periodistas? Me da miedo hasta salir al jardín, nos intentan grabar por encima del muro.

—Ya les advertí que la rueda de prensa implicaba este peaje. Mientras no invadan su propiedad y permanezcan en la vía pública, la respuesta es no. No puedo hacer nada.

—Qué asco de país...

—La mayoría son *freelance* autónomos: si no consiguen algo vendible a los medios, no cobran.

—O sea, mercenarios.

—Es otra manera de verlo. Creo que se calmarían si usted saliese y tan solo dijese unas palabras. Buscan su foto y un titular. El dolor de la madre.

—Ni loca, esos carroñeros no sacarán nada de mí. ¿Qué ha venido a decirnos? Estoy desquiciada, la ansiedad está devorándome y, con el embarazo, no puedo tomar tranquilizantes.

David, sentado en el otro extremo del sofá, me mira. Su silencio es acusador. Ya no se fía de mí, y esta policía entrometida lo nota.

—Hemos detenido a alguien.

—¡¿Quién es?! ¡¿Tiene a María?! ¡¿Les ha pedido algo?! ¡Si quiere dinero...!

—Eva, cálmese, por favor. Ya se lo dije, esto no es un secuestro económico. Habrían contactado antes y proactivamente. No puedo decirles quién es el detenido. Aún no.

—¡Es mi hija, por el amor de Dios!

—Eva, ya has oído a la inspectora. Cálmate.

—Estamos interrogándole. Necesitamos trabajar sin presión, aún no sabemos el nivel de implicación que tiene en la desaparición de María. Pero debo preguntarles algo. Y es duro, se lo advierto.

—Pregunte lo que sea, por favor..., y discúlpeme, ya se lo he dicho, estoy desquiciada.

—Creemos que María tenía un *sugar daddy*. ¿Tienen idea de quién podría ser? Un amigo de la familia, algún vecino con el que tuviese cierta confianza, incluso un tío o primo más mayor... Por supuesto, sé que no es algo que les contaría a ustedes, lo que les pido es que intenten analizar cualquier indicio, cualquier anécdota, cualquier recuerdo...

—Inspectora, disculpe mi ignorancia, pero ¿qué es un *sugar daddy*?

Menos mal que lo ha preguntado David. Yo me siento incapaz incluso de respirar. Estoy aterrorizada.

—Es como llaman las adolescentes a los hombres mayores y ricos que a cambio de sexo les pagan todos los caprichos. También suelen darles dinero en efectivo, billetes, para sentir que las compran. Como muestra fetichista de poder.

—Joder... —David se retuerce las manos; tiene ganas de pegarle a alguien, a quien sea, lo noto, y a la vez tiene ganas de llorar—. Eso que dice es..., da mucho asco. En mi familia, por supuesto que nadie haría algo así, y pongo la mano en el fuego por nuestros amigos..., también por los vecinos.

—Eso que dice, además de asqueroso, es mentira. Mi hija no es una puta.

La inspectora Castells se queda en silencio, con los codos sobre las rodillas y mirando fijamente la alfombra. La muy arpía sabe lo que se hace. No nos da toda la información, solo un poquito, para ver si me cuezo viva en mi propia ansiedad y acabo confesándole lo que no pienso confesar jamás.

—Entiendo que esta es una noticia muy dura para unos padres. Necesitan madurarla, piensen sobre ello, intenten recordar. Pero les advierto que los indicios que tenemos al respecto son sólidos. Y esto me lleva a la segunda cosa que debo contarles. —Levanta la cabeza y me mira fijamente, solo a mí; maneja muy bien los tempos esta zorra—. En el pasaje de la Font del Lleó hemos encontrado una gota de sangre. Es minúscula, una salpicadura en una zarza. Pero es de María, eso es seguro. En el laboratorio han repetido tres veces los análisis.

—*Fill de puta!*

David salta del sofá, golpea el aire. Ahora es pura rabia, todo impotencia y coraje. Yo tan solo lloro.

—Eso no es todo. Gracias a esa sangre de María, sabemos que estaba embarazada cuando desapareció. De muy poco tiempo, los niveles de alfafetoproteína eran bajos. Lo cual refuerza la hipótesis del *sugar daddy*. Deben pensar seriamente en el asunto. Insisto, la mayoría de las veces es alguien del entorno familiar.

Mi niña recién embarazada. Como yo. Esto es demasiado. La presión me vence.

Siento cómo las voces se desvanecen y yo con ellas.

CAMERON

Los efectos de la medicación han vuelto deprisa, infiltrándose en todo. Son como la humedad tropical, que enmohece, ralentiza, cansa. Y si te mueves mucho intentando escapar de ella, es peor.

He cruzado Barcelona como lo llevo haciendo desde hace dos años: con mi música triste y buscando una morena guapa con un lunar en el cuello. Entro en la sede central de Correos, frente al puerto. No puedo quitarme de la cabeza la conversación que he tenido esta mañana con David. No hago más que darle vueltas... ¿Qué quería de mí? Me asusta responderme con franqueza. Para quitarme esa obsesión de la cabeza, en cuanto saco mis postales del cajetín, me acuclillo en un rincón de la inmensa sala. Ignorando el trajín de la gente, las voy revisando una tras otra. Disfrutándolas, parsimoniosa. De nuevo, son mi refugio. Leyéndolas me siento como esos genios del jazz que por el día eran esclavos de plantación y por las noches ascendían al olimpo de los dioses encima del escenario, con un Chesterfield colgando del labio y los ojos sonámbulos por el alcohol y el miedo.

—Señora, no puede estar sentada en el suelo. —El guardia de seguridad me mira con desgana.

—Sí, perdone, ya me voy.

Me pongo en pie y mientras abro la mochila para meter el mazo de postales, leo distraída la que ha quedado arriba.

«No..., no es posible».

La percepción del espacio y el tiempo se disuelve en el pánico. Releo cada palabra escrita sobre la postal y siento cómo se me va enroscando alrededor del cráneo una corona de espinas.

—Es tu mente. —Las gotitas de sangre deslizándose por mi frente anegan mis ojos sumiéndolos en un escozor férrico—. Esto no está pasando, es tu mente.

Pero tengo un pedazo de papel físico frente a mis pupilas que me chilla lo contrario. Me doy cuenta de que intentar entender esto me viene grande. Cuando la realidad es demasiado dolorosa como para razonar con ella, lo mejor es dejarse mecer por las olas. Nadie sensato lucha contra el mar.

«Paul... Paul me ayudará».

Aturullada, con la postal en la mano, cruzo la gran sala. Me voy directa a su consulta. Es viernes por la tarde y no tengo cita, pero le llamaré al móvil, me lo dio para emergencias y estoy viviendo una: necesito enseñarle esto. Le suplicaré que me reciba, le confesaré que le oculté *Tu postal secreta...*, pero necesito enseñarle esto, que me ayude a entenderlo.

«Sí, seguro que él tiene una explicación razonable a esta locura. Paul me ayudará».

—«Los ricos también lloran: pierde a sus dos hijos en cuatro días. Eva Gómez, secuestran a su pequeña y del disgusto, aborta».

Lo leo, en voz alta, aún dentro del edificio de Correos, justo antes de salir a la plaza, en la pantalla del televisor silenciado que emite noticias en bucle: aparece la imagen de Eva saliendo de la clínica Creu Blanca. La conozco, está en Pedralbes, he estado allí. La acompaña David, que intenta protegerla del enjambre de periodistas que los atosigan. Ella se tapa la cara con una revista, pero en un descuido, las cámaras la captan de pleno: es el rostro del sufrimiento en estado puro.

¿Cómo te sientes, mi querida Eva, cuando te arrebatan lo que más quieres? ¿Te quedan ahora ganas de follarte a mi marido con la luz encendida y las cortinas abiertas? Sí, me refiero a ese hombre fuerte, amable, guapo, protector, con clase, que me robaste aprovechando que yo luchaba contra una enfermedad terrible. Me refiero a ese pedazo de cabrón. ¿Cómo te sientes, mi querida Eva?

—¡Cameron!

La inspectora Castells me espera apoyada en un coche patrulla frente al edificio de Correos. No sé cómo me ha localizado, esta mujer es como los malos pensamientos, que aparecen cuando menos te los esperas y se resisten a desprenderse de ti. Dentro del vehículo hay dos agentes uniformados. Me acerco a ella, nerviosa, con la postal en la mano. Sin atreverme a esconderla en un bolsillo del chándal para que eso no despierte su interés: como los malos pensamientos, la inspectora Castells está siempre atenta a los detalles.

—Buenas tardes. Después de hablar esta mañana la he estado llamando, pero tiene el móvil apagado.

—Hola... Necesitaba desconectar, ha sido un día intenso. ¿Le han cogido?

—Sí, estaba a cinco kilómetros de Andorra. Por poco lo perdemos. Llevaba consigo el diario de María y cincuenta mil euros en efectivo. Como usted dijo.

Observa la postal en mi mano. Por un segundo temo que quiera leerla. Supongo que podría negarme.

—Le quité la vigilancia creyendo que ya no podía meter la pata más hondo. Pero veo que me equivoqué.

—Gracias a mi metida de pata tienen al culpable.

—La propondré para medalla.

—¿Ya saben qué le hizo a María?

—Eso forma parte de una investigación en curso. Dígame una cosa, ¿se acostó con Hans? Él no ha querido responder a esa cuestión.

—¡Pero ¿por quién me toma?! Por supuesto que no.

—Asuntos Internos tiene abierta una línea de investigación para dilucidar si la Policía es tonta. Pero de momento, solo hay indicios. —Sonríe a su propia broma, tal vez porque yo no lo hago—. Para confirmar su enfermedad, dado que el psiquiatra que la trata no quiere hablar conmigo, pedí un informe a Sanidad. Me acaba de llegar, y en él constan todas las recetas que Cameron Portman ha presentado en los últimos años en las farmacias catalanas. Hipótesis confirmada: es usted una esquizofrénica como la copa de un pino. Pero en el informe consta también que esta mañana compró la píldora del día después. Y en un par de días, cuando me lleguen del laboratorio los análisis de las sábanas del detenido, estoy convencida de que aparecerán restos de su flujo vaginal.

Esta mañana, Pedro. Ahora esto. Por segunda vez en el mismo día, me siento ridícula. Una auténtica inútil incapaz de engañar a nadie.

—Mi vida sexual no le atañe.

—Me atañe si una sospechosa tiene un lío con un sospechoso. ¿Cuál es la relación entre ustedes? Y se lo ruego, hágase un favor y dígame la verdad. Creo que en los últimos tres días ya ha cubierto usted el cupo de «me lo paso pipa poniéndome en evidencia».

Me trago el sapo, impertérrita.

—Ninguna. No tenemos ninguna relación. En la vigilia

me di cuenta de que Hans gesticulaba como el chico con el que María quedaba todas las noches en el callejón, al que siempre vi de lejos y en la oscuridad. Decidí seguirle. Se metió en un bar y yo...

—¿Qué bar?

—El Tomás de Sarrià. El dueño le confirmará que me senté junto a él en la barra, nos pusimos a charlar, me invitó a una copa y quiso ligar conmigo. Y yo me dejé querer, ¿es eso un delito?

—No, prosiga.

—Fuimos a su casa y... sí, nos acostamos. Por la mañana me levanté antes que él y registré la vivienda. Detrás de un enchufe, muy bien escondido, vi el diario y los fajos de billetes.

—¿Leyó el diario?

—No me dio tiempo. Hans apareció, me empujó, al caer me golpeé con el canto de un mueble, perdí el conocimiento. —Le muestro el chichón—. Es un hombre..., creo que es un hombre violento.

—¿Quiere presentar denuncia?

Niego con la cabeza. No sabe si creerme. Me observa. En silencio, se enciende un cigarrillo, sin ofrecerme. Pero en su marcialidad hay cierto apego. Algo así como si el sargento de hierro, cuando nadie lo ve, arropase a su recluta más indefenso una vez las luces del barracón se han apagado.

—Con usted nunca sé si estoy escuchando toda la verdad. Voy a arriesgarme, le contaré algo.

—Soy toda oídos. —Creo que nunca dije algo más sincero.

—Hemos encontrado en el pasaje de la Font del Lleó restos de sangre de María.

—Dios mío...

—A Eva y a David les he informado del hallazgo,

pero no les he dicho que cabe la posibilidad de que la sangre de María no implique que se la hayan llevado a la fuerza.

—No la entiendo.

—Por la cara que pone, creo que antes me dijo la verdad, no ha leído el diario. Si lo hubiese hecho, sabría que aparecen cosas muy duras... Esa niña era un juguete roto. Por culpa de su madre.

—¿Qué..., qué pone el diario?

—He hecho una primera lectura rápida, debo profundizar en cada detalle, pero ya tengo claro que la intención de María era desaparecer, llevaba meses planificándolo y ahorrando dinero. Quería hacerlo de tal modo que su madre sufriese cuanto más mejor. Tal vez lo haya simulado todo. Incluida su propia sangre.

—Pero... ¿por qué odiaba tanto a su madre?

Al hablar en pasado, siento que me delato. O quizás la que me delata es la postal que llevo en la mano. Ella es la que me impide corregir el tiempo verbal.

—María sospechaba quién era su padre, quería encontrarle a toda costa. Pero su madre no le estaba poniendo las cosas fáciles. Todo lo contrario. Ya se lo he dicho, esa niña era un juguete roto.

Noto que ella también ha hablado ahora en pasado para empatizar conmigo, para que no me sienta culpable. El palo y la zanahoria. Tardo unos segundos en digerir la información mientras la inspectora da una calada a su cigarrillo, hierática.

—¿Por qué..., por qué no le cuenta todo esto a su madre..., a Eva? La aliviaría.

—No quiero aliviarla.

—Pero eso..., eso es inhumano. Es su madre.

—Eva oculta algo. Algo gordo, lo sé. Pero incluso estando en peligro la vida de su hija, no está dispuesta a contármelo. Quiero incrementar la presión, no aliviarla, para ver si se rompe y habla.

—Pues lo ha logrado... Hace un minuto he visto en las noticias que Eva salía de una clínica. Ha tenido un aborto espontáneo..., por culpa de toda esta tensión acaba de perder el bebé que esperaba.

—Reconozco a una bicha en cuanto la veo, esa mujer no me da pena. Y creo que a usted tampoco, aunque se fuerza a sentirla..., a pesar de lo que le hizo.

—No creo que tenga derecho a decirme lo que debo y no debo sentir.

—Deje de comportarse como si fuese una persona que se hace pasar por otra.

—Es mi enfermedad...

—Y una mierda. Eso es una excusa.

Se acabó la zanahoria. Ahora toca palo. Me va a volver loca. Más loca.

—Inspectora, antes me pidió sinceridad, y voy a seguir su consejo al pie de la letra: hoy no tengo el cuerpo para aguantar ni sus reproches ni los de nadie.

—Normal. Se ha pasado la noche follando con Conan el Bárbaro sin importarle que pudiera ser un asesino. Es usted de traca.

La miro a los ojos. Me mira. Ya ha roto a Eva. Y ahora me ha roto a mí: empiezo a llorar. De un modo pasivo, lastimoso. Sin coraje ante la agresión.

—Yo no odio a Eva... —balbuceo, sumisa—, ha perdido a su hija y el bebé que esperaba en menos de una semana. Me da mucha pena esa mujer.

—Entiendo... —Fuma; Caraestaca en plena forma—. Tal vez ir al psiquiatra produce esos sentimientos antinaturales. Odiar es sano. Terapéutico. Es así.

—¿Qué quiere de mí? —No puedo dejar de llorar ante la misma mujer ante la que lloré ayer; de repente se acerca a mí, como hizo anoche, y de nuevo intenta abrazarme para consolar mi llanto: pero esta vez me alejo, asustada, porque siento que si la abrazo, a mi esquizofrenia se le sumará su bipolaridad—. No quiero su lástima, no quiero que me utilice... ¿Por qué me cuenta todo lo que me acaba de contar? ¿Por qué ahora sé cosas de la investigación que..., que ni siquiera ha querido revelar a los padres de esa niña?

—Cameron, al igual que Eva, sé que usted me oculta algo. Pero a diferencia de Eva, también sé que usted no es una mala persona. No creo que le hiciera nada a María. Y necesito su ayuda. Por eso he confiado en usted.

—Pero...

—Si la trato con dureza, es porque necesito que reaccione. Que salte. Que deje de habitar tierra de nadie y se pase al lado de los buenos. —Me coge con fuerza de ambos brazos atravesándome con sus ojos: por favor, que no me delate la postal que sostengo entre mis dedos—. ¡Confíe en mí! ¡Ayúdeme!

—¿En qué..., en qué puedo yo ayudarla?

—Estuvo casada con el actual marido de Eva ocho años: ¿tiene la más remota idea de cuál puede ser ese secreto que ella oculta? No sé si David está al corriente o no, pero creo que no es prudente abordarle y destapar el pastel si no lo sabe.

—No..., yo no sé nada de eso.

—Quedó con su ex esta mañana en un bar, por eso me colgó y apagó el móvil. —¿Cómo sabe esta mujer que he estado en el Toni Bigoti con David?—. Pero no sé de qué han hablado. Le repito la pregunta: ¿sabe usted algo?

—No hemos hablado de nada relacionado con María..., tan solo..., son momentos muy difíciles, me preocupaba por él..., y él por mí... Sobrellevar esto nos está afectando a todos.

Es inteligente, se da cuenta de que no voy a saltar. Se da cuenta de que no quiero dejar de habitar tierra de nadie, quizás porque no tengo claro cuál es el lado de los buenos.

—De lo que le acabo de contar, ni palabra a nadie. He confiado en usted, si cambia de opinión y decide confiar en mí, llámeme, a cualquier hora. —Me suelta, tira la colilla al suelo y la apaga, sin saña—. ¿Esa postal es para su cuenta de Instagram?

—Sí. La mejor que he recibido hoy.

—¿Puedo leerla? Me gustó mucho todo lo que vi.

—Si mañana se conecta, la leerá, junto con todos mis seguidores. Ahora, si me disculpa, tengo cosas que hacer. Buenas tardes.

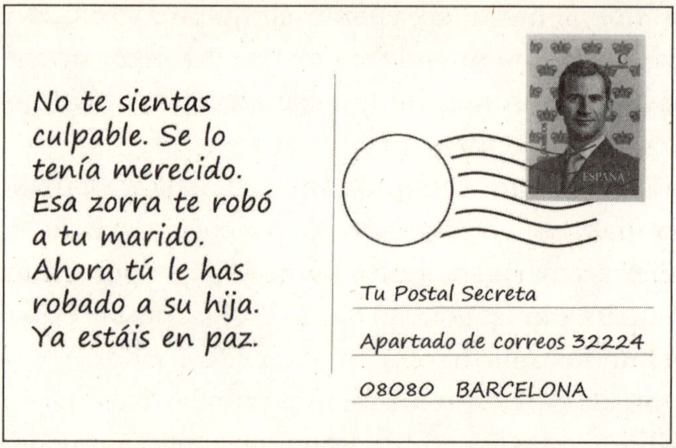

—Tranquila, no debes disculparte. Entiendo que no me hablaras de *Tu postal secreta.* Y me parece muy sano. Todos necesitamos un rinconcito propio, solo nuestro.

Tras mi charla con Caraestaca en la puerta de Correos, he cogido un taxi y me he venido directa a la consulta de Paul. Amable como siempre, me ha recibido tras la última visita que tenía programada para esta tarde.

—Pero... ¡¿por qué me acusa?! —Blando en el aire la postal, sin tener muy claro de dónde viene mi enfado—. ¡¿Quién me ha enviado *esto*?!

—Utilicemos la lógica. Si el proyecto *Tu postal secreta* solo lo conoces tú y la inspectora Castells...

—¿Crees que ha sido ella?

—Puede que quiera someterte a la misma presión a la que somete a Eva: no le ha dicho que quizás su hija haya desaparecido por propia voluntad. Es su *modus operandi.* Sería coherente hacer lo mismo contigo. Tensionarte, para que te rompas.

—Tensionarme... No lo había pensado —reflexiono, cabizbaja—. Perdona por los gritos..., en realidad no estoy enfadada. Lo hago para tapar el miedo que siento.

—¿Miedo a qué?

—A que la postal diga la verdad. —Alzo los ojos para mirar a Paul fijamente—. ¿Y si fui yo? ¿Le hice daño a María? Tuve una ausencia de varias horas...

—Eso no pasó. Eres una buena persona.

—Lo dices para tranquilizarme..., pero..., pero mi cabeza es un caos..., a veces siento que sería capaz de hacer cualquier barbaridad. Daría lo que fuese por entender qué me pasa por dentro.

—Que eso no te agobie, nos sucede a todos. Yo, cuando me frustro en ese sentido, recuerdo las palabras de un gran científico: si el cerebro fuera tan simple que pudiésemos entenderlo, no seríamos lo bastante inteligentes para comprenderlo.

Desenredando la idea, se me enrosca al cuello.

—Paul, te agradezco que me metas en tu mismo saco, pero no soy tonta..., sé que quieres evitar que me sienta un bicho raro. Tú eres todo serenidad, buen juicio, equilibrio, pero yo... ¡Mi cabeza es una puta cafetera! —Me desespero—. ¡¿Por qué no puedo ser como todo el mundo?! ¡¿Por qué tengo que tomarme cinco pastillas al día?! ¡¿Qué le pasa a mi cerebro?! ¡¿Por qué me falla?!

—Cameron, cálmate, por favor. —Me acerca a través de la mesa la caja de clínex, serio pero afable—. Te conozco muy bien, y sé que tienes una mente extraordinaria. El proyecto del que me has hablado hoy, *Tu postal secreta,* es buena prueba de ello. Tierno, humano, inteligente... ¡Es una creación fabulosa! Al igual que lo fue *Barcelona with Cameron,* y al igual que lo será tu novela cuando la escribas. Pero toda esa riqueza genial que sale de tu cabeza, por desgracia, debe pagar un peaje.

—¿Un peaje? —Ha conseguido intrigarme—. ¿Cuál?

—Las mentes tan creativas como la tuya son como los coches de carreras: capaces de hacer cosas increíbles, pero delicados.

Conforme voy armando el puzle que la comparación ha esparcido en mi cabeza, me tranquilizo.

—La próxima vez que te rebeles contra tu propia mente, frustrada porque tienes que tomarte cinco pastillas al día, piensa en lo aburrido que sería conducir un utilitario. —Me guiña un ojo, simpático—. ¿Alguna otra cosa interesante que contarme, aparte de jugarte la vida para cazar a un asesino?

—¿Eso también fue fruto de mi mente creativa?

—Por supuesto que lo fue. Ya te lo he dicho: conduces un coche de carreras, no un aburrido utilitario. Y a veces rebasas los límites de velocidad, lo cual entraña riesgos, pero también es estupendo. Si vuelve a aparecer un Hans en tu vida, ¿me prometes que llamarás a la Policía?

—Prometido. Palabrita del Niño Jesús.

—Buena chica. Regalito. —Y me da uno de los caramelos que tiene en un cuenco de barro, listos para los niños que vienen a consulta; yo no puedo evitar reírme—. El resto, ¿todo bien?

—Esta mañana he estado con David.

—Menuda sorpresa.

—Me citó él, lo juro.

—¿Qué quería?

—Nada en concreto... Bueno, estaba muy interesado en saber qué había visto yo desde su casa esa noche. La desaparición de María le tiene preocupadísimo, pero..., pero si te soy sincera, creo que quedó conmigo por otro motivo, para tantear si... —No soy capaz de acabar la frase.

—Me tienes en ascuas.

—Me asusto incluso de pronunciarlo en voz alta. Creo que quiere volver. *Conmigo.*

Conmigo. Conmigo. Conmigo.

—Entiendo. —Se rasca el mentón, con calma—. Y tú

has empezado a fantasear. Sobre todo, tras enterarte esta tarde de que Eva ya no está embarazada.

—Sí, eso es. —Con el caramelo en la mano y semejante confesión en la boca, me siento una cría.

—Si vuelves o no vuelves con él, es una decisión que solo te corresponde a ti. Pero soy tu médico, y debo poner sobre la mesa dos datos objetivos.

—¿Qué datos... son esos?

—El primero, David te dejó cuando a ti te ocurrió una desgracia; el segundo, David va a dejar a su mujer cuando a esta le ha ocurrido una desgracia. No dice mucho de su capacidad de compromiso. A mí me suena, de nuevo, a *modus operandi*.

Me desmorono. La apisonadora argumental hace papilla cualquier atisbo de esperanza. Pero me resisto. Me resisto como gato panza arriba.

—Eres injusto con él..., puede haber cambiado. Me dijo que la pérdida de María le había cambiado...

Mi susurro se va apagando. Paul guarda silencio. Deja pasar el tiempo contemplándome, benevolente. Pero tras escuchar lo que va a decir, descubro que a quien contemplaba benevolentemente no era a mí, sino a sí mismo.

—Quizás tú tengas razón. Quizás yo haya sido injusto. —¿Se está disculpando?—. La herida nos ayuda a entender al otro, el duelo nos abre simas por las que el otro se puede verter en nuestro interior. —Nunca le había visto tan solemne, y le he visto solemne muchas veces—. La herida nos cambia, casi siempre en contra de nuestra voluntad. Pero beneficiando a nuestra voluntad. Tú eres un buen ejemplo de ello. Quizás David también lo sea.

Sus palabras despiertan dentro de mí una euforia, un gozo que hacía tiempo no sentía. Quizás por eso pregunto algo impertinente, porque en realidad lo que me apetece es abrazar a Paul.

—¿Qué es lo que te enamoró de tu mujer?

Se sonroja, no se lo esperaba.

—Cameron, esto no sé si procede, la relación psiquiatra-paciente no debe rebasar determinados límites...

—Discúlpame, ya sabes cómo soy, suelto lo primero que se me pasa por la cabeza, si te he molestado...

—No, qué va. En el fondo lo que pasa es que me da vergüenza hablar de estos temas, aunque no lo parezca... soy bastante tímido. —Poco a poco su mirada pierde solemnidad y se ensueña—. No es habitual que una paciente me pregunte sobre estas cosas. Pero, la verdad, tú no eres una paciente habitual.

—Perdona, no tendría que..., si te incomoda...

—No, no..., en realidad, es algo muy ingenuo. Nuestra primera cita fue encantadora, nos hubiésemos pasado toda la tarde charlando en aquella cafetería, pero yo tuve que irme a la facultad, tenía unas prácticas a las que no podía faltar. Sara decidió pedirse otro zumo y quedarse allí un rato más, leyendo sola. Era un sitio muy agradable. Cuando ya desde la calle me despedí por última vez a través del ventanal, sonrió de un modo maravilloso.

—¿Fue esa sonrisa la que te enamoró?

—No. Fue saber que esa sonrisa permanecería cuando ya no quedase allí nadie para contemplarla. Eso fue lo que me enamoró.

Pienso en Sara, a la que no conozco, y siento una sana envidia. Por tener tan enamorado a un hombre tan fantástico. Y porque sonreírle a la nada es quizás la máxima belleza a la que puede aspirar una mujer. Ahora lo sé. Maldito Instagram.

—Y después de este bochorno, tengo que irme. Como esta sesión no estaba programada, había planeado cenar precisamente con mi mujer en un restaurante que le han recomendado y queremos probar. Llego tarde. —Se pone en pie, aún nervioso, aún encantadoramente avergonzado—. Con tu permiso, me quedaré con la postal. Quiero hacer unas averiguaciones.

—Sí, claro. —Se la tiendo—. ¿Qué averiguaciones?

—Ya deberías saber que todos necesitamos un poco de misterio, por algo eres la creadora de *Tu postal secreta.* —Me guiña de nuevo el ojo, con mucha gracia—. Te prometo que en la sesión de la semana que viene te la devuelvo y aclaro el misterio.

Llego a casa tarde, son casi las once. Cuando salgo de la consulta de Paul me gusta pasear por la ciudad, sin rumbo.

—Camarón, ¡qué hermosa te veo! —Eduvigis, la vecina de arriba, es incapaz de pronunciar mi nombre y tiene muy mala leche—. ¿Sabes de lo que me he *enterao* oyendo la radio mientras venía a casa?

Subimos en el ascensor. Es viuda, cotilla y mala. Hace meses que he optado por ignorarla.

—Pues resulta que esta mañana han detenido a un tiparraco por la desaparición de esa jovencita de Pedralbes. Cualquier día nos cogen a nosotras, que vivimos solas, y nos violan o nos hacen cualquier barbaridad. Pero a lo que iba, ¿a que no sabes lo que ha pasado? ¿A que no lo sabes, Camarón? ¡Le acaban de soltar! ¡Dicen que no ha hecho nada! Claro, como era extranjero y ahora los extranjeros son todos unos santos, a la calle a seguir violando y matando.

EVA

Viernes, once de la noche. Si la inspectora ha venido a vernos a estas horas, es por algo importante.

—¡¿Por qué han soltado a ese cabrón?! —David está fuera de sí, la pérdida del bebé le ha afectado mucho; más que a mí.

—Ese hombre no quedó con María la noche de la desaparición. Tiene una coartada sólida.

—¡¿Coartada?! ¡A la mierda su coartada! ¡Acaba de decirme que llevaba meses acostándose con ella! ¡Era su profesor! ¡¿No es eso un delito?!

—Por favor, no manipule mis palabras, yo no le he dicho eso. El diario revela que María estaba enamorada de él, de un modo algo tóxico. La atracción por un profesor a esas edades es algo bastante frecuente, pero nuestros especialistas en perfilado psicológico han estudiado el diario y concluyen que María había visto en Hans una figura paterna de sustitución.

David se queda lívido. Se siente atacado, y como le conozco, sé que ahora morderá.

—María no necesitaba mendigar fuera de esta casa una figura paterna. Y no me busque las cosquillas, o se arrepentirá.

—¿Me está amenazando?

David calla, acaba de darse cuenta de que su airado

comentario es ridículo: tan solo hace dos años que conoce a mi hija. Sabe que su orgullo le ha traicionado, pero a pesar de eso, su mirada de rabia lo dice todo.

—Entonces... —tercio en esta berrea entre muflones que no puede traer nada bueno—, ¿ese tipo se acostó con mi hija?

—Según el diario, sí, solo una vez. María quería perder la virginidad con él. Ya se lo he dicho, estaba enamorada de su profesor. Él se arrepintió, le dijo que nunca volvería a pasar, le exigía que debían verse solo como amigos. Su hija en el diario reconoce que el tal Hans la apoyó mucho a la hora de afrontar sus problemas en casa...

—¡¿De qué problemas habla?! En esta casa no hay ningún problema...

—Ahora abordaremos ese tema, David. Deje que acabe de aclararle esto a su esposa, es importante. —Gira el rostro hacia mí—. Al profesor de su hija le aterrorizaba pensar que pudiera llegar a hacerse pública su historia con María. Ni siquiera le dio el número de móvil, para que ella no le contactase por WhatsApp, sabía que esas conversaciones quedan registradas de por vida, aunque las borres en tu teléfono. Sus citas en el callejón por la noche las apalabraban en el colegio.

Se me van décadas con cada sílaba que esta mujer pronuncia. La juventud me abandona por segundos. Nunca podré recuperar todo lo que estoy dilapidando. Acabo de hacerme vieja ya para siempre.

—Pero si se acostó con mi hija, siendo su profesor y ella una menor..., ¿no es eso un delito?

—Si lo hizo cuando María tenía aún quince años, sí. Pero las entradas del diario no están fechadas, por lo que estamos haciendo averiguaciones en el colegio para establecer la cronología de su encuentro sexual. Si este se produjo cuando su hija ya tenía dieciséis, no podremos hacer nada. El diario deja muy claro que fue sexo consentido.

Se me retuercen las tripas: ¿qué hice mal? ¿Soy una mala madre? ¡¿En qué me equivoqué?!

—Quisiera..., quisiera ver el diario de mi hija.

—Eso no va a ser posible, Eva. Es un elemento central de la investigación.

David está a punto de saltar otra vez, pero le tomo de la mano, para calmarle. Él me mira y agacha la cabeza: se siente profundamente humillado. Le conozco. Cree que la culpa fue suya. Es un león que no ha sabido proteger a su manada.

—Hay una cosa que no entiendo: si ese diario es la única prueba que hay contra ese hombre, lo único que demuestra que se acostó con mi hija, ¿por qué no lo destruyó?

—Para protegerse. El diario deja claro que la noche en la que María desapareció no fue él quien quedó con su hija. Había otro hombre.

—Entonces, ¿él no es el *comosellamedaddy* ese?

—En absoluto. El diario lo explicita. Además, es un muerto de hambre. Cuando aparecimos por el colegio se asustó. Creía que íbamos a por él. Como era el jefe de estudios, tenía la llave maestra de las taquillas y le dio tiempo a inspeccionar la de María antes de que llegásemos. Allí encontró el diario y un montón de dinero en efectivo. Su hija lo había estado ahorrando, gracias a su... *mentor*.

Me mira solo a mí. En su tono hay reproche.

—El juez ha accedido a ponerle una pulsera electrónica. Sospecha, como nosotros, que se acostó con su hija cuando ella aún era menor. Por eso intentó escapar. Además, debe estar controlado hasta que sepamos si es el responsable del embarazo. Pero ese imbécil no me preocupa ya, sé que no nos va a llevar a María. Aunque al menos nos ha servido para saber que la niña no se fue voluntariamente: habría cogido el dinero antes.

Se comporta como si David no estuviese en el salón. Habla solo conmigo.

—Eva, en ese diario hemos leído cosas que no tienen una fácil explicación. ¿Hay algo que deba contarme?

Sé lo que está haciendo, juega a meterme miedo. Y a enturbiar mi relación, que David sospeche de mí. Pero no se saldrá con la suya: María no sabía nada. Por el diario es imposible que esta zorra haya averiguado lo que pasó.

—¿Contarle? ¿Yo? No sé a qué se refiere.

Está dando palos de ciego. Lo intenta, a ver si hay suerte, por si suena la flauta. Por eso no me deja leer el diario. Es lista esta cabrona. Pero yo más.

—Necesito que me hable de esos problemas familiares que a María le atormentaban, y que su profesor la ayudaba a sobrellevar.

—No sé de qué me habla.

—Y usted, David, ¿sabe de qué hablo?

Él niega con la cabeza mientras me mira a mí. Le estoy perdiendo, por culpa de esta policía entrometida le estoy perdiendo a él también...

—Eva, su hija narra en el diario que, cuando aún vivían en Madrid, tuvieron un encuentro casual en un centro comercial con un individuo de aspecto eslavo y con acento ruso. Usted fingió no conocerle, se escabulló llamando a la seguridad del centro comercial cuando él insistió violentamente en hablar, en que le diera al menos el número de teléfono. Eso sucedió tres meses antes de que le tocara la lotería.

—Sí, lo recuerdo, pero no sé qué tiene que ver ese trastornado con la desaparición de María.

—Su hija estaba convencida de que *ese trastornado* era su padre. Usted se lo negaba, no quería que la niña tuviese ninguna información sobre su progenitor, y le contaba el mismo cuento chino que me ha contado a mí al respecto.

—Oiga, no le tolero...

—Déjeme acabar. Al poco tiempo de ese encuentro en el centro comercial, a usted milagrosamente le toca la lotería y abandona Madrid sin una razón de peso.

—Quería alejar a María de Parla, ese ambiente no era bueno para ella...

—En Madrid hay barrios pijos de sobra, no necesitaba venirse a Pedralbes. Usted escapaba de algo o, mejor dicho, de alguien. Yo creo que del padre de su hija. Y María pensaba lo mismo, lo dice el diario. Estaba obsesionada con conseguir el dinero suficiente para escapar de casa y encontrar por su cuenta a ese hombre con el que se tropezaron en el centro comercial. Su hija escribió en el diario: «Tenía mis ojos. O mejor dicho, yo tenía los suyos. Es mi padre, estoy segura. Y voy a encontrarle cueste lo que cueste».

—Ese hombre era un zumbado que me confundió con otra...

David se levanta y se va del salón dedicándome antes una mirada sulfurosa. Le estoy perdiendo. A él también le estoy perdiendo.

CAMERON

Hans, desnudo, se abalanza sobre mí al verme leer el diario de María. Intenta estrangularme... Despierto entre sudores. La pesadilla se esfuma poco a poco, pero deja su rastro de bilis en mi boca. Me tomaré un vaso de leche con miel, a ver si me relajo. Hace una hora la vecina me dijo que ese tipo anda suelto por ahí, y ya aparece en mis sueños.

—Son las doce de la noche, ¿qué hacemos despiertos?

Mister Cohen me observa mientras el microondas zumba calentando la leche.

—Soñar me vuelve normal. ¿Nunca has pensado que al dormir somos todos esquizofrénicos? Vemos cosas que sentimos como reales, pero solo están en nuestra cabeza. ¿A los gatos también os pasa?

A veces creo que Mister Cohen quiere decirme algo. Pero juro que nunca le he escuchado hablar.

—Toma, la mitad para ti. —Vierto en su comedero leche tibia y me bebo el resto del vaso—. Me voy a caminar, si no quemo algo de energía, la ansiedad no me va a dejar pegar ojo.

Hace fresco. Paseo con las manos embutidas en los bolsillos del chándal, con mi música, con mis pensamientos. Noche del viernes al sábado, Barcelona bulle. La gente está acabando de cenar y quiere seguir la fiesta, pasárselo bien. De vez en cuando me doy la vuelta, sin previo aviso, para sorprender. Como una loca. Pero no. Hans nunca está ahí, no me sigue. Y yo no debo engañarme, el peligro que corro es de otro tipo: al que no me quito de la cabeza es a David.

Bajo por Bonaplata, cojo Mateu y tuerzo por Carbonell. Atravieso los jardines de Vinyoli hasta la avenida de Sarrià. Sé que puedo sacar a David de dentro de mí. Pero también sé que el hueco que dejará no seré capaz de rellenarlo con nada. Tiemblo. Tuerzo la esquina y avanzo por la acera de Diagonal. Y entonces la veo.

—No..., no es posible.

¿Estoy soñando? Para asegurarme de que lo que veo a través de la cristalera es real, alzo la cabeza buscando referentes: restaurante Croma.

—*No way... It's her.*

Esto no es la realidad, es un exceso de realidad. Que no puedo procesar. Que me satura, anulándome.

—Es..., es ella.

Las fronteras de mis sentidos y mi memoria se vuelven difusas. El pulso se me dispara. No sé muy bien qué son recuerdos, qué es conciencia. Sudo.

«Necesito asegurarme de que esto es real... Estoy viéndolo, pero necesito asegurarme».

Saco el móvil, hago una fotografía. Sin disimulo. A ella la tengo de frente, al otro lado del cristal, pero no repara en mí porque está muy animada con la conversación. Él me da la espalda, pero es inconfundible.

Y corro, corro como si escapase de algo.

Solo me detengo cuando siento que el corazón va a reventarme. Por mis cascos sigue sonando *On the Nature of Daylight.* Me siento en un banco, todavía muy asustada, jadeante. Saco el móvil y contemplo la fotografía: es real lo que acabo de ver. ¡Es real! Ahí está, la morena guapa del lunar en el cuello. Esa mujer existe, no se la inventó mi cabeza. Y está cenando con Paul.

Camino, pero esta vez no voy sin rumbo. Necesito una explicación y sé dónde buscarla. No voy a hablar con esa mujer, ahora está con Paul y a él no le quiero destrozar la vida. Me da igual si ya casi son las dos de la madrugada, me da igual que esté Eva durmiendo a su lado, me da igual si María no ha aparecido y aún me da más igual que Caraestaca me haya prohibido acercarme a esa casa: me da todo igual, es David quien debe decirme por qué hace dos años vi una fotografía de esa mujer y él besándose. Puede que yo sea esquizofrénica, puede que esté como una cabra y necesite pastillas, pero es demasiada casualidad: vi ese rostro dentro de aquel folleto de nuestra compañía de seguros. Ahora lo sé. Mi mente no pudo inventarse a una persona que jamás había visto antes, una persona que ahora sé que existe, una persona que ahora sé que es real. La esposa de Paul.

El perfil de su semblante no se me ha olvidado. Nunca se lo he descrito a nadie, jamás confesé que llevo dos años buscándolo por Barcelona, pero esa silueta no se me ha olvidado. La llevo orgánicamente inscrita dentro de mí. Ahora también sé su nombre: Sara. La mujer de mi psiquiatra. Ahora entiendo por qué David no quería que él me tratase, por qué se empeñó en buscarme un médico de su confianza. Ahora entiendo por qué mi marido ni se acercó a saludar el día que nos conocimos tras el torneo de pádel. No era porque Paul le hubiese ganado en la final, como yo pensaba; la razón es más escabrosa, mucho más sucia: Paul era el cornudo. Y yo la cornuda. Ya estaba con ella. Estoy segura. El cabrón de mi marido ya estaba con esa puta.

Subo por la acera de la avenida Pearson a buen ritmo. Voy muy acelerada, por dentro y por fuera, nada ni nadie podrá detenerme. Las dudas y el dolor que hay ahora dentro de mí arrasan con todo: ¿quién me envió la fotografía? ¿Estoy realmente enferma? ¿Lo organizó todo David? ¿Me arruinó la vida mi marido adrede? ¡¿Por qué hizo algo tan retorcido?!

Cuando llego a la puerta del chalet, un avispero de periodistas fotografía con furia. Tres *mossos d'esquadra* se llevan a Eva esposada.

EVA

—Esto es un atropello, les denunciaré, me han detenido ilegalmente...

El policía me quita las esposas y sale de la sala.

—Insistí a los compañeros en que le leyeran sus derechos, ¿acaso no lo han hecho?

—Castells, debería haberlo supuesto: todo esto es cosa de la inspectora Castells, esa inútil a la que pagamos todos con nuestros impuestos pero no es capaz de averiguar dónde está mi hija...

—¡¿Le han leído sus derechos o no se los han leído?! ¡Ya me estoy hartando de sus aires de gran dama! ¡A quien nunca ha llevado bragas las costuras le hacen llagas!

—Esto..., esto es... —Me asusto—. Sí, me los han leído.

—Pues entonces todo se ha hecho correctamente. La orden de detención la firmó un juez. Y supongo que ya sabe la razón. —Arroja una fotografía sobre la mesa.

—¿Quién es ese?

—¿No le reconoce? —Destila ironía—. Pues él a usted sí. La vio en la tele, cuando usted salía de la clínica, tras el aborto. Y ahora entiendo por qué se negaba a que su imagen apareciese en los medios.

CAMERON

—Hola, Cameron. No esperaba su visita. ¿Está usted bien? Vuelve a tener ese tic.

—No, no estoy bien. Y venir a una comisaría es lo último que necesitaba. Esto es deprimente.

—No todas podemos vivir de rentas, algunas tenemos que trabajar. ¿Qué quiere?

—Necesito hablar con David, hace tres días que le llamo, le escribo mensajes..., pero no me responde. ¿Está él también detenido?

—No, solo su mujer. Pero supongo que eso ya lo sabe, ha salido en todos los medios.

—Entonces..., ¿por qué no me contesta? He pasado por su casa dos veces y tampoco hay nadie.

—Le dije que no fuese por allí. —Tono desdeñoso.

—Es..., es importante. Necesito verle.

—Supongo que debe de estar muy ocupado buscando abogados y dándole apoyo a su mujer. Está metida en un buen lío.

—¿Por qué..., por qué ha detenido a Eva? ¿Es ella la responsable de la desaparición de María?

—Eso no es asunto suyo.

Cuando lloré en la vigilia, me abrazó. En la puerta de Correos volvió a intentarlo. Ahora es seca, distante, desagradable. Como una sanguijuela, la inspectora se escurre por entre los arquetipos psicológicos en los que los inseguros nos empeñamos en encajar a todo el mundo al no ser capaces de encajarnos a nosotros mismos.

—Necesito su ayuda, tengo que hablar con David, es urgente, es importante..., por favor.

—Yo también necesitaba su ayuda. Pero al final lo que escondía Eva hemos tenido que averiguarlo por nuestra cuenta.

—Eso..., ya se lo dije, no tengo ni idea de qué esconde esa mujer, debe creerme. Si David sabe algo de eso, a mí nunca me lo ha contado. Necesito verle, por favor, es importante.

La observo mientras suplico. Sus ojos la delatan. Me confirman que su propietaria no es una de esas mujeres que confunden la maldad con la inteligencia. Es todo una estrategia. Tan solo eso, una estrategia.

—Esta tarde voy a ver a David. Esté tranquila, le transmitiré su mensaje. ¿Puedo preguntarle cuál es el motivo de tanta urgencia?

«Eso no es asunto suyo».

—Es algo personal..., no tiene nada que ver con María..., es algo entre nosotros.

A veces hay que comerse el sombrero.

—Entiendo. Lleva dos días sin publicar postales. Es la primera vez desde que abrió la cuenta.

—No..., no estoy bien..., desde el sábado por la noche no estoy bien. Soy incapaz de concentrarme.

—¿No tendrá que ver con Hans? ¿Ese tipo no la habrá molestado?

—Qué va, ni se ha acercado a mí. Es otra cosa, algo personal. Muy íntimo, prefiero no hablar de ello. Pero ¿entra usted en *Tu postal secreta*?

—Todos los días.

—¿Para vigilarme?, ¿para buscar pistas?

—No. Sencillamente porque me gusta lo que hace. Ya se lo dije.

Le doy pena.

—Métase su compasión por donde le quepa. —Yo no quiero dar pena, no quiero bonitas palabras—. A mí no me engaña, estoy cansada de su juego, una de cal y otra de arena, para destrozarme los nervios...

—Cameron, creo que debe calmarse, está muy alterada.

—¡¿Se cree que soy idiota?! Ahora toca amabilidad, ¿verdad? Acariciarle el lomo a la gorda loca a ver si sacamos algo de ella. ¡Pues entérese bien!, tenga muy claro algo: ser amable no es ser buena. ¡Son cosas muy diferentes! —Me levanto, furiosa; hace lo mismo, pero serena—. Enviarme esa postal fue algo despreciable, acusándome, jugando conmigo... ¡¿Cómo fue capaz de hacer algo así?!

—No sé de qué me está hablando.

—¡Váyase a la mierda, mentirosa! —He venido a pedirle ayuda, pero la insulto; estoy fuera de mí, desquiciada—. Es usted cruel. Me da asco.

Se queda mirándome sin responder. Dolida. La conversación ha acabado y yo casi puedo ver la nube blanquecina flotando en el aire tras el derrumbe. El yeso seco metiéndose en mi tráquea secándome los pulmones. Me doy la vuelta y salgo del despacho sin que ella haga nada para detenerme.

Salgo a la Travessera de les Corts. Aún faltan tres horas para mi sesión con Paul. Si no consigo hablar antes con David, que me confirme su engaño, que me ratifique la basura de persona que es, no sé lo que voy a hacer. Con todo lo que Paul me ha ayudado y yo a cambio solo le traigo sufrimiento... Voy a destrozarle la vida, quiere a su mujer, estoy segura de que ignora su infidelidad. ¿Tengo derecho a decirle lo que sé?

Y lo que sé me resulta insoportablemente doloroso:

empezaba a ilusionarme con David, creía que había cambiado, quería confiar en él, y de repente este mazazo. Me engañó. Estábamos casados, buscábamos un hijo, y me engañó.

Camino para calmarme, para pensar. Saco el móvil: nada. Lo pongo en silencio. Si no lo miro hasta la hora de la consulta, hay muchas más probabilidades de recibir un mensaje de David. Ando, ando mucho para no afrontar mi cobarde concepción de la estadística. Calle Ramón y Cajal. Subo las escaleras mecánicas que llevan al puente peatonal de Jordà, el que cruza sobre las vías del tren. Me detengo en su centro, en plan suicida, y contemplo el paisaje ferroviario apoyando todo mi peso sobre la baranda. El enredo metálico y oxidado de catenarias, raíles, chatarra, cables, balastro, bobinas, hierro... me parece una metáfora impecable de mi confusión sentimental.

CAMERON

—Si yo estuviese felizmente casada y tú te enterases de que mi marido me engaña, ¿me lo dirías?

—Por supuesto. Además de mi paciente, te considero mi amiga.

—Sí, a mí me pasa lo mismo... —Esto no va a ser fácil—. Y si la situación fuese a la inversa, ¿a ti te gustaría que yo te lo dijese?

—Sé que sería doloroso, pero mi respuesta vuelve a ser afirmativa. Una de las patas de la felicidad es la coherencia personal.

—Sí, lo sé..., pero ¿estás seguro?

No me gusta la gente que cuando abre la boca, no piensa antes si lo que va a decir herirá a alguien. Me recuerdan a mi madre. No quiero ser como ella.

—Estoy seguro. Ya lo hablamos: no hay amor sin generosidad y verdad. Duele, da miedo, pero es el único camino. —Su piel pecosa, sus ojos color miel, esa sonrisa, su cabello trigueño..., todos están en paz con el mundo, ignorantes del alud de fango que el mundo les va a arrojar encima sin compasión—. Estoy intrigado, ¿a qué vienen todas esas preguntas?

Saco el móvil, le enseño la fotografía.

—¿Esta es Sara, tu mujer?

—Sí, pero...

Atajo su extrañeza con un gesto de mi mano: si no lo suelto de un tirón, como lo he ensayado mientras paseaba hacia la consulta, no seré capaz de decirlo.

—No te he seguido jamás, no soy una psicópata obsesionada con tu familia, no tienes nada que temer de mí, pero lo que voy a decirte te hará mucho daño. ¿Quieres que siga? Di tan solo sí o no, por favor.

—Sí.

—El viernes por la noche, después de nuestra sesión, no podía dormir. Salí a caminar. Cuando pasé frente a este restaurante, os vi. No te dije nada ni entré a saludar porque quería morirme: Sara es la mujer que hace dos años, cuando tuve mi primer brote, aparecía en la fotografía que llegó en el sobre de nuestra compañía de seguros. La que luego, cuando desperté, se había transformado en un folleto publicitario. Se estaba besando con David, ya lo sabes. Es ella, no tengo ninguna duda, esos rasgos no los olvidaré en mi vida. Llevo tres días intentando contactar con mi exmarido para que me dé una explicación, pero me ha sido imposible, y no puedo llevar esto dentro ni un minuto más. Tenía que decírtelo. Si he hecho mal, perdóname. Si no quieres volver a verme, lo entiendo.

No dice nada. La expresión de su rostro no se modifica ni un ápice. Pasan los segundos. Ahora siento que esta consulta es el taller de un artesano, que con hebras de silencio teje el tiempo.

—Te dije que debía hacer unas averiguaciones. —Abre el cajón de su escritorio, saca la postal que recibí y la deposita frente a mí, con delicadeza, por el lado de la fotografía: la Sagrada Familia—. Ya las hice.

—Pero eso no tiene nada que ver con...

—Cameron, escúchame, por favor. —Ahora es él quien me ataja con un gesto de su mano—. Le entregué la postal a un amigo mío experto grafólogo, junto con uno de los textos que te pedí que me escribieras al principio de la terapia, donde narrabas tus pesadillas justo tras despertar. ¿Lo recuerdas?

Asiento con la cabeza.

—Se ha confirmado lo que sospechaba, sin ningún género de dudas: ambas letras parecen muy diferentes, pero fueron escritas por la misma mano. Corrijo, fueron escritas por la misma persona. Marc dice que el que escribió esta postal es alguien diestro que utilizó la zurda. Por eso la letra es tan temblorosa.

Siento cómo la vergüenza me incendia por dentro. Quiero hablar, justificarme, pero no puedo.

—Eras una exitosa *influencer* de moda. Cuando te fotografiabas, cuidabas mucho el encuadre, ¿verdad?

Tan solo soy capaz de volver a asentir.

—Ahora debes hacer lo mismo. Toda tu vida debes enmarcarla en el contexto de tu enfermedad. Ella no te controla, pero sí te condiciona. Has de ir siempre dos pasos por delante, anticipar sus trampas. Tranquila, yo te ayudaré. Porque no soy solo tu médico, te lo dije antes, soy también tu amigo. Y sé que cualquier cosa que hagas, la haces con buena intención. Querías ayudarme, estoy seguro de ello.

—Gra..., gracias..., pero...

—Cameron, el chico inAmorAti no entró en el chalet y tú no le degollaste, en la cocina hace dos años no había una mujer muerta con una bolsa en la cabeza, no le has hecho nada a María, nadie te mandó una postal acusatoria, porque la escribiste tú misma en una de las ausencias para autoenviártela, y mi esposa no tuvo un lío con David. La enfermedad que padeces te traiciona, ha mezclado los recuerdos psicóticos de hace dos años con la anécdota que te narré sobre cómo me enamoré de Sara, y al vernos en el restaurante juntos, se ha producido una combinación explosiva entre ambas evocaciones.

De nuevo se hace el silencio, y en el taller artesano se fabrica el tiempo. Segundos, horas, siglos.

—Sé que estás tomándote la medicación, pero no es solo cuestión de química, debes modificar hábitos. Pasas demasiado tiempo sola, hace ya mucho que te aconsejo que busques actividad social. Aprendemos sobre nosotros mismos a través del contacto con los otros. Cuando nos aislamos de los demás, dejamos de saber quiénes somos.

Le escucho. Con la mirada gacha. Sin ser siquiera capaz de asentir. Y pasa el tiempo.

—Estoy muy mal... Me da miedo tener que esperar siete días para volver a verte. ¿Podríamos tener otra sesión esta semana?

Vuelvo a estar en el grupo de los perdedores.

—Por supuesto. Te reservo hora el viernes.

La vida nos expulsa a algunos hasta los márgenes de la carretera. La mayoría sigue su trayecto, pero tú te quedas en el arcén, para siempre. Con los perdedores.

—Paul, a veces me siento tan mal..., es tal mi desesperanza... que rezo. No creo en Dios, pero rezo. ¿Hago bien?

No sé lo que va a responderme, pero su sonrisa ya me parece un salvavidas.

—Ya sabes los problemas que tuve de adolescente con mi padre, el rabino, no seré yo el que te anime a creer —habla sin ningún rencor, incluso diría que con un tono bienhumorado—. Soy un agnóstico convencido. El psicoanálisis trata a la religión como una neurosis colectiva, y a la neurosis como una religión privada. Ni la una ni la otra son prácticas sanas. Pero seamos realistas: nadie se ríe de Dios cuando sus hijos por la noche no llegan a casa. Si te ayuda rezar, reza. Pero además, busca actividades sociales.

Ahora soy yo la que sonrío. Con una mueca triste.

—Tienes razón, debería hacer más caso a los consejos que de niña me dio mi padre: cree en Dios, pero cierra el coche por las noches.

Se nos ha pasado la hora. Me acompaña hasta la puerta de la consulta; Meritxell, la enfermera, ya se ha ido. Menos mal que le he pagado a ella antes de entrar, intercambiar billetes con Paul me resultaría obsceno. Nos despedimos con un abrazo. No es el primero que nos damos, pero nunca antes habíamos acabado así una sesión. Ha surgido de un modo muy espontáneo, no ha sido uno de esos abrazos ortopédicos, por compromiso, que más que abrazos parecen llaves de judo.

Cuando salgo a la calle Balmes ya es de noche. Paseo hasta Correos y recojo las postales. Tras tres días sin venir, hay casi trescientas. Cruzo la explanada buscando el olor a salitre. Conforme me acerco al mar, empieza a chispear, como si el agua dulce hubiese sentido celos de que yo buscase la salada. Le envío un wasap a la inspectora Castells: «Discúlpeme por mi comportamiento de hoy. No tenía ningún derecho a hablarle como le he hablado, ni debería haberla acusado de nada. Lo siento mucho, estos días están siendo muy difíciles para mí».

No me importa que llueva, aunque no lleve paraguas, me gusta mojarme. Paseo por el muelle de la Barceloneta, y luego me pierdo entre sus calles. El barrio está sumido en esa melancolía marítima que solo las ciudades con puerto conocen.

EVA

—Jonathan Ramón Alvarado. Colombiano. De profesión, sicario. Cumple una condena de más de cien años en El Dueso por seis asesinatos en España, casi todos por encargo. Una de sus víctimas fue Valeri Mukhin. —Pone la fotografía sobre la mesa, junto a la otra—. ¿Tampoco le conoce, *doña Eva*?

Me limito a centrar mi mirada en los dos retratos. No hago ningún gesto. Tan solo pienso intensamente cuál es mi mejor opción.

—Mukhin fue asesinado de tres tiros en la cabeza mientras dormía la siesta en su chalet de La Moraleja. Nadie lo sintió demasiado, era traficante de armas internacional y no tenía familia. Alguna prostituta ocasional, eslavas de alto *standing*. Expertas en vender sexo como si fuese amor y amor como si fuese sexo, ya sabe de qué le hablo. —Ignoro la insinuación ácida, sigo centrando mi mirada en las fotografías—. Todo un pieza, el ruso: guapo, peligroso, con mucho dinero, aficionado a la farlopa y la vida nocturna. Pero bueno, qué le voy a contar, usted le conocía mejor que yo, ¿verdad?

Solo se oye el zumbido del tubo fluorescente.

—¿En serio pretende seguir fingiendo que no sabe nada de todo esto?

—Quiero un abogado.

—Está de camino. Mientras llega, le sigo contando la historia. La tarifa habitual de un sicario colombiano por matar a un cualquiera en España son unos diez mil euros. Aterrizan, alguna banda latina de Madrid les pasa un arma, hacen el trabajo y se vuelven a casa. Pero Mukhin no era un cualquiera: delincuente internacional, vivía en una urbanización con seguridad privada, tenía enemigos y recursos. Alvarado se lo tuvo que currar. Secuestró al jardinero ecuatoriano que iba todos los días a la casa del ruso. Amenazándole, consiguió que llamase a su patrón diciendo que estaba enfermo y esa semana le sustituiría su primo, buena gente, de total confianza. Así accedió Alvarado al chalet para ejecutar a su víctima. Y de paso, al jardinero: mejor eliminar testigos. Cuando le cogimos por otro asesinato y le vinculamos con el de Mukhin gracias a las cámaras de seguridad de La Moraleja, confesó que había cobrado por ese trabajo ochenta mil euros. Lo cual es razonable teniendo en cuenta las dificultades.

Junto a las fotografías deposita un documento. Parece un extracto bancario.

—Resulta que usted sacó los ahorros de toda su vida tres días antes del asesinato del ruso. En efectivo. Justo ochenta mil euros. Menuda casualidad, ¿no cree?

—Quiero un abogado.

—Alvarado, para reducir condena, colaboró, contó todo lo que sabía, pero tampoco es que supiese mucho. Una mujer llamada Irina le había contactado por Internet. Le transfirió bitcoins suficientes para que él se comprase un billete de ida y vuelta Cali-Madrid. Ya sabe que los bitcoins no son rastreables. La misteriosa mujer le aseguró ochenta mil euros en efectivo, la mitad antes y la otra mitad después de realizado el trabajo. No se encontraron en ningún momento: ella le dejó una bolsa con el dinero y todos los datos de la víctima tras unos arbustos discretos del Retiro, descritos de modo muy preciso. Cuando el trabajo estuviese hecho, le depositaría el resto del dinero en el mismo lugar, siempre que Alvarado, antes, le hiciese entrega de un maletín.

Da una fuerte palmada en la mesa, por sorpresa, para hacerme reaccionar. Y lo consigue: alzo el rostro y nos descerrajamos una mirada asesina. Aguantando la de la otra, como esos chicos latinoamericanos que aguantan en las vías mientras el tren se acerca. Apurando al máximo antes de apartarse, para demostrar su hombría, para demostrar quién puede más, aunque sea a costa de la mutilación.

—Alvarado, tras ejecutar a su víctima, debía coger el maletín del chalet de La Moraleja, Irina le indicó con precisión dónde estaba escondido. Le pasó fotos del interior de la casa y un plano, para que el sicario no tuviese problemas. Era obvio que esa mujer había estado ya antes en la propiedad. El maletín, metálico y con cerradura de seguridad, no debía ser forzado. Si eso llegaba a suceder, no habría segunda entrega de dinero. Y Alvarado cumplió su palabra: los dos eran criminales, pero con principios. Él le dejó en los arbustos del Retiro el maletín intacto, ella lo recogió y depositó en el mismo lugar una bolsa con cuarenta mil euros. El plan se ejecutó tal y como había sido cuidadosamente concebido por Irina, que parecía tenerlo todo previsto. Todo, excepto una cosa... —Hace una pausa dramática; se está gustando: la odio—. Los colombianos son gente curiosa.

CAMERON

Por fin es viernes.

—¿Meritxell está enferma? —Paul nunca me abre la puerta.

—Le he dado el día libre. Hoy he anulado todas las visitas. Excepto la tuya.

—¿Estás..., estás bien?

Jamás le había visto así. Su cara sana, amable, confiada, se ha transformado en un rostro envejecido y rocoso, de púgil retirado.

—Pasa, por favor. Necesito hablar contigo.

Le sigo por el pasillo. Camina pesaroso. De su habitual garbo de espadachín no queda ni rastro.

—Paul, te agradezco que me recibas, pero si estás enfermo y necesitas descansar no es necesar...

—Llevo todo el día esperando verte. —En dos años nunca antes me había interrumpido a mitad frase; su labio inferior tiembla—. Quiero pedirte disculpas.

—¿Disculpas? ¿A mí?

Se sienta tras su precioso escritorio Tudor y yo lo hago en la silla confidente, como siempre. Pero tengo la sensación de que hoy los papeles están invertidos. Por primera vez, percibo que esta tarde él necesita mi ayuda más de lo que yo necesito la suya.

—Cameron, tenías tú razón.

—¿Razón? ¿Yo? —Estoy muy confundida—. ¿En qué?

—Sara y David sí tuvieron una aventura.

Siento que me vuelvo translúcida. Un velo blanco de muselina atravesado por la luz del sol.

—Pero tú... el otro día...

—Me equivoqué. Discúlpame, por favor.

Como en tantas otras ocasiones, busco en sus ojos calidez, consuelo. Pero esta vez no encuentro nada. Excepto dolor. El mismo dolor que a buen seguro él ve en mis ojos ahora mismo.

—Anoche, cenando, por conversar de algo..., le comenté a Sara que una paciente nos había visto en el Croma... y... —Él, tan sereno siempre, ahora es un revoltijo de congoja incapaz de expresarse—. No quiero que pienses que me estaba burlando de ti, o que quería desvelar tus intimidades, jamás hablo con Sara de un paciente, pero...

—Necesitabas despejar dudas.

Humilla la mirada.

—Sí. Dudas que..., que en realidad no tenía.

—Paul, estar en pareja implica dudas. Siempre. Aunque el otro no te haya dado razón alguna para sentirlas... Supongo que es el miedo a perder todo lo que tienes.

Soy sincera, honesta, pero me siento muy extraña diciéndole estas cosas a Paul. Son los típicos consejos sentenciosos que él siempre me da a mí.

—Tienes razón..., yo tan solo le dije..., la frase fue muy inocente. —Está desvalido ante los recuerdos, aún tan tiernos—. «No te lo vas a creer, pero mi paciente, al vernos juntos, se imaginó que tú habías tenido una aventura con su marido, que por cierto es un apuesto abogado miembro de una de las familias más ricas de Barcelona. ¡Picas alto!». Y le guiñé un ojo..., tú sabes que siempre lo hago cuando estoy de broma.

—¿Qué dijo Sara?

—Nada. Ese fue el problema, que no dijo nada.
—Quiero ayudarle, pero a duras penas soy capaz de ayudarme a mí misma—. Sara siempre ríe mis bromas, por poca gracia que tengan... Yo suelo burlarme de ella acusándola de ser un público demasiado agradecido. Pero anoche no dijo nada. Y vi..., vi esa mueca en su cara..., no hubiese querido verla, pero...

Se quiebra, está roto por dentro, lo atisbo en sus ojos. Pero su crujir no hace ruido.

—Llevo años analizando el rostro de mis pacientes, esos sutiles gestos no se me escapan..., ojalá no lo hubiese percibido...

—No te tortures, Paul, tú no tienes la culpa de...

—Le pregunté.

—¿Por qué? —No sé si le cuestiono a él por haberlo hecho, o me cuestiono a mí misma porque nunca me atreví a hacerlo—. ¿Por qué tuviste que preguntar?

Alza de nuevo la mirada, y me observa mientras sendas lágrimas le surcan las mejillas.

—Después de ver esa mueca en su rostro, necesitaba saber la verdad. Si no le hubiese preguntado, el resto de mi vida...

Saca del bolsillo de su elegante americana un pañuelo de tela, con sus iniciales bordadas, y se seca las lágrimas.

—En ocasiones dejamos pasar la oportunidad de formular las preguntas necesarias..., y esas preguntas se quedan ya siempre por hacer. —Recobra prestancia, con una flema muy británica por la que matarían los *yupsters* de su Brooklyn natal.

—¿Qué te contó?

—Todo. Se desmoronó. Tuvo una aventura con David, durante varios meses. Se conocieron por casualidad, un día que ella me esperaba en el restaurante del club mientras yo jugaba una partida de pádel. Él la abordó, me dijo..., pero qué más da...

Sé lo que siente. Y él sabe lo que siento. Porque los dos sentimos lo mismo. Por primera vez desde que vengo a esta consulta, estoy segura de que mi médico me entiende. Hasta ahora era empatía, pero la empatía es un teatrillo. Un maldito teatrillo. Esa obrita de aficionados que nos representamos por dentro para creernos muy humanos y sofisticados.

—El otro día me preguntaste si me gustaría que un amigo me revelase la infidelidad de mi mujer. Y yo, con una arrogancia que ahora me parece grotesca, te contesté que sí. «No hay amor sin generosidad y verdad. Duele, da miedo, pero es el único camino». Así de redicho y pomposo soy... Te confieso que era mucho más fácil cuando se trataba de tu dolor, no del mío.

—Paul, eso ahora ya no tiene...

—A veces la verdad es un resplandor tan brutal que te deja ciego de por vida. Y tú no haces más que preguntarte: ¿valió la pena? —habla ensimismado.

—¿Qué quieres decir?

—¿Sabías que la gente que no es capaz de maquillar sus recuerdos sufre más depresiones? La naturaleza quiere que nos inventemos quiénes somos, que nos engañemos a nosotros mismos, para sentirnos bien, para protegernos de la culpa, o del sufrimiento, y poder así seguir adelante, mirando al futuro.

Tengo la impresión de que toda mi trayectoria vital, todo lo que ha sido mi existencia, tenía por objeto algo muy concreto que hasta ahora se me había ocultado: estar aquí, en esta consulta de la calle Balmes, número 174, a las siete y cuarto de la tarde del viernes 3 de junio de 2022. Ayudando a un amigo.

—¿Qué vais a hacer?

—Separarnos. De momento, yo me he ido de casa. Menos mal que no tenemos hijos.

—Quizás deberías darte un tiempo para...

—Lo ha decidido ella. Yo sé que podría perdonarla..., pero Sara se conoce. Y yo también la conozco. Sabiendo que lo sé, ya nunca podrá ser la misma. Ninguno de los dos nos merecemos eso.

Alargo la mano a través de la mesa y tomo la suya. Sus facciones me muestran agradecimiento.

—Una vez me dijiste algo... Creo que ahora deberías recordarlo.

—¿Qué te dije?

Su rostro, tan dolorido, me parece muy hermoso.

—Es lento, pero de las personas uno se cura.

No añado nada más. Tan solo le acaricio la mano, me levanto y salgo sin despedirme. Sé que ahora necesita la oscuridad. Lo sé mejor que nadie.

Cuando salgo a la calle, mi confusión es total. Mientras camino por Barcelona con vigor maníaco, hago esfuerzos para clarificar mi mente. Y sobre todo, me esfuerzo en clarificar mi corazón. Cada uno de los dos sistemas va por libre. Es como si al marionetista le fuese imposible coordinar sus dos manos: el muñeco queda destartalado. Por eso camino y me esfuerzo, camino y me esfuerzo, para aclararme. Me esfuerzo tanto que hablo en voz alta, atrayendo las miradas recelosas de los transeúntes con los que me cruzo.

Viernes noche, terrazas atestadas, aperitivo antes de ir a cenar. Ahí están ellas, esforzándose por parecerse a las de sus selfis. Chicas jóvenes y guapas paseándose por los bares pijos de la ciudad. Hay que exhibirse, toca gustar. «Los hombres actúan y las mujeres aparecen. Los hombres miran a las mujeres. Las mujeres se contemplan a sí mismas mientras son miradas». Así era yo antes. Y por primera vez en estos dos años, no las envidio. Toda esa opresión no la envidio. «El supervisor que lleva la mujer dentro de sí es masculino: la supervisada es femenina». Ya no quiero eso.

—Un kebab con pan de pita. Sin picante.

Ando, trago y con el dorso de la mano me limpio los churretes de salsa que se me escurren por la cara. Me siento culpable: he destrozado a Paul. Me siento engañada: mi matrimonio fue una farsa. Estoy resentida: David me traicionó. Y, sobre todo, estoy hecha un lío: ¿qué parte de mi enfermedad es real? La pregunta me atormenta, quizás por su absurdidad: mi enfermedad consiste precisamente en no distinguir lo real de lo no real. Paul me tiene que ayudar, Paul debe aclararme cómo es posible que yo viese una fotografía de su esposa y mi marido besándose, fotografía que luego se transformó en un folleto publicitario. En teoría, todo lo generó mi cabeza enferma, pero ¿cómo mi mente pudo imaginar el rostro de una mujer que no conocía? ¿Cómo pudo inventarse una cara que yo jamás había visto antes, pero que ahora sé que existe? Paul me ha de ayudar..., pero no hoy. Porque hoy bastante tiene ya con sus sombras, para que yo le cargue con las mías.

«Cabrón...». El enfado va cogiendo fuerza, hasta liderar mi potaje emocional. *«Fucking bastard»*.

David. David es el culpable de mi dolor. Del dolor de Paul. David es un mentiroso. Y yo fui una idiota: intuía su capacidad para dañar. Intuía un lado oscuro que, a pesar de saber que estaba ahí, no podía evitar que me atrajese aún más que su lado luminoso.

«Pedazo de jodido cabrón».

Mi enfado con David en realidad disfraza mi enfado conmigo misma. Lo tengo claro, pero a pesar de eso camino hacia Pedralbes hecha una furia. Subiendo la calle Keynes un señor barbudo con un cucurucho en la mano me observa mientras pasea hacia mí. Ni siquiera cuando ya nos estamos cruzando deja de mirarme. Quizás le parezco rara. O quizás me observa porque yo le observo chupando su bola de helado. Esos lametazos felinos me recuerdan a los de Mister Cohen sacándole lustre a su pelaje. La barba tiene pegotes de chocolate.

Al llegar al cruce de la avenida Pearson con la Font del Lleó, me adentro en el callejón. No se ve un alma. La luz de las farolas lo vuelve todo amarillo tortilla. Cuando se acaba el pavimento y empieza la senda, con ella regresa la noche absoluta. Y aquí, en medio del bosque, rodeada de tinieblas y susurros, intento recordar. Me esfuerzo para ver si algo me evoca a María. Pero es inútil: una ausencia es como una caja negra. Todo está grabado dentro de mí, pero no tengo acceso a esas imágenes. A esos sonidos.

Frustrada, regreso a la avenida y en escasos dos minutos ya estoy frente al chalet. No hay ni rastro de los periodistas. Supongo que con la madre encerrada ya tienen toda la carnaza que necesitaban. Al no haber comunicado oficial de la Policía, sus crónicas de los últimos días aventuran hipótesis truculentas y morbosas. Presiono el interfono. No hay respuesta. Vuelvo a apretar. Silencio. La cancela de hierro no tiene resquicios y el seto es muy tupido, desde aquí no se puede ver si hay luces encendidas en el chalet. Cruzo la calle y entro en la que fue mi casa.

Asciendo la ligera pendiente del jardín; la pradera de césped, entre sombras, me resulta inquietante. El sauce llorón que yo misma planté, ahora seco y moribundo, me acecha como si fuese una mantis religiosa. Accedo a la vivienda por la puerta de la cocina, siempre llevo las llaves encima. Siempre. Me asomo al ventanal: enfrente todo está tranquilo. Las luces, apagadas. Son las once, David nunca se acuesta tan pronto. ¿Dónde estará? Me lo imagino con otra mujer, quizás a Eva también la engaña. Otra amante, en la cama, con él... Siento presión en el pecho. La rabia, el desengaño, la humillación van trenzándose en mi garganta hasta convertirse en una gruesa soga cuya estopa me asfixia.

Busco en todos los armarios. Salgo al salón y con un frenesí psicótico reviso cada cajón del aparador, cada estantería, todos los rincones. La linterna de mi móvil se mueve por la casa como si fuese el aguijón de una avispa trastornada que necesita picar o morir. Al final, en el fondo de un arcón en la buhardilla, encuentro lo que buscaba: una botella de vino. David debió dejarla aquí cuando aún estábamos casados y se olvidó de ella. Ilumino la etiqueta. Georgiano. Sin duda se la regalaron, mi marido jamás hubiese comprado algo tan exótico. Por mí como si es matarratas y está picado, yo tan solo quiero olvidar.

Vuelvo a la cocina, busco el sacacorchos que siempre dejo en el segundo cajón y me empino la botella. Bebo deprisa sin dejar de observar, desde mi oscuridad, la casa de enfrente. La última vez que hice esto, aquí mismo, una niña desapareció. Pero ahora eso me da igual. Ahora tan solo quiero olvidar al hijo de puta de mi exmarido.

Sin previo aviso, la noche se hace día. Me despierto tirada en el sofá de mi piso de la calle Dalmàcia, está amaneciendo. He tenido una ausencia, no recuerdo cómo llegué hasta aquí.

—*Holy God*... La cabeza me va a reventar.

Mi olor corporal y la mancha de vino sobre mi camiseta son una horrible manera de empezar la jornada. Además, hablo sola.

—Maldita resaca...

Me palpo los bolsillos: al menos lo tengo todo. Según el móvil, son las siete de la mañana, he pasado ocho horas desconectada. Hay un mensaje, enviado ayer a las doce de la noche: «Perdona por no haberte respondido antes. Han sido unos días muy complicados. ¿Nos vemos mañana a las once en el club?».

Me pregunto si Sara le habrá contado a David lo sucedido y por eso él ha dado señales de vida. Pero entonces, ¿mantienen el contacto? ¿Es tan desalmado como para quedar conmigo en el mismo sitio donde empezó a engañarme con ella? Aunque, ¿por qué soy tan ingenua? ¿Quién me ha dicho a mí que Sara fue la primera? Si no paro, voy a convulsionar... ¡Basta, no puedo lanzarme por esa pendiente resbaladiza! ¡Si lo hago, el dolor no tendrá final! Respiro hondo, me tranquilizo y planeo una venganza civilizada: no le contestaré, la indiferencia es el mejor desprecio. Pero sé que si hago eso, me pasaré los próximos diez años replanteándome esa decisión cada cinco minutos. Más vale afrontar lo inevitable. Le envío un *thumb up*.

Voy al cuarto de baño, necesito urgentemente una ducha. En cuanto abro la puerta, la realidad me clava un arpón en el ojo: Mister Cohen cuelga del techo. Me mira, pero no me ve. Está muerto. Alguien lo ha ahorcado con el cable del secador de pelo.

—María estaba convencida de que el eslavo maleducado y agresivo con el que se cruzaron en el centro comercial por casualidad era su padre. Se parecía físicamente a ella, insistía en que usted y él se conocían..., pero sobre todo, a su hija no le convencieron sus explicaciones sobre ese extraño encuentro. Y a los tres meses, sin justificación alguna, usted la obliga a abandonar Madrid y venirse a Barcelona. Sencillamente, María unió los puntos. Y acertó. Desde entonces, solo tuvo una obsesión: reunir el dinero suficiente para escapar de casa y encontrar a ese hombre. —Con cada una de las palabras que pronuncia Castells, siento cómo un puñal penetra mi carne un centímetro más—. Los compañeros de Madrid se pusieron a trabajar de inmediato con todos los detalles que les envié. Con notable éxito.

Me mira golosa. Es un gato que acecha al ratón. Cada vez más cerca.

—En el centro comercial el padre de María se puso agresivo...

—Deje de repetir esa mentira. Yo no conocía a...

—Cállese, ahora me toca hablar a mí. —Me sonríe, puedo percibir el desprecio en su mirada—. Como le decía, el padre de María se puso agresivo y usted alertó a un vigilante jurado. Tras hacerlo, se escabulló con su hija sin dar explicaciones ni identificarse. Pero lo que usted no sabe es que el padre de María acabó agrediendo al guardia jurado. Una patrulla de la Nacional se personó en el centro comercial para identificar al individuo. Se interpuso una denuncia, que no llegó a nada, tan solo fue un puñetazo. Pero eso nos permitió averiguar quién era ese misterioso eslavo que insistía en conocerla a usted... Valeri Mukhin.

Creía que jamás volvería a escuchar ese nombre. Creía que podría convencerme de que ese hombre jamás existió. Pero esta asquerosa policía está haciendo añicos todas mis creencias.

—No tardamos en dar con él... Bueno, en realidad dimos con sus restos en el Anatómico Forense. Llevan allí más de dos años metidos en una nevera.

—Miente. Es usted una zorra mentirosa. María en su diario no escribió nada de eso.

Saca dos fotocopias. Es la letra de mi hija, parecen páginas de un diario. Las leo. Cada palabra sierra mis intestinos con la parsimonia de un inquisidor. El dolor se hace insoportable, pero debo aguantar. No sé aún con qué fin, pero debo aguantar.

—El contraste genético fue contundente: Valeri Mukhin era el padre de María. Solo nos faltaba vincular a Eva Gómez con su asesinato, y entonces tuvimos un golpe de suerte: Alvarado vio en la tele de la cárcel la noticia en la que usted salía de la clínica tras abortar. Puede suponer lo que tardó en ponerse en contacto con su abogado para que este negociase con la Fiscalía una reducción de condena a cambio de delatar a la mujer que le había contratado.

—Yo no soy Irina.

—No dice eso nuestro aguerrido colombiano. Cuando dejó en el Retiro el maletín que había sacado de la casa del ruso, sintió curiosidad por saber quién le había contratado. Además de curiosidad, quería asegurarse el cobro: incumpliendo lo pactado, se escondió tras unos matorrales y esperó paciente a que Irina fuese a retirar el maletín. Cuando la vio llegar, ha declarado que ella también advirtió su presencia. Según la versión de Alvarado, la mujer arrojó la bolsa con la segunda entrega, cogió el maletín y salió corriendo. Fueron unos segundos tan solo, pero él le vio la cara. Usted iba con gorra y gafas de sol, pero él le vio la cara. Y nuestro sicario preferido es un buen fisionomista.

Sonríe con satisfacción. Disfruta con su trabajo, se nota. Una de esas idiotas con ideales.

—Al comprobar que dentro de la bolsa estaba su dinero, Alvarado ni se molestó en perseguir a Irina. Pero tras ver la noticia en el telediario y reconocerla saliendo de la clínica, se le abrieron las puertas del cielo: ya tenía un nombre para el rostro que vio ese día en el Retiro. Un nombre que puede acercarle unos años a la provisional.

—Todo eso es una sarta de mentiras, patrañas, solo conjeturas... No pueden probar nada.

—No piensa eso el juez, por eso firmó su orden de detención: tuvo una hija con un traficante de armas ruso, Valeri Mukhin; un sicario declara que usted le contrató, y es fiable su testimonio porque dijo cobrar la misma cantidad que luego hemos comprobado sacó usted de su cuenta tres días antes del asesinato; además, dicho sicario le entregó un maletín robado de la casa de la víctima sin saber qué había dentro. Pero no es difícil deducir su contenido: un mes después a usted, abracadabra pata de cabra, le toca la lotería. —Su sarcasmo me retuerce las tripas: la mataría, la estrangularía con mis propias manos—. En ese maletín estaban los millones con los que compró el boleto premiado, calculamos que quince como mínimo. Y si todas estas conexiones con la víctima no fuesen suficientes, tenemos esto.

Deposita frente a mí otra fotografía.

—Esa imagen está sacada de las cámaras de seguridad de La Moraleja. Los expertos en identificación facial de la Científica de Madrid no tienen dudas: es usted disfrazada. Peluca, gafas de sol, mucho maquillaje. Pero es usted. Estuvo en la casa de la víctima un mes antes de su asesinato. Mukhin la recibió, cenaron juntos, pasó la noche allí. Se registró en la garita de seguridad con un nombre falso, seguramente el mismo que le dio al ruso que le había hecho una hija muchos años atrás. Y todo eso pasó una semana después de tropezarse por casualidad con Valeri Mukhin en el Zara del centro comercial de La Vaguada. ¿Quiere ahora empezar a colaborar, o prefiere seguir haciendo el ridículo?

Mi silencio la fuerza a resoplar. Como en una trasnochada película de cine negro, con un arranque agarra la silla que hay junto a la mía, le da la vuelta y se sienta a horcajadas con el pecho contra el respaldo, a cara de perro.

—El dinero que usted robó era de la mafia rusa. Esa gente no se anda con chiquitas, no perdonan esa clase de humillaciones, se lo aseguro, los conozco. De hecho, la vida de nuestro querido Jonathan Alvarado, el imbécil que por cuarenta mil euros dejó escapar un maletín con quince millones, no valdrá un céntimo en cuanto salga de la cárcel.

Se regodea metiéndome el miedo en el cuerpo.

—Si son esos tipos los que tienen a María, olvídese de volverla a ver con vida. No van a negociar un rescate para recuperar su dinero, eso les da igual: lo que quieren es darle una lección para que todo el mundo sepa que con ellos no se juega. Torturarán a su hija de un modo horrible. Y luego irán a por usted. —La frialdad de su rostro encierra algo erótico—. Si valora en algo la vida de María, respóndame, ¿tiene la mafia rusa algo que ver con su desaparición?

CAMERON

Hace calor y se ha quitado la camiseta. Eleva el azadón sobre su cabeza y lo deja caer con fuerza contra el césped. Esa explosión de fuerza me excita. Al darme la espalda, puedo ver contorsionarse cada una de las vértebras de su espléndida espina dorsal. Me gusta imaginar cómo repercute en sus articulaciones el impacto del filo al chocar con la masa de tierra compacta. Los golpes sordos y rítmicos del hierro contra la tierra, junto con sus jadeos esforzados, crean una atmósfera sensual.

«¿Es legal que a un hombre le sienten así de bien unos pantalones vaqueros?».

Se detiene, necesita descansar. Le observo apoyando todo su cuerpo sobre el azadón, mientras contempla el horizonte. Más allá de la ciudad se ve la raya del mar. El sudor ya le barniza la piel resaltando su poderosa musculatura. No le sobra ni un gramo de grasa. Noto la humedad empapándome. De dentro hacia fuera. Como se pudren las manzanas, desde el corazón.

—Hace un día demasiado bonito para estar cavando una tumba.

Se vuelve hacia mí y sus labios me regalan una sonrisa amplia y generosa, puro Christian Grey. No le respondo. Le contemplo tumbada en el césped, a una prudente distancia: David sigue siendo ese hombre grande, fuerte y protector del que me enamoré.

Retoma los golpes de azada mientras yo me siento cada vez más incapaz de echarle en cara todo lo que tengo que echarle en cara. Más bien fantaseo justo en la dirección opuesta: si no fuera porque el agua de la piscina está verde, este podría ser un maravilloso sábado en familia. Sí, así sería mi vida si hace dos años no me la hubiesen amputado de cuajo. Me imagino a un bebé balbuceante gateando sobre el césped buscando a mami, que toma plácidamente el sol mientras papi arregla el jardín. Toda esa felicidad se interrumpe de sopetón, como cuando en los cines antiguos se tenía que cambiar el rollo de película a mitad de proyección: mis ojos reparan en la caja de madera que tengo a mi lado. Cuando la compré contenía tres botellas de vino. Ahora es un ataúd.

—Creo que ya es bastante hondo.

—Déjame ver. —Me acerco al hoyo, escrupulosa—. Sí, creo que sí.

Una loca como yo, que ha matado a su propio gato, también podría haberlo descolgado de la horca, para salir al balcón de casa y voltearlo sobre la cabeza agarrado por el rabo, haciendo el molinete para así arrojarlo lo más lejos posible. Con un poco de suerte, habría conseguido encalarlo en la azotea del edificio de enfrente. Pero en lugar de hacer algo tan truculento, tan horrible, he ido al club para pedirle a mi exmarido que me acompañe a nuestro antiguo hogar. Me está ayudando a enterrarlo, junto a las rosaledas en las que Mister Cohen se pasaba horas intentando pillar a algún pajarillo despistado. Por supuesto, a David no le he contado cómo ha muerto ese maravilloso ser que entró en mi vida justo el mismo día que llegué a Barcelona.

—¿Quieres que lo haga yo?

—Gracias, pero no, creo que es a mí...

Soy incapaz de acabar la frase, las lágrimas me atragantan, por cuarta vez en pocos días. Pero hoy no tengo enfrente a Caraestaca queriéndome abrazar. Enfrente está él. David. Me envuelve con sus brazos, acogedor. Ya no me acordaba de lo cálido y duro que es su cuerpo... Me engañó, es un mentiroso. Pero yo soy alguien despreciable, alguien que merece ser engañada. En este mismo jardín hacíamos el amor en las noches de verano, para luego bañarnos juntos en la piscina soñando con la maravillosa familia que íbamos a formar. Mientras Mister Cohen nos observaba. Y ahora está muerto. Si soy capaz de ahorcar a mi gato, ¿puedo matar a una niña?

—No llores, princesa.

—Ayer estaba bien, y ahora..., el pobre...

—Tenía ya más de diez años, tuvo una buena vida. No te atormentes.

El abrazo es tan íntimo que al separarnos siento que soy un papel de madalena que se desgaja. Con restos de su masa adheridos a mí.

—Lo sé, pero... el pobre no se merecía... Soy una persona horrible, tendría que haberlo cuidado más...

—Deja de sentirte culpable por todo.

Me mira con esos ojos de ébano pulido con los que sueño cada noche, y repite, susurrándomelo al oído, lo que acaba de decir: «Deja de sentirte culpable por todo». Y yo entonces advierto dónde reside el poder que este hombre tiene sobre mí: es el único que sabe realmente cómo soy de verdad.

—No lo hagas... —Toma mis mejillas con ambas manos—. David, por favor, no lo hagas...

Lo que más me gustaba de él es que nunca hacía caso a lo que le decía. Me besa.

A pesar del tiempo transcurrido, ha sido un sexo esmerado. Él nunca fue acucioso entre las sábanas. Menos mal, no me dan morbo los hombres con urgencias. Y aquí estamos, los dos desnudos, metidos en nuestra cama de matrimonio.

—Lo que me has contado sobre Eva..., es horrible lo que hizo.

Guarda silencio, sin dejar de mirar el techo. Es obvio que no quiere seguir hablando del tema. Siento lástima por él. ¡¿Lástima?! ¿Soy idiota? No debo olvidar una cosa importante: aquí la víctima soy yo.

—Si quieres me callo.

—No, perdona, princesa. Es solo que... han sido muchas cosas en muy poco tiempo. Lo de María, lo de Eva..., es todo muy doloroso.

—Lo entiendo.

—Pero hablemos, tenemos que ponernos al día.

—Sí, tienes razón. Y creo que debo empezar contándote que lo de Pedro, el otro día en el Bigoti..., fue todo un montaje.

Suelta una carcajada. Sus risas son mi perdición.

—Tranquila, lo sabía. Tema olvidado.

Tiene la delicadeza de no profundizar, y el bochorno se va desvaneciendo poco a poco. Ayuda su dedo, que siluetea mi cadera, ejerciendo de toma de tierra: a través de él, percibo cómo la vergüenza evacua mi cuerpo.

—Siento curiosidad por..., y te prometo que voy a intentar preguntártelo sin que suene a reproche.

—Estoy listo. —¿Lo estoy yo?—. Suéltalo, sin pensar.

—Lo teníamos todo, ¿por qué me engañaste?

Las palabras han salido de mi interior, pero me parecen ajenas. Todo me es extraño en esta habitación, a pesar de que elegí cada mueble. Me siento como cuando emerges tras aguantar al máximo la respiración en la bañera:

sacas la cabeza del agua, abres los ojos, y la realidad del cuarto de baño te parece excesivamente definida. Porque tu conciencia sigue en el mundo submarino.

—Sé lo de Sara, pero lo que no sé, lo que me pregunto... Necesito que me aclares algo: ¿qué puede conducir a un hombre a ponerlo todo en peligro? ¿No te paraste a pensar el daño que podías hacerme?

En su rostro se evidencia el zarpazo que acabo de propinarle. Quizás por eso aparta su dedo de mi cadera.

—Perdóname, Cameron, por favor. Yo...

—No me pidas perdón. Esto ya no va de eso. De perdones y culpas. Ya no. Tan solo quiero saber.

No está acostumbrado a esta aridez. Se toma su tiempo para habituarse a la tierra seca. A mis grietas.

—He pensado mucho sobre ello... No me creerás, pero jamás he engañado a una mujer, lo de Sara fue diferente..., no dejé de quererte, te lo prometo, seguía enamorado de ti.

—¿Entonces?

Los dos nos sentimos a la vez incómodos con nuestras respectivas posturas corporales: David se incorpora un poco más, yo giro el torso hacia él. Las posturas del alma siguen intactas, igual de incómodas.

—Tú significabas una vida estable, hijos, familia, un futuro trazado... Todo eso es compromiso, y en mi mente, en ese momento..., en mi inconsciente, compromiso significaba envejecer. Acercarme a la muerte. —Me acuerdo de Janis Joplin: *Freedom is just another word for nothing left to lose*—. Me entró el pánico y cometí un error.

La libertad es tan solo otra manera de decir que no tienes nada que perder.

—¿El mismo error que cometiste cuando me diagnosticaron la esquizofrenia y conociste a Eva?

Tan solo asiente con la cabeza mientras me mira, a bocajarro. Yo me tapo con la sábana, él no.

—Tengo que agradecerte algo.

—¿El qué? —Sigue a distancia; no me toca.

—Si no me hubieses hecho lo que me hiciste, si no me hubieses abandonado, yo sería aún la cría ingenua y frívola con la que te casaste.

—Tú no eras una cría frívola...

—Sí lo era. Mucha gente pasa por esta vida sin experimentar lo que más humanos nos hace. Gracias a ti, yo no tendré una existencia tan vacía.

—Y... ¿qué es eso que nos vuelve tan humanos?

—La intimidad con el miedo. La intimidad con el dolor. Estar al borde de la muerte y sobrevivir, creo que es lo mejor que me ha pasado en la vida.

Me observa con tal intensidad que enseguida percibo que no me entiende. Le explicaría que la fermentación de un queso es un proceso de degradación: algo se estropea, algo se pierde. Pero, paradójicamente, la materia orgánica que queda tras ese proceso es mucho más perfecta. Creo que a las personas nos pasa lo mismo. Le explicaría todo eso, pero no lo hago, porque sé que sería inútil.

—No sé si podré volver a confiar en ti.

—Si lo intentas, es suficiente para mí.

Sigue sin tocarme. Extraño en él, parece temeroso, con miedo a meter la pata. Soy yo la que me acerco, le abrazo, me lo como a besos. No, no, no, no, no, ¡¡¡noooooo!!! Es demasiado pronto para esto. Pero no puedo evitarlo.

EVA

Me tienen bien agarrada por el coño. Ya no hace falta que disimule más, no necesito seguir fingiendo que soy una pija fina. Esa inspectora del demonio lo sabe todo. Bueno, casi todo. La subestimé, y lo pagaré caro, voy a pasarme mucho tiempo encerrada aquí dentro. El abogado ha sido honesto, y yo también lo he sido con él. A David, sin embargo, le he maquillado un poco las cosas, pero no es tonto. El pobre no se merecía esto. Fue tan fácil atraerle hacia mí, enamorarle, que en su momento sentí ser una crupier que jugaba a las cartas con un niño y le hacía trampas. Pero lo que viene fácil se va fácil: le he perdido. Aún no se ha atrevido a decírmelo, pero yo ya lo sé. Le he perdido.

En un minuto estoy entera y animosa, y al siguiente quiero acurrucarme en el camastro de la celda y tan solo dejar correr el tiempo. Que David me deje, pasarme el resto de mi vida aquí encerrada, volver a ser una miserable porque me confiscan el dinero... Todo eso me da igual. A la que no me quito de la cabeza es a mi niña. ¿Qué habrá sido de ella? ¿Estará viva? ¿Qué pasó esa noche? ¿Quién es ese maldito *sugar daddy*? ¿Por qué me odia tanto María?

Ya nunca la recuperaré, aunque regrese. Lo tuve claro tras ver esas dos páginas de su diario. Mis ojos sangraron, son las letras más espinosas que he leído en mi vida... No puedo quererla más, pero ahora me doy cuenta de que no se trata de querer mucho. Nunca se trata de querer mucho. Se trata de querer bien.

Todo lo hice por ella. Encargué el asesinato de Valeri porque no iba a permitir que se inmiscuyera en nuestras vidas. Ese criminal era el padre de María, pero bajo ningún concepto influiría en su educación, ella jamás le tomaría como ejemplo de nada. No tuve una hija para que la criara un traficante de armas cocainómano que cada día se iba con una fulana.

María y yo vivíamos humildemente, pero todo nos iba bien. Hasta que aquel jodido día, en el Zara de La Vaguada, el destino me soltó un guantazo. Tampoco puedo quejarme, llevaba catorce años jugando a los dados contra él. Madrid es grande, pero antes o después tenía que pasar lo que pasó, era inevitable que nos tropezásemos algún día. Lo que nunca imaginé es que ese maldito ruso fuese tan listo y tan cabezota. Cuando nos cruzamos en el centro comercial yo no le vi, pero él me reconoció. En lugar de decirme algo, se limitó a seguirnos de tienda en tienda. ¿Por qué? Está muy claro, se había dado cuenta de que María era su hija: parecían dos gotas de agua.

Valeri era más listo de lo que aparentaba. A pesar de su aspecto de macarra hortera, tenía cerebro: me reconoce, estoy de compras con mi hija, la niña aparenta la edad que tiene, las fechas cuadran y es clavada a él. Esperó a que me quedase sola en la puerta del Zara mientras María compraba dentro. Empezó de buenas, pero no tardó en montarme el pitote: quería conocer a su hija. Intenté torearle, echar balones fuera, pero ese gilipollas sabía lo que se decía. Y se fue cabreando poco a poco, porque yo seguía negándolo todo, contándole milongas, diciéndole que estaba loco, que me había casado y María era fruto de mi matrimonio, blablablá. Me pidió el teléfono, una dirección, le di calabazas, y me amenazó con que rebuscaría bajo la última piedra de Madrid hasta dar conmigo. Mi hija salió del Zara, nos vio pelear, me asusté. Alerté a un segurata y conseguí escabullirme, pero desde ese día supe que la vida tranquila que llevábamos en Parla se había acabado. ¿Que en Madrid nunca te cruzas con un ex? Ojalá fuese cierto, presidenta. Ahora no estaría aquí.

Debía hacer algo, pero no tenía claro qué. Si me limitaba a esconder la cabeza bajo el ala, fingiendo que no había pasado nada, Valeri acabaría encontrándonos: tan solo pasé con él una noche, catorce años atrás, pero fue suficiente para darme cuenta de que tenía pasta y no era trigo limpio. Un tío duro. Y cuando un tío duro, con dinero y mala sombra te quiere encontrar en Madrid, acaba encontrándote.

CAMERON

Me gusta que Paul me reserve la última hora de la tarde. Así no tenemos presión, no hay un paciente detrás esperando..., justo lo que estoy haciendo yo ahora mismo, mientras me pregunto si no es un poco ruin, un poco egoísta, contarle mis problemas a un hombre que está pasando por lo que sé que está pasando.

—Hasta el miércoles, Antonio. —Le da la mano al anciano, afectuoso—. Hola, Cameron. Adelante.

Vuelve a tener su aspecto de siempre. Hace tan solo cuatro días que se enteró de todo, supongo que la procesión va por dentro. Cruzo mis pasos con los de Antonio en la sala de espera. Me mira, le miro, somos dos desconocidos avergonzados. ¿Por qué? Si tienes un eccema en la piel y te ven en el dermatólogo, te da igual. Si tienes un problema en la cabeza y te ven en el loquero, quieres que la tierra te trague: «No soy un paciente, soy un culpable».

—¿Cómo van las cosas?

—Me he acostado con David.

Tenía dos alternativas: o hablaba de él, y comentábamos cómo lleva lo de Sara, o hablaba de mí. La primera opción me parecía muy rara teniendo en cuenta que Paul es mi psiquiatra... ¡¿Soy imbécil?! *Jerk! Jerk! Jerk!* Acabo de caer en la cuenta de que, hablándole de David, estoy reabriendo su herida de una manera aún más dolorosa.

—Perdóname, quizás no es el mejor momento para..., no sé en qué estaba pensando...

—Cameron, para. —Alza su mano, en plan guardia de tráfico simpático y sexy—. Tienes que tratarme como siempre. Te lo pido por favor, es la mejor ayuda que puedes prestarme. Mi duelo debo gestionármelo yo..., y no te negaré que está siendo duro. Pero no debo permitir que afecte ni a mi trabajo ni a mis pacientes.

Yo de mayor quiero ser como este hombre.

—Me decías que te has acostado con David. ¿Cómo te sentiste?

—Como una diosa. El sexo con él siempre ha sido increíble. —De nuevo, en cuanto acabo de hablar, siento un pellizco en el estómago: ¿estará Paul ahora pensando lo mucho que disfrutó Sara en la cama con mi exmarido? Esto no va a funcionar, por mucho empeño que le pongamos los dos, después de lo que ha pasado, esto no va a funcionar...

—Eso es genial. El buen sexo mejora el estado de ánimo. Todo se ve con ojos más optimistas.

—Sí, y no quiero que eso me distorsione: David quiere que lo volvamos a intentar. Está muy arrepentido de lo que hizo..., de todo lo que hizo. —Espero que entienda que hablo de mí, hablo de Eva, pero también hablo de Sara—. Yo le dije que necesito tiempo. Debo aclarar mis sentimientos. No puedo volver a confiar en él de la noche a la mañana.

—Me parece una postura muy juiciosa.

—También está el tema del ego, debo controlar esa variable, para que no intervenga en la ecuación...

—Explícate.

—Llevo mucho tiempo añorándole, sintiéndome muy despechada por culpa del abandono... El que ahora venga detrás de mí es un auténtico chute de autoestima, pero no quiero confundir eso con el amor.

—*That's right.* Y de igual modo, pero a la inversa, no permitas tampoco que el orgullo te lleve a rechazar a David como venganza, para pagarle con la misma moneda. Lo has dicho perfectamente: se trata tan solo de ver si la nueva Cameron está enamorada del nuevo David. Y para ello, debes tomarte el tiempo que necesites. Sin presión.

Es el Paul de siempre: sereno, convincente, directo, argumentador, cercano; pero el vínculo que ahora une su historia con la mía hace que me sienta incómoda. Culpable. Hace que todo sea extraño.

—Conclusión: dale una oportunidad a David, pero sé cauta.

—Sí, tienes razón. Haré caso a lo que advierten en los aeropuertos: no te fíes de ningún paquete que no hayas envuelto tú misma.

Su carcajada es mi mejor recompensa. Un alivio. ¿Por qué me gusta tanto hacer reír cuando yo hace dos años que no me río? Es hora de hablar de cosas importantes: hay un elefante en esta consulta y no podemos ignorarlo por más tiempo.

—No me quito de la cabeza... Me has dicho que te trate con normalidad, que me olvide de lo que ha pasado..., pero no quiero violentarte.

—Pregunta lo que quieras. Por favor. Ya te lo he dicho: compórtate como siempre.

—De acuerdo, vale, allá vamos... Me lo has repetido muchas veces, sé que tengo que evaluar la realidad siempre desde el marco de mi enfermedad, pero no entiendo una cosa.

—¿Cuál?

—Hace dos años, cuando todo esto empezó..., no comprendo cómo mi mente pudo crear una fotografía ficticia en la que aparecía una mujer besando a mi marido, una mujer que va y resulta... existe en la realidad: Sara. Yo no la había visto en mi vida. ¿Cómo me la inventé? No le encuentro explicación.

Frunce los labios, reflexivo.

—Cameron, hace días que no pienso en otra cosa.

Permanecemos callados mientras el rugir de nuestros cerebros hace que la consulta parezca un taller mecánico con dos radiales a todo meter.

—Sería conveniente, antes de nada, que le preguntases a David sobre este asunto.

Cada vez que pronuncia el nombre de mi exmarido, siento una desazón acre: está aconsejándome acerca del hombre que ha destrozado su matrimonio; esto no es sano.

—Lo he hecho, y me ha dicho que él no tuvo nada que ver con la fotografía. Cuando esa tarde le hablé de ella alucinó: yo había descubierto su infidelidad, pero de un modo extraordinario. Y creo que dice la verdad.

—Sí, yo también lo creo, no tiene ningún sentido que se delatara a sí mismo..., lo cual reduce las posibilidades a una sola explicación factible.

—¿Cuál?

—Es un fenómeno muy poco frecuente. De hecho, llevo dos días consultando literatura psiquiátrica al respecto, y he hablado con un par de colegas.

O lo suelta ya, o le ahorco con el cable de la lámpara. Tengo experiencia.

—¿Recuerdas cuando hablamos la semana pasada de la postal que te escribiste y autoenviaste durante una ausencia, sin recordar nada? ¿La sorpresa que te llevaste cuando la recibiste?

—Sí, claro.

—Esto es lo mismo.

—¿Lo mismo? No sé..., explícate, por favor.

—La fotografía que viste era de Sara y David en un restaurante. Lo que te sucedió aquella tarde fue un brote psicótico típico, pero con una particularidad: la imagen creada por tu mente la tomaste de tu inconsciente. De algo que habías experimentado durante una ausencia. Y que, al igual que la escritura de la postal, tu ser consciente no recordaba.

—Quieres decir que... en una ausencia vi a David y a Sara en ese restaurante, besándose... y el brote psicótico trajo a la luz esa imagen.

—Eso es. Ten en cuenta algo importante: las ausencias y los brotes psicóticos son dos síntomas de tu enfermedad, pero muy diferentes entre sí. Estos últimos son imágenes y sonidos ficticios pero vividos como reales por tu ser consciente; las ausencias, sin embargo, son imágenes y sonidos reales vividos como tales, pero por tu ser inconsciente. La fotografía que viste ese día es una conexión entre ambos síntomas: la imagen que aparecía en ella era real, existió, y la viviste inconscientemente durante una ausencia, pero cuando la recuperaste en el brote psicótico era ficticia. La fotografía no era real, físicamente hablando, se trataba de un folleto publicitario de vuestra compañía de seguros. —Me observa digerir poco a poco semejante engrudo lleno de tropezones—. Y como te decía antes, esa conexión entre ambos síntomas de tu enfermedad es algo extrañísimo, porque las imágenes vividas durante las ausencias ni siquiera se pueden recuperar a través de la hipnosis. Están escondidas en lo más profundo del inconsciente. La literatura científica recoge muy pocos casos como el tuyo.

Me siento especial. Trágicamente especial. Pero esa sensación agridulce es arrasada por una idea que plancha mi mente. Una idea fugaz, instantánea, dolorosa. Fulminante como un croché de derecha bien pegado.

—Entonces... es posible que en algún brote psicótico, en un futuro, pueda venirme a la mente lo que hice durante mi ausencia la noche en la que María desapareció. ¿Es eso posible?

—Técnicamente, sí. Te ha pasado una vez, podría volver a ocurrir. Pero ya te he dicho que es un fenómeno muy poco frecuente. Y si lo que estás pensando es lo que creo, quítatelo de la cabeza: tú no le hiciste ningún daño a María.

Se equivoca. No estoy pensando en eso. Estoy pensando en algo que no me he atrevido a contarle: Mister Cohen, colgando del techo de mi cuarto de baño.

En cuanto salgo a la calle Balmes saco del bolsillo el móvil y desconecto el modo avión. De inmediato me entra un wasap de David:

«Hola princesa. he conseguido entradas de última hora para el partido del Barça de esta noche. Juega a las 10. nos vemos a las 8.30 en la turuleca picamos algo rápido y nos vamos al campo?».

Si todas las mariposas que llevo ahora mismo en el estómago se ponen a aletear a la vez, salgo volando. Ya estoy viendo los titulares: «Avistado globo meteorológico en el centro de Barcelona».

Intento contener el subidón, intento poner en práctica lo que acabo de razonar en terapia. Calma, prudencia, cautela. Me es imposible: lo que estoy experimentando ahora es pura euforia. La disimulo respondiendo tan solo con dos letras: «Ok».

En vez de pasear cavilosa por la ciudad, sola, me voy a cenar a mi peruano preferido. Como antes. Asistiré a un partido de fútbol, como antes. Haré algo con alguien, como antes. Tengo planes con el hombre que quiero. El yo fragmentado que lleva dos años dominándome se ha fundido en un solo molde. Vuelvo a sentirme una mujer de una pieza.

Hay poco margen, no puedo ir andando hasta La Turuleca. Ni tampoco pasar por casa para arreglarme. Pero me da igual: camino hacia la estación de Diagonal con el mismo aplomo con el que caminaba por la vida antes, cuando me calzaba unos buenos *stiletto* italianos con un taconazo de ensueño que sabía estilizaban mi figura y me ponían el culo respingón. Todo eso ya no existe, pero David lo sabe. Y a pesar de eso, me ha invitado a cenar y al fútbol. Como antes. Bajo las escaleras de la estación.

Faltan tres minutos para que llegue el metro que me dejará en Badal, casi en la puerta del restaurante; me sobra tiempo. Pero son tres minutos intensos: llega a mi móvil un SMS con la confirmación automática de la próxima cita con Paul. Me lo envía el *software* de reservas, como todas las semanas. Pero esta no es una semana como todas. Han pasado cosas, cosas importantes... que lo han cambiado todo: ya tengo clara la sensación tan extraña, tan inusual, que he experimentado hoy en la consulta. Pena. Siento lástima de mi terapeuta. Sé que la piedad es un sentimiento noble, pero hay algo que aprendí cuando tuve que cerrar *Barcelona with Cameron* porque me volví gorda y fea: la pena no funciona a largo plazo. Nunca. Con nadie. Con nada. Baja el *engagement.*

—Pobre Paul...

El vínculo se ha ensuciado, la relación ya no es sana. Y la culpa es mía: le he destrozado la vida a una buena persona. Sí, lo sé, el último responsable es David. Sara también. Pero Paul nunca se hubiese enterado de nada si no es por mí. Esto no va a funcionar, ya no.

Después de lo que ha pasado, esto no va a funcionar.

Estoy segura de que él piensa lo mismo, es un excelente profesional, tiene claros los mecanismos de transferencia médico-paciente. Pero es incapaz de echarme a la calle, darme la patada. Porque conoce tan bien mi cerebro que sabe lo que sentiré si él sale de mi vida: pánico. Cameron tambaleándose al borde de un precipicio. Mi psiquiatra no es ya solo mi psiquiatra, es la agarradera que me permite no caer al vacío. Pero después de lo que ha pasado ya nada es igual... Quizás deba ser yo la fuerte. La que lo afronte. Paul no lo hará. Me aprecia demasiado. Pero si mi relación con David a partir de ahora, sea la que sea, se la cuento a Paul, la proceso con Paul, la integro dentro de mí a través de Paul, acabaré contaminándola. Sería enfermizo. Sí, está decidido: esto no es sano. Además, antes o después debo empezar a volar sola. Quizás la aventura de reencontrarme con David sea ese punto de inflexión. Quizás me ha dado la fuerza que necesitaba. Solo hay un modo de averiguarlo.

Saco el teléfono. Marco. No me atrevo a llamarle a su móvil personal, que responda, tener que explicárselo. Me lo dio por si sufría una emergencia. Es una manera elegante de transmitirle a una paciente como yo otro mensaje: «Si estás en el borde de la cornisa, antes de saltar, llámame». Se dispara el contestador de la consulta, escuchará el mensaje el lunes. Él es siempre el primero en llegar cada tarde, lo oirá antes que Meritxell, su enfermera. ¿Cómo se sentirá? Lo borrará tras escucharlo. Debo ser fuerte.

—Hola, Paul..., sé que acabamos de vernos, estoy bien, no te preocupes, pero..., no sé cómo decirte esto..., supongo que lo mejor es ir al grano... Después de lo que ha pasado, es todo muy raro. De momento, creo que tenemos que dejar pasar un tiempo antes de... No me parece saludable seguir ahora con la terapia. No veo bien... De momento no acudiré a consulta. Tranquilo, me seguiré tomando mi medicación, y seré cauta con el tema de David.

Iré con cuidado, te lo prometo. Yo te llamaré... Y gracias por todo, de corazón. Adiós.

Llega el convoy, va casi vacío. Subo y me siento de espaldas al sentido de la marcha. En cuanto el tren arranca y coge velocidad, siento que me alejo de algo. Me alejo de Paul, de su consulta, de la terapia, de mi enfermedad. Es todo lo que conozco desde hace dos años. Como mi cabeza no es capaz de reaccionar ante tanto miedo, solo me queda mi cuerpo: me levanto para sentarme en el asiento de enfrente. Ahora ya no siento que me alejo de algo, sino que me acerco a algo. Y con esta ridícula engañifa, me calmo.

EVA

Tenía veinte años y quería ser madre. Me obsesioné. Y cuando yo quiero algo, nada me frena. Quizás ese sea mi mayor defecto. Pero no tenía pareja, ni ganas. Lo del banco de semen estaba descartado: ¿para qué pagar por algo que podía conseguir gratis tan solo con chascar los dedos?

Salía de safari. A cazar. Sola, sin amigas. Me vestía sexy y pedía una copa en la barra de alguna discoteca con nivel. Resultaba tan sencillo..., pescar en un barril. Así conocí a Valeri. Era un chulo, pero guapo y muy inteligente. Me gustaron sus genes. Le di un nombre falso: cuando me pidió el teléfono, bailé los dos últimos números. Fuimos a su chalet de La Moraleja, nos pasamos la noche follando. Sin condón, por supuesto.

Me desperté antes que él y desaparecí, no pensaba volverle a ver en mi vida. Han pasado muchos años, pero aún recuerdo la sensación de andar descalza sobre el asfalto, camino de Madrid, viendo amanecer por el Encinar de los Reyes con los tacones en la mano y el bolso tamborileándome el culo: sabía que me había quedado embarazada. Lo sabía, sin más. Nueve meses más tarde nació María.

Cuando Valeri volvió a aparecer en nuestras vidas, matarle no fue mi primera opción. Antes de que él nos localizara, rebusqué entre mis papeles el número de teléfono de su chalet que me había anotado catorce años atrás, por si acaso. Me costó, pero lo encontré. Le llamé yo y quedamos en una cafetería de Hortaleza. Intenté ser razonable, reconocí que María era hija suya, pero le advertí que queríamos seguir con nuestras vidas. Sin injerencias suyas ni de nadie. Enseguida vi claro que iba a ser imposible llegar a un acuerdo: deseaba conocer a su hija, verla regularmente, que pasase fines de semana con él. Incluso planificó sobre la marcha un viaje a San Petersburgo para que mi niña conociese a sus abuelos. Y al igual que yo, Valeri era de esos hombres que, cuando quieren algo, nada los frena. Por suerte, de mí no quería nada. Nada excepto sexo, lo vi en sus ojos al instante. Jugué mi baza, no me dejó otra opción.

Le propuse cenar en su casa para planificar cómo contárselo todo a María de la manera menos traumática. Nos emborrachamos, nos drogamos, nos acostamos. Intentó impresionarme, era un fanfarrón de manual. Se sentía seguro, a salvo. Me daba asco.

«Conmigo, a María y a ti no os va a faltar de nada. Te voy a enseñar algo. Siempre la tengo lista por si debo desaparecer rápido».

Deslizó un panelado de madera y abrió un armario secreto con la llave de seguridad que le colgaba del cuello. Dentro había un maletín metálico. Jamás había visto tantos billetes juntos. «Dieciséis millones de euros», me dijo. Al ver todo ese dinero, supe lo que tenía que hacer. Por María. Y por mí.

Viviendo en Parla, es sorprendente lo fácil que resulta conocer a alguien que conoce a alguien que conoce a alguien que te puede poner en contacto con un sicario. Todo salió bien, excepto por un detalle: en el último instante a ese imbécil se le despertó la curiosidad. Vio mi cara. Me puse gorra de béisbol y unas enormes gafas de sol para ir al punto de encuentro en el Retiro, pero ese puto sudaca me vio la jeta. Dejé el dinero, recogí el maletín y me largué pitando, pero el cabrón me había radiografiado con un solo vistazo.

En cuanto blanqueé el dinero comprando el boleto premiado de la Primitiva, hui. Me fui de Parla, a una ciudad nueva que me permitiera ser anónima. Un mejor ambiente en el que criar a mi hija. Me teñí, nuevo corte de pelo, me operé la miopía para quitarme las gafas, empecé a vestir como una pija. Cambié mi aspecto, pero no para que nadie me reconociese.

Cambié mi aspecto para no reconocerme yo.

CAMERON

Dos de la madrugada. La cena ha sido agradable. El partido del Barça, emocionante. Y el sexo, una pasada. Ahora, abrazados en mi cama, a oscuras, llega la verdadera intimidad.

—Quiero contarte algo, no lo sabe nadie..., me da vergüenza, pero debo hacerlo.

—Puedes contarme lo que sea. Tranquila.

—Mister Cohen no murió de viejo.

—¿No? ¿Qué le pasó? ¿Estaba enfermo?

—Lo maté yo.

No puedo verle el rostro. Casi mejor.

—¿Por qué hiciste eso?

—Técnicamente, no lo hice yo. Lo hizo mi ser inconsciente.

Enciende la lamparita de noche: David sí quiere verme el rostro. El suyo denota inquietud.

—Eso me lo vas a tener que explicar.

—La medicación que tomo es incompatible con el alcohol. Pero a veces..., a veces no puedo evitar beber. Y cuando eso pasa, normalmente tan solo me desmayo..., pero en ocasiones, no siempre, tengo una ausencia.

—¿Una ausencia?

—Hago cosas sin ser consciente de que las estoy haciendo. Como por ejemplo, ahorcar a mi gato.

A pesar de lo que acabo de confesarle, se ha esfumado el temor de su rostro. Ahora me mira con curiosidad. No sé si lo prefiero.

—¿Y no recuerdas nada?

—Nada.

Se toma su tiempo.

—¿Por qué me lo has contado?

—No quiero que haya secretos entre nosotros. Esta vez, no.

Ha sonado a reproche, pero me da igual.

—La noche en la que María desapareció... Castells nos dijo que estuviste enfrente, en casa, bebiendo. ¿Tuviste una ausencia?

—Perdí el conocimiento en la cocina, y me desperté allí mismo, cuando amanecía. —No me atrevo a contarle lo del chico inAmorAti: un sesentón depilado a la cera y con el cuello rajado es demasiado *creepy* incluso para mí—. Lo que pasó en esas cinco horas no lo recuerdo... Quizás tan solo me desmayé, pero creo que no. Creo que fue una ausencia.

—¿Por qué?

—Al despertar no tenía el móvil. Por eso creo que hice algo, fui a alguna parte..., pero no recuerdo nada.

—Entonces, ¿no sabes si... le hiciste algo a...?

—Acaba la pregunta. Tranquilo, me da más miedo a mí que a ti: quieres saber si recuerdo haber matado a María.

Tan solo asiente.

—La respuesta es no. No consigo recordar nada.

Me mira analizándome. Permanecemos mudos. Se desmigajan los segundos, uno tras otro. Y de repente, sucede. Me gusta ver cómo se acerca el deseo a su cara. Lo veo venir, hasta que alcanza un punto de saturación que le fuerza a besarme. Yo lo llamo el punto de rocío. Esa temperatura mágica a la cual los pétalos de las rosas se perlan de gotitas de agua.

Salgo de la cama sin hacer ruido. David duerme a pierna suelta. Me preparo un vaso de leche tibia con miel y, mientras le doy pequeños sorbitos, contemplo tras el ventanal del balcón el minúsculo resquicio de cielo que se atisba desde aquí. Amanece, pero no veo salir el sol: mi calle es estrecha, las fincas de enfrente son un muro. Nunca me ha importado demasiado, pero hoy quiero luz. Mucha luz. ¿Por qué? Quién sabe... No puedo acabarme la leche con miel. Nunca puedo, me empalaga. Pero ahora ya no tengo un gato al que regalarle el medio vaso que queda. Lo vierto en el fregadero.

Vuelvo al salón, me despanzurro sobre el sofá y cojo el móvil. David aún duerme, desde aquí oigo su respirar profundo. Me gusta tenerlo en casa, me hace sentir normal. Entro en el Instagram de Eva. Su foto de perfil sigue siendo la misma orquídea de siempre. Y por supuesto, su rostro no aparece en ninguna de las docenas de fotos que ha subido en los últimos meses. Pero no es Eva quien me interesa. Como su cuenta es abierta, no me cuesta localizar la de su hija. Hace tres años que la tiene activada, seguramente desde que tuvo su primer *smartphone*. Analizo sus *posts*.

«Uf..., qué pereza».

Fotos típicas de adolescente: con amigas, poniendo caras raras, no a la guerra, salvemos el planeta, probándose ropa, textos escandalosos y mucho emoticón. Nada. No consiguen evocar en mi mente recuerdo alguno. Si la maté, supongo que antes cruzaríamos algunas palabras. Quizás si escucho su voz... Voy a las historias destacadas. Solo tiene tres. Una de un cumpleaños en Madrid, con amigas. Se nota que han bebido un poco. Ninguna dice nada coherente, tan solo son jóvenes en bikini que se lo pasan bien alrededor de una piscina. La segunda *story* es en un concierto. El público corea una canción, tan mal que no puedo distinguir cuál es ni de qué cantante. El estadio está lleno; la cámara de María hace un barrido por las gradas, que, a oscuras, parecen habitadas por un millón de luciérnagas: todos han encendido las linternas de sus móviles para volver más épico el momento. Quizás allí, en vivo, fuese algo abrumador, pero en pantalla resulta bastante insulso. La tercera *story* es diferente.

—Dios... Dios mío.

Me atrapa: desde el primer momento sé que quiere decirme algo. Un chispazo ha saltado en mi cerebro. No sé si en el consciente o en el inconsciente, pero mi mente no es ajena a lo que sucede ante la cámara.

«No podéis ni imaginaros el banquetazo que acabamos de darnos. A la porra la dieta...».

Es María. En un restaurante. Comenta divertida lo bien que ha cenado y describe cada plato del menú. Está sola, pero habla en primera persona del plural: ha comido con alguien. Escudriño la mesa por si encuentro alguna pista sobre quién la acompañaba. Ni rastro, el camarero por lo visto ya ha recogido el servicio y sobre la madera tan solo se ven las gafas de sol de la joven. Son muy parecidas a las que llevaba Sue Lyon interpretando a Lolita en la película del mismo título. Los cristales tienen forma de sendos corazones.

—Yo..., yo he estado ahí... ¿He vivido eso?

Estoy muy confundida. Incomprensiblemente, también estoy asustada. El pulso se me acelera, las sienes me palpitan. Se acerca un ataque de pánico, lo presiento.

Pero ¡¿por qué?! ¡¿Qué hay en este vídeo que me resulta tan familiar?!

—¡Abran! ¡Abran!

De repente la puerta de casa atruena, alguien la palmea con fuerza a la vez que grita. Del susto, doy un respingo, el móvil se me cae al suelo. Ese subidón de adrenalina me ilumina: ya sé la conexión que ese vídeo ha generado en mi mente.

«Yuck!».

Está grabado en el mismo restaurante donde fue tomada la fotografía que vi hace dos años, en mi primer brote psicótico. María está sentada en el mismo reservado. En el lugar donde David besaba a una morena guapa con un lunar en el cuello.

—¡Abran inmediatamente! ¡Policía!

Voy hasta la puerta medio sonámbula, sudando, con la mano en el pecho por si el corazón se me sale. Más asustada por la conexión que acabo de hacer que por los gritos. En la habitación percibo movimiento, David se debe de haber despertado con tanto escándalo.

—¿Qué..., qué quieren?

—¿Es usted Cameron Portman? —me habla un *mosso d'esquadra* alto como un pino; junto a él otros dos compañeros aguardan en actitud vigilante.

—Sí, soy yo..., pero...

—No se mueva. Ponga las manos donde podamos verlas. Queda detenida por la desaparición de María Gómez.

CAMERON

—¿Por qué estoy aquí?

—Dígamelo usted.

—No sé..., yo no he hecho nada.

Nueve de la mañana, hace dos horas que me sacaron de mi casa. Estamos sentadas frente a frente en una sala de interrogatorios sin ventanas de la comisaría de Les Corts. Nos separa una mesa con enganche para grilletes, pero está libre, no me han esposado. Sin embargo, por primera vez, no hablamos a solas: en un rincón hay un *mosso* enorme, de plantón, con los brazos cruzados sobre el pecho y rostro circunspecto. ¿Qué hace ahí? ¿Acaso duda ahora la inspectora sobre mi peligrosidad? Supongo que sí, pero no puedo reprocharle nada: a mí me pasa lo mismo.

—En serio, no sé..., yo..., ¿por qué estoy aquí?

—Porque mató a María Gómez.

—Yo no...

—Deje de fingir. Lo hizo. En el pasaje de la Font del Lleó. Luego cargó con su cuerpo a través del bosque hasta el parque natural de la sierra de Collserola. Allí seguramente tenía un vehículo que había dejado previamente. Con él se alejó del lugar, ocultó el cadáver y regresó a su antigua casa, otra vez bosque a través. Una siestecita para descansar y, fresca como una rosa, salió de Pedralbes paseando por la avenida Pearson, viendo el amanecer y saludando a las cámaras de seguridad. En cinco horas le sobró tiempo para todo. ¿Le parecen pocas razones para estar aquí, mi querida Cameron?

Evito los ojos de la inspectora Castells. Como cuando evito cruzar la mirada en el supermercado con un vecino para así no tener que saludarlo.

—Ya le dije que tuve una ausencia..., pero yo..., yo no hice nada. —Seguramente este es el alegato menos convincente en los anales de la investigación criminal; sobre todo cuando se pronuncia mirando al suelo y con un tic en el ojo.

—Tuvo la oportunidad y tenía el móvil. Hasta ahora pensaba que no era más que una pobre zumbada inofensiva, me engañó, lo confieso... Incluso llegué a sentir lástima por usted. Pero ya no: ahora sé que lo hizo. Mató a María.

—Pero... ¿por qué? —Alzo la mirada y la centro en sus ojos, pero indecisa—. Antes usted creía que no había hecho nada y... de repente, sabe que lo hice yo. ¿Por qué?

Espero que no note que lo pregunto porque soy mi principal sospechosa.

—Los técnicos han necesitado dos semanas para realizar los estudios de triangulación de antenas. Del móvil de María, del suyo, del de Eva y del móvil de David también. Cuatro aparatos y tres compañías telefónicas implicadas, no ha sido sencillo, son muchos datos, pero gracias a ellos ahora conocemos los movimientos de esos cuatro *smartphones* durante los días previos al crimen. He recibido el informe hoy a las seis de la mañana. Ninguno de esos móviles tuvo durante esos días desplazamientos extraños. Ninguno, excepto el suyo. Por eso ahora sé que me mintió.

—¿Le mentí? ¿Triangulación de antenas?

—Los *smartphones* tienen dos sistemas operativos. El

que todos conocemos, iOS o Android en la mayoría de los casos, y otro oculto que les sirve para conectarse con las antenas de las que reciben señal. El primero se puede anular fácilmente, basta con apagar el móvil. Pero el segundo nunca se desconecta. Aunque le saques la batería al teléfono, aunque lo pongas en modo avión, ese sistema sigue enlazando con las antenas. Y si tiene tres de ellas cerca, haciendo los cálculos adecuados, consigues las coordenadas de geolocalización exactas en las que está el aparato. Lo único que se puede hacer para bloquear ese sistema operativo es romper el móvil a martillazos o meterlo en una jaula de Faraday.

—No sé lo que es una...

—Creo que sí lo sabe, pero sigamos con el jueguecito: tranquila, que yo se lo explico, Física para párvulos. —Tono mordaz, rostro hierático—. Cualquier material conductor eléctrico que sea hueco desplaza toda la carga hacia su exterior, por lo que dentro se genera un campo nulo, que impide que una onda electromagnética pueda viajar hasta su interior. En cristiano: si metes el móvil en el congelador de casa, las antenas dejan de localizarlo.

Intento imaginarme metiendo mi teléfono en el frigorífico, por si me evoca algo. Pero no.

—Otra opción, mucho más práctica si no tienes un congelador cerca, es envolver el móvil en papel de plata. Que es lo que usted hizo.

—Yo no..., yo no recuerdo...

—Estoy cansándome ya de este papelito de mujer abandonada, enferma y llena de dudas. Hágase un favor y colabore. ¿Qué pasó esa noche?

Su rostro denota que sigue compadeciéndose de mí. Le diría que prefiero que me mire como estoy segura que mira a las asesinas que le dan asco. Pero creo que es más prudente no interrumpirla.

—Como quiera, si escoge guardar silencio está en su derecho. Pero tenga en cuenta que el juez puede considerar como atenuante el arrepentimiento y la colaboración con la Policía.

Lo único que podría confesarle a esta mujer es que no me gusta cómo ha combinado la americana y el pantalón.

—¿Qué dice ese informe de triangulación... que por lo visto me incrimina?

Frunce los labios. Suspira. Se agarra los codos con las manos.

—El móvil de Eva y el de David no se movieron de sus respectivas mesillas de noche, tal y como ellos declararon. El de María, a las dos de la madrugada, se desplazó al pasaje de la Font del Lleó para adentrarse hasta el linde con la senda que atraviesa el bosque. En ese punto, que es justo donde encontramos los restos de sangre de la joven, el móvil permaneció activo y sin moverse media hora. Todo eso es coherente con el testimonio que usted dio: María soltó al perro, dejó una nota fingiendo que el animal se había escapado y salió del chalet hacia el callejón. Pero tras media hora sin moverse, el móvil dejó de emitir señal. Deducimos que ese es el momento en el que María murió: su asesino... o asesina, viva el lenguaje inclusivo, registró el cuerpo, encontró el teléfono, lo apagó y tuvo la precaución de envolverlo en papel de plata para que sus movimientos a partir de ese instante no fuesen ya rastreables.

—Y yo..., ¿qué pinto en todo eso?

—Cameron, usted me mintió.

No soy capaz de rebatirla. Porque si tiene razón, también me mentí tan bien que ni me di cuenta.

—Su teléfono móvil, cinco minutos después de que María saliese hacia el callejón, abandonó su antiguo chalet y se desplazó tras la joven.

—Yo..., yo no recuerdo nada de eso... —Me arde el pecho—. Estoy enferma, en las ausencias...

—Sí, ya me sé el cuento. Pero esto es el mundo real: usted siguió a María y se detuvo a treinta metros de donde ella se paró, en el linde del bosque. Allí la joven discute con su *sugar daddy*. Él se va. Usted sale de su escondrijo y se encara con ella, dispuesta a aprovechar la oportunidad que se le ha presentado tras meses planificando su golpe. La mata y la señal de sus respectivos móviles desaparece a la vez.

—Pero yo no le mentí, tan solo no soy consciente de haber hecho todo eso, mi enfermedad...

—¡Me mintió! —El grito me encoge como haría un calambrazo; enmudezco, asustada, porque a pesar de todas las barbaridades que por lo visto mi inconsciente es capaz de hacer, mi consciente no está acostumbrado a la violencia, ni siquiera a la violencia verbal—. En el informe consta que el teléfono de María no ha vuelto a dar señales de vida, nunca mejor dicho. Sin embargo, el suyo, cuarenta horas después de ser desconectado, aparece de nuevo en antena. Pero atención, hay una novedad: no es el mismo terminal. Es otro aparato con una tarjeta nueva duplicada.

—Sí, bueno...

—Me mintió. Cuando fui a verla por primera vez a su casa, usted me dijo que había tenido el teléfono apagado porque durmió treinta horas por culpa de su enfermedad. Eso es falso. Cuando ya con la orden judicial registramos su piso, el ordenador y su móvil, siguió mintiéndome: no me dijo que acababa de cambiarlo por un terminal nuevo, con tarjeta duplicada. He tenido que enterarme de *ese pequeño detalle* hoy a las seis de la mañana al leer el informe técnico.

—Usted no preguntó.

—Buen intento... ¡Se deshizo de su móvil y del de María porque ambos la implicaban en el crimen!

Bajo la mirada. Cualquier cosa que diga empeorará las cosas.

—Llevaba semanas trazando su plan, recabando información: Eva le había destrozado la vida, quería golpearla donde más le dolería. Su hija.

Transcurren los segundos. Tímidamente levanto la cabeza. Los ojos de la inspectora centellean, están tan incandescentes que casi puedo imaginar un brote psicótico: se derriten y resbalan de sus cuencas, fundidos, expandiéndose por la cara de la policía como mercurio líquido.

—En su diario, María dice que sintió un par de veces que la vigilaban desde el otro lado de la calle: era usted. Salió del chalet y se escondió tras un árbol para seguirla y ver dónde se reunía con su amante.

—No recuerdo... hacer eso...

—¡Qué novedad! ¡No recuerda nada! —Sostiene una pausa dramática, bien construida—. Le concedo el beneficio de la duda, quizás no era usted, quizás era su cómplice.

—¿Mi... cómplice? ¿Qué cómplice?

Deja pasar unos segundos muy incómodos antes de responderme. Con una serenidad que asusta.

—El informe de triangulación de antenas muestra que esa noche había alguien con usted.

Pienso en un sesentón depilado con un tajo en el cuello, pero no digo nada porque ese hombre se lo inventó mi cabeza.

—Aparte de los cuatro móviles de los que ya hemos hablado, el suyo, el de la víctima, el de Eva y el de David, según el informe en esa zona de la avenida Pearson apareció la noche del crimen un quinto teléfono. Surgió de la nada, a la altura de su antigua casa, una hora antes de que María soltase a su perro y fingiese salir a buscarlo. Como las antenas lo captan de repente, sin una trayectoria previa, sospechamos que el dueño de ese móvil lo llevaba envuelto en papel de plata hasta llegar al punto donde recibimos por primera vez su señal. Ese punto, como ya le he dicho, es la puerta de su antigua casa.

—¿Y qué... hizo esa persona? ¿Dónde fue?

—Deje de fingir: esa persona es su cómplice. La ayudó a matar a María. —Me ensarta con una mirada engarfiada—. La ayudó a cargar su cuerpo monte a través, la ayudó a deshacerse del cadáver.

—Pero yo... no recuerdo...

—El propietario del misterioso móvil que aparece de la nada, tras estar más de una hora dentro del jardín de su antigua casa, al final se decide a entrar en la vivienda y va directo a la cocina, donde está usted esperándole. Y fue a buscarla justo después de que María hubiese salido para reunirse con su *sugar daddy* tras fingir que el perro se escapaba. Vaya casualidad, ¿no le parece?

—No entiendo...

—Pues tranquila, que yo se lo explico: su cómplice vigilaba el chalet de enfrente, escondido en el jardín de su casa. Tenía llaves porque usted se las había dado. En cuanto ve salir a la niña, sabe que hay que ponerse en marcha: entra en la vivienda para buscarla a usted. Hay que implementar el plan.

Cierro los ojos, hago fuerza, lo intento con toda mi alma. Pero es imposible: esa historia no evoca en mí recuerdo alguno. Más allá del chico inAmorAti.

—El teléfono móvil de su cómplice y el suyo salen juntos de la casa tras María. Ya en el callejón, están diez minutos esperando escondidos a que la joven acabe de hablar con su *sugar daddy*. Cuando este se va, ustedes dos salen de entre los arbustos, se acercan a ella, charlan un rato y la acaban matando. Cachean el cuerpo, encuentran su teléfono, lo apagan y envuelven los tres aparatos con papel de plata para que sus señales sean ilocalizables.

—Se refiere a mi móvil, el de...

—El de su cómplice y el de María. Estos dos últimos aparatos nunca se han vuelto a conectar. Y ya se me está acabando la paciencia, deje de hacerse la ignorante y empiece a colaborar.

—Inspectora, sé que no me cree, pero... todo lo que me está contando es nuevo para mí. No lo niego, tan solo le digo que no recuerdo nada. Además..., hay detalles que no me cuadran.

—¿Detalles que no le cuadran?

—Sí. Por ejemplo, ¿no tendría que aparecer en el informe también el móvil del *sugar daddy*?

—No hay ni rastro de él. Acudió a la cita sin llevarlo consigo. Y ese hombre no fue grabado por las cámaras de los chalets que enfocan los accesos de Pedralbes, por lo que deducimos que llegó al punto de encuentro con María monte a través, por la senda que baja de la sierra de Collserola. Y sin móvil.

—Pero eso..., ¿no es eso un poco raro? Usted es la profesional, no quiero inmiscuirme en su trabajo, pero yo no lo veo muy normal...

—En esa noche nada fue normal. Además, hablamos de un individuo que probablemente tiene algún tipo de perversión sexual, esa gente no suele llevar vidas *muy normales*. Lo que está claro es que esa noche María iba a reunirse con su *sugar daddy*, lo dice en el diario. Y usted tiene que colaborar conmigo para que podamos identificar y detener a ese tipo, entonces podremos clarificar esas cuestiones que no le cuadran a Sherlock Holmes.

Ignoro el sarcasmo. Y me sigo defendiendo lo mejor que puedo:

—Sí, sé que no soy ninguna especialista, pero mi sentido común me dice que..., que también es muy raro, tampoco me cuadra..., yo y mi supuesto cómplice fuimos hasta el callejón, y allí ma..., mata...

—Deje de hacer teatro. No me creo que se le atragante el verbo. Ya no.

—No hago teatro. Pero yo... no soy capaz de...

—Acabe su argumento y dejémonos de tonterías.

—¿Por qué fuimos yo y mi cómplice al lugar del crimen con nuestros móviles en los bolsillos, activos y sin la protección del papel de plata? No lo entiendo, la verdad... Si tanto sabemos de antenas y sistemas operativos, ¿por qué no dejamos los teléfonos en casa para que esa noche no apareciesen por Pedralbes? ¿O los envolvimos en papel de plata desde el principio, y no tras cometer el asesinato?

—Dígamelo usted. —Me encañona con el dedo—. Hace horas que me hago esa misma pregunta.

—Yo... ya le dije que tuve una ausencia..., no recuerdo nada, pero... tal vez...

—¡Tal vez ¿qué?!

—En..., en España, creo que todos los móviles, para poder activarse, han de tener un titular debidamente identificado por la compañía telefónica, incluidos los de prepago. Esa persona debe de ser la que usted llama «mi cómplice».

Justo al pronunciar las dos últimas palabras, un fogonazo me ilumina por dentro. Carbonizándome el alma.

—¿Está jugando conmigo?

—Yo no...

Yo sí: un cómplice, ahora todo encaja.

—¿Se hace la idiota?

Sí, me hago la idiota. Porque acabo de entender qué sucedió esa noche.

—Camilo Bustamante López. ¿Le suena?

Acaba de regresar y vuelve a la carga. Me ha dejado descansar media hora. Se lo supliqué, fingiendo que estaba exhausta. En realidad, lo que estoy es destrozada ahora que he visto la luz.

—Pues no, inspectora..., la verdad..., lo siento.

—Es un mendigo habitual del Born. Vive en la calle, heroinómano y siempre alcoholizado. Tiene a su nombre treinta y seis líneas de teléfonos prepago. Las mafias lo utilizan para disponer de aparatos limpios, porque saben que Camilo tiene un DNI en vigor y por una papelina firma donde haga falta, pero es incapaz de reconocer a su madre. Usted o su cómplice utilizaron a ese pobre desgraciado como hombre de paja que les permitiese estar en contacto sin dejar rastro. Y, además, fueron lo suficientemente prudentes como para no telefonearse directamente o enviarse wasaps, pero nuestros informáticos están rastreando a fondo su aparato para comprobar todas las aplicaciones que permiten comunicarse. Aunque las haya desinstalado, dejan rastro, y lo encontraremos, se lo aseguro. —De nuevo me mira desollándome viva; siento cómo esos ojos se enroscan en mi cerebro, y me asusto por si averiguan todo lo que sé—. Cameron, ¿tiene algo que decirme?

No. Porque ahora todo encaja, y la verdad es demasiado horrorosa.

—¡Cuénteme de una maldita vez qué pasó esa noche!

Por mucho que me grite, no servirá de nada, porque yo ahora no puedo dejar de pensar en María hablándole a la cámara de su móvil, en ese reservado del mismo restaurante en el que estuvieron David y Sara. Su rostro regresa una y otra vez a mi cabeza. No se me va la imagen de la mente. Me incordia, me irrita, como esas moscas pegajosas que no te dejan hacer la siesta en verano. Bichos insanos.

—Es usted violenta. Su fondo es negro. —Se acerca tanto a mí que sus ojos incendiarios, si yo me hubiese echado laca, prenderían mi cabello—. Ya lo sospeché cuando la vi en ese vídeo destrozando el bar del Raval en bragas y sujetador. Y las intuiciones no engañan... Antes de entrar aquí me han confirmado que lo que enterró en el jardín de su casa es el cadáver de su gato. El mismo que se me sentó en el regazo el día que la conocí.

—¿Han..., han desenterrado a Mister Cohen?

—Sí, David nos lo ha contado todo. Alguien le partió el cuello a ese dulce minino: usted. —Me señala con un dedo tan acusador como su dicción precisa—. Creo que es capaz de cualquier cosa.

—¿David..., David le ha dicho que yo lo maté?

—Por supuesto. Como supondrá, no le ha hecho mucha gracia saber que usted acabó con su hijastra.

Estoy en *shock*. Me acaba de acusar de asesinar a una niña junto a mi cómplice. Me duele, me asusta, no es fácil de encajar..., pero lo que me descuartiza es saber que David me ha vendido. Al minuto, sin escuchar mi versión. No confía en mí.

—David me ha delatado...

—Ya le he dicho que sí, ¿está usted sorda?

No hablo con la inspectora. Estoy como abducida por la frustración: he sido una idiota. Otra vez. Me ha utilizado. Yo no he dicho lo que sé de él. No he revelado su oscuridad. Pero él enseguida ha delatado la mía. Le quiero... y le odio. Acariciaría su cuello con las yemas de mis dedos... para acabar estrangulándolo.

«¿Por qué no es todo mucho más sencillo?».

Porque las mujeres podemos sostener dos sentimientos contradictorios en la cabeza al mismo tiempo. Pero pagamos un alto precio por ello: la infelicidad.

CAMERON

No me gusta mezclarme con las otras reclusas. Cuando toca patio, me quedo en la biblioteca. Y leo. Leo mucho. Para no pensar. O mejor dicho, para pensar en otras cosas. Siempre con un lápiz en la mano y mi libreta de gusanillo al lado: cualquier idea, cualquier metáfora, cualquier descripción que me parece atractiva, la transcribo a mano. Así me intento convencer de que mi tiempo aquí dentro no es tiempo perdido. Me preparo para mi gran novela.

—Portman, te quedas al mando del barco. No creo que venga nadie a estas horas, me bajo al patio a hacer un poco de ejercicio.

Asiento con la cabeza. Estoy en un módulo de respeto. Aquí es todo más tranquilo que en el de preventivas, además tengo celda individual. Solo entras aquí si te obligas a trabajar para ayudar a las compañeras a reinsertarse. Yo colaboro en la biblioteca y además me he comprometido a impartir clases de inglés. Mañana empiezo, se han apuntado quince reclusas. Me apetece.

La cosa pinta mal, la Fiscalía no ve el caso muy claro, pero los movimientos de mi móvil me implican. Hemos alegado que por culpa de la medicación y el alcohol sufrí un desmayo y el teléfono desapareció. Quién me lo cogió y dónde fue con él no puedo saberlo: mi supuesto cómplice es el responsable de todo, se llevó mi móvil para comprometerme. Pero no ha colado. El fiscal opina que mi absoluta falta de memoria resulta demasiado «conveniente para mis intereses», y al juez de instrucción le parece razonable su argumento. De mi escaso interés en colaborar para esclarecer lo sucedido se puede deducir una implicación en los hechos. Estoy sola ante el peligro. Llevo aquí cuatro semanas y he recibido las visitas de mi abogado y del cónsul americano en Barcelona, nadie más. Y luego está mi madre.

No le he contado mi situación. Fingí llamarla desde una cabina diciéndole que había perdido el móvil, para no confesarle que estaba en el locutorio de una cárcel. Lo último que quiero es que venga desde California a visitarme. Eso es lo que intento pensar, aunque en realidad sé que no le he dicho nada por otra razón: y si, a pesar de saberlo, ¿no viene a verme?

—Hola, Cameron.

Levanto la cabeza del libro, sorprendida: no he oído llegar a nadie. Frente a mí, de pie al otro lado de la mesa, está Eva.

—No pongas esa cara. —Se sienta, calmada—. Parece que has visto un fantasma.

Eso es justo lo que siento: ¿es real? ¿Está aquí? En Brians 2 hay catorce módulos, y ella no está en el mío. Bajo ningún concepto juntan a una asesina con la madre de su víctima. Pero entonces, ¿estoy experimentando un brote psicótico? Hace más de un mes que no pruebo el alcohol, y me tomo mi medicación rigurosamente.

—Puta.

El salivazo vuela sobre el tablero de la mesa y me impacta certero en la mejilla. Siento su humedad deslizándose por mi cara. Tan real.

—Eva, yo...

—Castells me ha contado lo que hiciste.

No respondo. No conozco palabras para poder hacerlo. El lenguaje establece límites a la vivencia que pueden llegar a ser sacrílegos.

—Por lo visto, no recuerdas nada. Y te niegas a confesar dónde está el cuerpo de mi hija.

Soy incapaz de sostenerle la mirada. Agacho la cabeza, aprieto el lapicero entre mis dedos, contemplo las anotaciones en mi libreta. Sigo sin encontrar las palabras. ¿Escritora? *I'm trash.* Tan solo eso, basura.

—¿No vas a abrir la boca?

—Eva, yo... siento mucho tu pérdida.

No sé por qué he dicho eso. Me ha salido solo.

—Así que sientes mucho mi pérdida...

Tras toda una vida estudiando, sigo diciendo frases así. Por eso aún no tengo confianza en mí misma para escribir una novela en español. La expresión correcta es «Te acompaño en el sentimiento». A pesar de lo mucho que me esfuerzo, sigo traduciendo algunos modismos literalmente del inglés. En un libro eso es imperdonable. Me horrorizaría que un lector leyese en mi novela: «Ponte en mis zapatos si quieres sentir lo que yo siento». Con lo hermoso que es ponerse en la piel del otro... Pero todo esto, ¿a quién le importa? ¿Por qué mi mente enferma piensa en estas chorradas mientras la madre de una niña muerta me mira pidiéndome una explicación?

—Quiero que hagas memoria. Quiero que me digas qué pasó esa noche, qué le hiciste a mi hija, dónde está su cuerpo.

—No puedo. Te juro que si estuviese en mi mano ayudarte...

Su aparente serenidad colapsa: de improviso, como un chispazo, Eva salta por encima de la mesa con gran agilidad, apoyándose con una mano sobre el tablero. El vuelo de sus piernas me impacta en el rostro tirándome al suelo. Me duele horriblemente el tabique nasal, creo que me lo ha roto con la rodilla.

—Cabrona de mierda..., vas a pagar por...

Se ha revolcado sobre mí con mucha habilidad, ahora descanso sobre su cuerpo. Como si ella fuese una socorrista que saca del mar a un ahogado. Pero es justo lo contrario.

—... pagarás por lo que le has hecho a mi hija.

Ha adoptado esa posición para asfixiarme: llevaba un fino cordón escondido en el puño, que ha desplegado alrededor de mi cuello y ahora me estrangula desde atrás. Pataleo, lanzo zarpazos al aire desesperada mientras noto la presión más y más fuerte, que me ahoga sin remedio. Pero todo es inútil, Eva ejecuta su plan a conciencia.

—Despídete del mundo, gorda tarada —su voz me susurra al oído.

Siento cómo el cordón me atraviesa la carne, se hinca en mi nuez, me corta el aire. Su filo es puro odio.

—Grrrrrr... Agggggg...

Más de una vez, sentada en un vagón de metro, leyendo junto a mi roble americano, paseando por Barcelona, he fantaseado con una idea tétrica: ¿es esto lo último que veré en esta vida? ¿Me dará un ictus, caerá un piano sobre mi cabeza, descarrilará el tren, alguien me pegará un tiro y esta será la última imagen que veré en mi vida? Por fin tengo una respuesta: el tubo fluorescente apagado del techo de la biblioteca del módulo de respeto del centro penitenciario Brian 2, en el municipio de Sant Esteve Sesrovires, va a ser lo último que vea en esta vida.

—¡Puta!

La presión se libera. El aire entra. Todo lo que empezaba a nublarse se aclara.

—¡Puta loca!

Mi instinto me ha salvado: en uno de mis aspavientos

desesperados, la punta afilada del lapicero que seguía aferrando con mi puño le ha penetrado un ojo. Me pongo en pie. Soy un amasijo de adrenalina. Eva está encogida sobre el suelo en posición fetal, brama de dolor, con ambas manos se tapa la cara. Hace poco más de dos años esa mujer y yo comíamos tarta de manzana en su casa entre risas, como dos buenas amigas. Pero ahora solo veo sangre, que lo inunda todo.

Corro. Escapo.

CAMERON

—Debo pedirle disculpas.

Se apoya en el quicio de la puerta, con los brazos cruzados sobre el pecho bloqueando cualquier acercamiento emocional. Su rostro, sin embargo, es acogedor. Ambos gestos chirrían entre sí. Pero ya estoy acostumbrada, me he dado cuenta de que esa es la manera de ser de Caraestaca. Yo dejo el libro que estaba leyendo y me incorporo para sentarme en el borde del camastro. Es la primera vez que la inspectora Castells me visita en mi celda.

—¿Disculpas por qué? —Al hablar, la garganta me duele horrores; además, como respiro por la boca debido al vendaje nasal, si digo muchas palabras seguidas, me quedo sin oxígeno, y la sensación es horrible tras casi morir asfixiada.

—Ha pasado dos días en el hospital.

—No fue usted la que intentó matarme.

—Pero sí soy yo la que informé a Eva Gómez del estado de las investigaciones y los cargos que la Fiscalía está preparando contra usted. Y aunque no dirijo esta prisión, soy la responsable de que esté aquí. Siempre he creído que los ciudadanos tenemos derecho a que las instituciones públicas nos den una explicación y una disculpa cuando las cosas salen mal. Y como no es probable que algún compañero lo haga, vengo yo a comerme el marrón.

Me sonríe. No me apetece devolverle el gesto. Además, si lo hago el esparadrapo me tira.

—Eva Gómez es un mal bicho, pero eso usted ya lo sabe. Además, tiene millones de euros que de momento aún no hemos podido ni confiscar ni inmovilizarle, y con todo ese dinero no es difícil sobornar a alguien. Aún no sabemos si compró a una presa de confianza o a algún funcionario para que le facilitase el acceso a este módulo, pero se está investigando. Le aseguro que pagará por lo que hizo.

—Respiro más tranquila. —Mi tono y el esparadrapo en mi nariz refuerzan el sarcasmo del comentario.

—Bueno, espero que se recupere pronto. Adiós.

Escucho sus pasos alejándose.

—Inspectora Castells.

Asoma de nuevo por la puerta. Tiene el oído fino, tan solo lo he susurrado.

—¿Me ha llamado?

—Quiero contarle algo.

—La escucho. —Se sienta en el borde del camastro, junto a mí.

—He recordado lo que pasó esa noche. La noche en la que María desapareció.

Su única reacción es un parpadeo.

—¿Así, sin más? ¿De repente recuerda?

—Creo que ha sido por culpa de la agresión. Estuve a punto de morir, estrangulada. Toda esa adrenalina, toda esa tensión... Supongo que ha sido eso, pero no lo sé.

De nuevo, tan solo un parpadeo.

—¿Y qué ha recordado?

—Lo hice yo.

Esta vez las cejas se han alzado. Un poquito solo.

—¿Está confesando?

—Sí.

Junta las diez yemas de sus dedos. Se las acerca a los labios. Como un niño que reza antes de dormir.

—¿Qué ha recordado exactamente?

—Son como flases. Imágenes, destellos... Sigo a María tras verla salir del chalet. En el callejón la espera un hombre. Mayor, de unos sesenta años, con barba ya blanca. Bajito, pero grueso y fuerte. Viste un chándal. Yo me escondo entre la maleza para que no me vean. Discuten, aunque desde mi escondite no los oigo. Él la zarandea, pero ella no se deja intimidar. Al final el hombre se va, por la senda, monte a través, hacia la sierra. Está muy enfadado. Yo entonces salgo de mi escondrijo y me acerco. María se queda muy sorprendida al verme. Hablamos, pero no consigo recordar de qué. Tan solo... hay una frase...

—¿Una frase?

—Se ríe de mí. Y me dice algo así como...

—¿Qué le dice?

—«Eres una gorda tarada, no me extraña que mi madre te robase el marido en un plis plas».

Pronunciar esas palabras me deja sin oxígeno. No sé si por su crueldad, o por culpa de la herida en el cuello.

—¿Qué hizo usted al escuchar eso?

—Me desquicié.

—Explíquese.

—No recuerdo bien..., tan solo..., tan solo veo a María reírse, quiero que se calle, le suplico que se calle..., pero ella ríe y ríe..., y yo entonces cojo una piedra. Y le golpeo la cabeza.

La inspectora respira hondo, se acerca de nuevo las yemas a los labios. Y su mirada regresa a mí.

—¿Qué pasa después?

—No recuerdo nada más. La última imagen que tengo es la de María tendida en el suelo.

—¿Qué hizo usted con el cuerpo?

—Ya se lo he dicho. No recuerdo nada más. Lo siguiente que me viene a la mente de esa noche es despertar en la cocina de mi casa..., bueno, de mi antigua casa. Ya me entiende.

—Sí, la entiendo —de nuevo respira hondo—. ¿Quién la ayudó? ¿Quién fue su cómplice?

—Las imágenes son muy borrosas..., tan solo sé que era una mujer. Me acompañaba una mujer. Pero ella no golpeó a María. Lo hice yo.

—¿Podría identificarla?

—Supongo que sí, si volviera a verla supongo que sí..., aunque las imágenes de ella en mi mente no son claras.

—¿Dónde la conoció? ¿Por qué la acompañó esa noche?

—No lo sé, no recuerdo nada de ella.

—¿Ni su edad?

—Aproximadamente la mía, pero estaba más delgada. Caminaba a mi lado con agilidad hacia el pasaje de la Font del Lleó. Era rubia, sí. De eso me acuerdo. Era rubia y vestía de negro.

Me observa, pensativa.

—¿Y al *sugar daddy*? ¿Podría identificar al hombre que estuvo hablando con María antes de que usted la matase?

—Supongo..., supongo que sí.

CAMERON

—¿Estás ya mejor del cuello? La inspectora Castells me contó lo de la agresión..., qué barbaridad.

—Ya casi no me duele. —Me resulta contraintuitivo ver a Paul fuera de su consulta; como cuando de niña me cruzaba en Lowell con una profesora del colegio mientras merendaba en el McDonald´s con papá—. Aún no te he dado las gracias.

—¿Gracias por qué?

—Por venir a verme aquí, hoy, a la cárcel... No me lo merezco.

Se ríe. Su carcajada es sana y elegante. Me reconcilia con la vida. Aquí dentro hay pocas cosas sanas y elegantes.

—Eso me lo tienes que explicar.

—Pues..., después del modo en el que dejé de ir a consulta..., un mensaje de voz en el contestador, con todo lo que has hecho por mí. Fui una cobarde.

—Hiciste lo que consideraste oportuno en ese momento. De hecho, creo que fue muy juicioso, mi ruptura era demasiado reciente, yo soy quien tendría que pedirte disculpas: debería haber interrumpido el tratamiento *motu proprio* hasta estar mejor. —Se atusa los cabellos, y gracias al gesto llega a mi nariz el agradable aroma de su loción de afeitado, con esencias florales—. Además, el mayor éxito de un psicoterapeuta es conseguir que su paciente no le necesite. No hay nada que disculpar.

Como es mi médico y yo soy una reclusa con problemas psiquiátricos, la visita no es en un impersonal locutorio, sino en la sala habilitada para terapias externas. Además de una mesa de reuniones, hay dos butacas bastante cómodas, en las que nos hemos sentado uno frente al otro.

—¿Y tú cómo estás? —le pregunto con naturalidad; no siento que esto sea una sesión clínica.

—Bien, mucho mejor... Sara y yo vamos a divorciarnos, pero de un modo civilizado. —Duda si añadir algo más, y al final se decide, dejándome claro que para él esto tampoco es una consulta terapéutica: somos dos amigos preocupándonos el uno por el otro—. La sigo queriendo mucho, pero me he dado cuenta de que ya no estoy enamorado de ella. Lo que pasó lo ha cambiado todo.

Reflexiono sobre lo que acaba de decir. Ya no me acordaba de que Paul siempre consigue que reflexione sobre lo que acaba de decir.

—A mí me ha costado..., me está costando mucho todavía, pero creo que estoy pasando por lo mismo que tú.

—¿Te refieres a David?

—Sí.

Bajo la mirada para evitar la suya. Como haría un camarero holgazán. Pero en mi caso no es pereza, sino vergüenza.

—La inspectora me contó lo de Mister Cohen.

—No te lo dije porque...

—Tranquila. Es comprensible que sintieses pudor por lo que hiciste, no es algo fácil de integrar. Castells también me dijo que David, además de delatarte, tampoco ha venido a verte.

Sigo con la mirada gacha. Las lágrimas empiezan a brotar. No quiero que vea cómo lloro. Me levanto y camino deprisa hasta el ventanal. Tras el cristal, tras las rejas, solo se ve el muro de la prisión.

—Cameron, tranquila.

Está detrás de mí. Busco refugio en su abrazo. Me encojo como una niña y dejo que me envuelva. Siento su tibieza, su solidez, su olor a hombre limpio y honesto.

—Sé lo de tu confesión. No te fustigues, tú no mataste a María, fue tu enfermedad quien lo hizo.

—No me juzgues..., por favor, Paul, no me juzgues, tú no..., eres lo único que me queda...

No puedo dejar de llorar.

—Escúchame bien, Cameron. —Su abrazo se deshace para cogerme por ambos hombros, mientras mi llanto arrecia y yo sigo con la mirada humillada, incapaz de enfrentar sus ojos a pesar de lo cerca que están de los míos—. Esto que voy a decirte no lo he aprendido como psiquiatra. Sí, en efecto, a alguien que quiero mucho y está ahora frente a mí, le va a caer en medio de la crisma una sentencia..., ya sabes que cuando yo hablo, sube el pan.

Me río y lloro a la vez. Por eso balbuceo, farfullo. Y alzo los ojos.

—¿Dónde..., dónde has aprendido... la lección de vida que me va a caer en medio de la crisma?

—En mi ruptura. Cuando me di cuenta de... —Él también se emociona—. Hubo un momento en el que lo supe: o perdonaba a Sara o el resto de mi vida sería un infierno. Entonces comprendí que debía ser generoso, porque...

Nuestros ojos se entrelazan.

—... porque a nosotros nos solemos juzgar por nuestros motivos internos. Y a todos los demás, por sus comportamientos externos. Es injusto, ¿no crees?

En vez de responderle con la voz, lo hago con mis labios: los acerco a los suyos, y le beso.

CAMERON

La inspectora Castells ha mediado con la Junta de Tratamiento y ahora me reenvían aquí el correo de mi apartado postal. Además, puedo tener un ordenador con conexión a Internet en mi celda y una cámara de fotografiar compacta. Gracias a todo eso estoy poniendo al día *Tu postal secreta*. Esa cuenta de Instagram es mi vínculo con la vida; el tubo por el que el buceador respira oxígeno que viene de la superficie. Entre eso, las clases de inglés y las horas que debo dedicar a la biblioteca, tengo todo el día ocupado.

Es triste decirlo, pero mis rutinas aquí dentro son más sanas que las que he llevado estos dos últimos años.

Interactúo, ayudo a los demás, no tengo tanto tiempo para pensar en mí. Eso es bueno, soy mi peor enemiga. Y una vez a la semana, Paul me visita.

—Listo, ahí va la última.

Compruebo satisfecha lo bien que han quedado las cinco postales que he subido hoy. Antes de cerrar el ordenador entro en la página de *La Vanguardia* para echar un vistazo a las últimas noticias. Se me hiela la sangre en cuanto leo el titular. Clico sobre él:

Encontrado el cadáver
de la joven de Pedralbes

Los Mossos d'Esquadra informaron ayer por la tarde mediante un comunicado de prensa que acababa de ser localizado el cuerpo sin vida de María Gómez, la joven de Pedralbes que desapareció en misteriosas circunstancias hace tres meses. El comunicado era muy escueto, tan solo informaba que el cadáver, tras ser desenterrado, había sido trasladado al Institut de Medicina Legal i Ciències Forenses de Catalunya. Miembros de esta redacción se han puesto en contacto con la oficina del portavoz de los Mossos intentando recabar más datos, pero de momento han declinado hacer nuevas declaraciones sobre el caso, ya que este sigue bajo secreto de sumario.

La ansiedad se me dispara, por segundos. Desde que Eva intentó estrangularme hace ya varias semanas, no la sentía gatear por dentro de mí. Recorrer mi tubo digestivo, trepar por él arriba y abajo. Maldita angustia... Hago una búsqueda histérica en Google, pero tras cinco minutos de lectura frenética confirmo que ningún otro medio aporta más información.

—Portman, recoge tus cosas.

Me giro, asustada. Una de las funcionarias está en la puerta de mi celda.

—¿Qué recoja... mis cosas?

—Sí. Te vas a casa.

—¿Ahora? ¿Ya?

—Eso me han dicho. No pareces alegrarte.

—Sí, claro..., pero ¿por qué?

—Han retirado todos los cargos contra ti. Si quieres más información tendrás que llamar a tu abogado. Por la porquería que cobro, no pretenderás que sepa también de derecho.

Cuando salgo, el taxi ya aguarda en la puerta. Me temía que hubiese periodistas o fotógrafos esperándome, pero por suerte mi liberación ha sido gestionada por las autoridades de un modo discreto. He visto en mil películas la escena que estoy viviendo: salir solo de la cárcel, el regreso a la vida en libertad. A pesar de toda la épica, dramatismo o sordidez que los diferentes directores han intentado imprimir a este momento en sus obras, yo vivo la experiencia de un modo absolutamente anodino.

—Vamos a Barcelona. Calle Dalmàcia, número 10.

—Perfecto. En media hora estamos allí, hay poco tráfico.

Rebusco en la bolsa que me acaban de entregar con mis objetos personales. Por suerte, el móvil, cuando lo enciendo, aún tiene batería. Llamo a mi abogado. No responde. Llamo a Castells. No responde. Llamo a Paul. No responde.

—*Fuck*...

—¿Decía algo?

—Sí. Cambio de planes. Lléveme a la avenida Pearson. Ya le indicaré dónde parar.

El chalet está cerrado a cal y canto. Tampoco aquí hay ni rastro de los periodistas; seguramente se cansaron de esperar a que el dueño de la casa les hiciese caso. No creo que yo vaya a tener mejor suerte, pero desde luego debo intentarlo. Anochece ya, pero el calor aún aprieta. No se escucha movimiento en el jardín. Trago saliva y cojo fuerzas: el interfono suena estridente. La soledad a esta altura de la avenida es absoluta. Insisto. No hay respuesta. Suspiro, ¿aliviada o enfadada? No lo sé. En estos momentos no sé nada.

Saco el móvil. Marco el fijo. Nadie responde. En pantalla está ahora el número de David: ¿llamo? Me juré que jamás lo volvería a hacer, pero hay tantas cosas que me juré que no volvería a hacer y acabé haciendo... Me trago mi dignidad y mi miedo y le doy al botoncito verde. Escucho los tonos, está sonando. Pero ocurre algo extraño: por mi oído libre percibo a lo lejos, en un susurro, los acordes de *On the Nature of Daylight,* de Max Richter. En este mismo lugar la escuché por primera vez. Cuando David me subió en su coche por la avenida Pearson para enseñarme su casa. Nuestra casa. Con esa melodía perdí mi virginidad. Desde entonces fue nuestra música. En mi móvil la configuré para que sonase solo cuando me llamara él. En su móvil sonaba solo cuando le llamaba yo. Justo lo que está sucediendo ahora. Giro la cabeza: la ventana de nuestra cocina aparece abierta. David está allí. O al menos su teléfono. Pero no contesta.

La ansiedad, que no me ha abandonado desde que hace cuatro horas he sabido que vuelvo a ser una mujer libre, campa ahora a sus anchas por entre mis entrañas. Volviéndome de nuevo prisionera. Abro la cancela y entro en el jardín de la casa. Llevo las llaves. Siempre llevo esas llaves encima, conmigo. Incluso cuando entré en prisión, fui incapaz de separarme de ellas. Las metí en la bolsa de objetos personales que te permiten tener, y aunque me las requisaron en la inspección de ingreso, saber que estaban cerca me tranquilizó: mi inconsciente es consciente de que esas son las llaves del candado que me ata al pasado. Y no lo quiere abrir, hasta ahora no lo ha querido abrir, para liberarme...

Cruzo la explanada de césped. Con el calor del verano, las plantas y árboles se han agostado. Da pena verlos. La puerta principal está abierta de par en par. El corazón se me encabrita, la boca se seca, mis sentidos se hipersensibilizan.

—¡David!

Nadie responde. Entro en la casa. Por alguna razón me dirijo a la cocina. Como si supiese que es allí donde voy a encontrar las respuestas. Porque es allí donde se formularon las preguntas.

—*My... my God.*

La ventana está abierta, pero el aire aquí dentro es denso como la codicia. La lámpara descansa sobre el suelo, en su aplique del techo se anudó la soga de la que cuelga David. Ahorcado. Muerto.

Me acerco a él, titubeante. ¿Es real? En esta misma cocina vi a una joven degollada con una bolsa de supermercado en la cabeza y a un sesentón depilado también cadáver. ¿Estos zapatos italianos que tengo ahora frente a mis ojos existen? Necesito una respuesta. Necesito de él. Saco la lengua, lamo la piel. El color burdeos se realza gracias a mi saliva. Siento en mi boca el sabor de la cera con la que a David le gustaba abrillantarlos.

—Por qué..., por qué...

Miro hacia arriba esperando una respuesta. Sus ojos me observan a punto de reventar. La lengua tumefacta, también muy hinchada, le sale de la boca, grotesca.

Por primera vez desde que le conozco no está guapo. Abrazo sus pantorrillas, me aferro a ellas, restriego mi cara contra la tela de sus pantalones y me balanceo con los párpados cerrados. Su cuello agarrado al techo, mis pies pegados al suelo: nuestros cuerpos unidos son una comba vertical. ¿Aparecerá una niña y empezará a saltar suspendida en el espacio de esta cocina?

Al pasar la barca
me dijo el barquero
las niñas bonitas
no pagan dinero...

De pequeña me encantaba saltar a la comba. Pero mi madre me lo tenía prohibido.

Yo no soy bonita
ni lo quiero ser...

Giro y giro, la cabeza me da vueltas. Una y otra vez... En un momento dado, sin detener el movimiento, abro los ojos y observo más allá del ventanal. Veo la casa de enfrente con cada una de las revoluciones de mi cuerpo. El giro continúa y la pierdo de vista, pero enseguida reaparece, para volverse de nuevo invisible. Así, una y otra vez, una y otra vez... Mi mareo se mezcla con la imagen de la casa al otro lado de la calle, que a través del ventanal me recuerda a un antiguo fotograma de película muda. Ahí está, parece que quiere moverse, pero no. La casa sigue inmóvil por mucho que yo gire. La casa que me pasé noches y noches espiando, envidiando. Esa familia feliz... La hija muerta. La madre convicta. El padre ahorcado. *The grass is always greener on the other side of the fence.**

* La hierba al otro lado de la valla siempre está más verde. Un refrán equivalente en castellano sería: «Gusta lo ajeno más por ajeno que por bueno».

EVA

—Le sienta bien el parche.

—Para lo que me queda por ver en esta puta vida, con un ojo me sobra. Lo que no soporto son las esposas, ¿no podemos hablar sin ellas?

—Ya intentó matar a otra reclusa, ahora qué quiere, ¿cargarse a una inspectora de Policía?

—Esa zorra mató a mi hija. Se lo merecía.

—Cameron Portman no mató a María.

—¡Pero si lo ha confesado ella misma!

—Si no se calma, esta conversación se ha acabado. Por eso he venido, para explicarle qué sucedió esa noche. Y lo hago solo porque es la madre de la víctima y tiene derecho a saber la verdad. Pero quiero dejar claro desde el primer momento que me parece usted despreciable.

—Yo, sin embargo, te quiero. Te quiero mucho. En mi próximo cumple tienes que sentarte a mi lado, te declaro mi nueva mejor amiga.

—Con una madre como usted, no me extraña que María llevase la vida que llevó.

—Deje de sermonearme y empiece a largar. ¿Dónde encontraron el cuerpo de María? ¿Qué le hizo a mi niña esa loca?

—Ya le he dicho que Cameron Portman no tuvo nada que ver con la muerte de su hija. El cuerpo apareció enterrado en una zona boscosa cerca de Gelida. Recibimos una llamada anónima de un cazador. Su perro por lo visto marcó insistentemente un túmulo con la tierra revuelta. Al hombre le pareció sospechoso. Cuando llegó la patrulla de los Mossos confirmó que parecía un enterramiento. Los de la Científica... ¿Quiere un vaso de agua? ¿Se encuentra bien?

—Per..., perfectamente. Continúe.

—El forense dictaminó que la muerte de su hija fue rápida, un golpe seco en la cabeza con un objeto contundente, seguramente una piedra. Falleció la misma noche de su desaparición. No había signos de violación, pero se defendió, bajo sus uñas se encontraron restos epiteliales y sanguíneos de su agresor. Si lo prefiere, no seré tan explícita.

—Cuéntemelo todo. No se ahorre ningún detalle.

—En ese caso, no me andaré con rodeos. Todas las evidencias correspondían a un único criminal, y no fue difícil identificarle. Cuando el forense analizó genéticamente el feto, que aún estaba en fase de embrión, la identidad del hombre que dejó embarazada a su hija coincidió con la del presunto asesino.

—¿Quién..., quién es ese hombre?

—Su marido, David. Él era el *sugar daddy*.

—Como puede suponer, cuando desapareció María al primero que investigamos fue a él. Los padres, y no digamos los padrastros, son sospechosos habituales en estos casos. Además, había un indicio que le señalaba directamente: en su diario María aseguró que iba a encontrarse con su amante, pero ninguna cámara registró la llegada de ese hombre a Pedralbes...

—Porque ya estaba dentro.

—Eso es. Pero David era muy prudente. De un modo enfermizo. Su teléfono estaba limpio, el ordenador también. Las tarjetas de crédito no tenían movimientos extraños, ni siquiera veía porno en Internet. Cuando entrevistamos a sus amigos y familiares, todo el mundo le tenía como un hombre mujeriego que había sentado la cabeza al casarse. Nadie le calificó de pervertido o vicioso. Aunque es cierto que en todas esas pesquisas sí descubrimos alguna relación extraconyugal.

—¿David... me ha engañado con otra mujer?

—Sí. A usted y a su primera esposa, Cameron. Tuvo varias amantes.

—¿Por qué..., por qué no me lo dijo cuando lo descubrieron?

—No aportaba nada a la investigación. En la Policía no nos dedicamos a destrozar matrimonios. Nos interesaba saber si a su marido le iban las menores, no si era un esposo modélico. Incluso le asigné un discreto dispositivo de seguimiento durante dos meses, y no hizo ningún movimiento sospechoso en esa dirección. Al final, le descarté y deduje que el *sugar daddy* había llegado a su cita monte a través, por la senda que entra en Pedralbes desde la sierra de Collserola y desemboca justo en el lugar donde le esperaba María, el pasaje de la Font del Lleó.

—Aún no puedo creerme que...

—El *sugar daddy* estaba ante nuestras narices, incluso el nombre acusaba a David, «papito dulce», pero he de reconocer que su marido consiguió despistarme, era un hombre muy cauto y sereno.

—¿Por qué..., por qué habla de él en pasado?

—David ha muerto. Se suicidó hace una semana. Ahorcamiento, en la cocina de su antigua casa. Me refiero a la que está frente a la suya, el chalet que compartió con Cameron Portman cuando eran matrimonio.

—...

—¿Quiere que lo dejemos? Puedo volver mañana y le acabo de contar...

—No. Estoy..., estoy bien. Continúe. Por favor.

—Si hacemos caso al diario de María, David llevaba un año acostándose con su hija, empezó cuando todavía era una menor. Al vivir juntos nunca se comunicaba con ella mediante wasaps que pudiesen comprometerle, apalabraban los encuentros verbalmente, de ahí que no hallásemos nada sospechoso en los teléfonos. Lo más probable es que sus encuentros sexuales los realizasen en su casa, o en la de enfrente, que está deshabitada, por eso no había registros en hoteles o alquiler de apartamentos. Pero María se quedó embarazada.

—¿Por qué... la mató?

—Sospechamos que le chantajeó. Seguramente con unas condiciones inasumibles. Cuando David se imaginó los titulares en los periódicos, seguramente perdió la cabeza: «¿Padrastro pederasta?». Un hombre de su posición social en Barcelona no podía permitirse algo así.

—...

—No creo que fuese un problema de dinero: aunque María hubiese aceptado abortar en secreto, había una posibilidad de que acabase sabiéndose quién era el padre. David no podía permitirse estar toda su vida bajo esa espada de Damocles, sobre todo teniendo en cuenta que usted acababa de anunciarle que estaba embarazada. No quiso correr riesgos.

—Pero, entonces, Cameron..., su móvil..., ¿por qué fue hasta allí, hasta el lugar donde María...?

—Al igual que usted, David sabía que Cameron les espiaba por las noches desde la casa de enfrente. Su marido también estaba al corriente de todo. Sospechamos que creó un perfil falso en inAmorAti...

—¿inAmorAti?

—Es una aplicación que se utiliza para ligar. Cameron estaba dada de alta. Creemos que David compró un teléfono prepago utilizando a un mendigo para no constar en ningún lado, y abrió un perfil falso. Con él le hizo *match* a su exmujer, y de ese modo la tenía controlada cuando ella iba a su casa a espiarles. La noche en la que todo sucedió, Cameron estaba allí enfrente, y él lo sabía.

—Pero ¿cómo han averiguado todo eso?

—No ha sido sencillo, Cameron no quiso contarnos nada de esa aplicación ni del hombre con el que se escribió poco antes del asesinato de su hija. Pero nuestros técnicos descubrieron que en su teléfono se había desinstalado inAmorAti. No ha sido fácil conseguir la colaboración de la multinacional que gestiona esa aplicación, pero al final nos informaron que el único perfil de usuario con el que Cameron hizo *match* había sido creado desde el mismo teléfono móvil que apareció en la escena del crimen la noche de autos. Móvil que, como le dije antes, fue dado de alta utilizando a un mendigo, una estratagema de David para tener localizada a su exmujer y saber cuándo ella estaba vigilándole desde enfrente de casa. La espía espiada.

—Pero, David..., ¿por qué...?

—Para que lo entienda todo, debo explicarle la reconstrucción de los hechos que realizamos. Fue una noche muy intensa. Pero debo advertirle que para una madre es información dolorosa. ¿Está segura de que quiere conocer los detalles?

—Sí.

—Está bien... La secuencia de los hechos es como sigue: María sabe que está embarazada y se lo suelta a David; deben hablar, tomar decisiones importantes y urgentes, pero no pueden hacerlo en casa con usted rondando, quedan esa noche en el callejón; él tiene claro desde el principio que va a acabar con María, por lo que prepara un plan: a lo largo del día consigue un vehículo que no podamos vincular con él, y lo esconde en la sierra de Collserola, teniendo mucho cuidado de no llevar su móvil consigo, para que no pudiésemos rastrear sus sospechosos movimientos de esa jornada; ya de madrugada, María utiliza la excusa del perro que se ha escapado, por si usted se despierta y ve que no están ni su hija ni su marido en casa; en cuanto ella sale y deja la nota, David la sigue, pero no lleva su móvil encima, que le implicaría, sino el ilegal que ha comprado con identidad falsa y no puede incriminarle: le quita el papel de plata y lo enciende solo cuando ya está en la calle...

—¿Papel de plata?

—Es una manera de evitar que se pueda localizar un teléfono móvil. David sabía que iba a cometer un asesinato, lo pensó todo con mucho detenimiento.

—En..., entiendo.

—Como le decía, una vez en la calle, enciende su móvil ilegal y gracias a inAmorAti sabe que Cameron está enfrente espiando; no puede permitir que haya un testigo que le implique en lo que va a hacer: su exmujer también debe morir; entra en su antigua casa y se encuentra a Cameron desmayada por culpa del alcohol, y entonces se le ocurre un nuevo plan aún más retorcido y cruel, pero genial, con el que matar dos pájaros de un tiro... Discúlpeme, quizás no debería haber utilizado esa expresión.

—Siga. No importa.

—El nuevo plan de David es el siguiente: acabar con el problema que supone ahora María en su vida, y cargarle el mochuelo a su ex. Le roba el móvil a Cameron, que al estar inconsciente no se entera de nada, y acude a su cita en el callejón con su hija. Lleva encima dos móviles, el suyo ilegal y el de su exmujer. Hace esperar diez minutos a María para hacernos creer que la joven hablaba con su *sugar daddy* mientras Cameron y su cómplice aguardaban escondidos a que se quedase sola. Ahora sabemos que fue tan solo una treta, el *sugar daddy* era él. Mata a María e invisibiliza el teléfono de la víctima, el de Cameron y el suyo propio, que es ilegal y quiere que creamos pertenece a un supuesto cómplice de su exmujer. Como el móvil personal de David sigue en su mesilla de noche, se siente a salvo.

—Los invisibiliza... Los tres teléfonos los invisibiliza apagándolos y envolviéndolos en papel de plata. Es lo que dijo usted antes.

—Exacto. Dos de esos teléfonos ya los hemos localizado. El tercero que compró ilegalmente a nombre de un mendigo seguimos buscándolo.

—¿Qué... hizo David con... el cadáver de María?

—Lo acarreó por la senda que sale monte a través de Pedralbes hasta el parque natural de la sierra de Collserola. Era un hombre fuerte, María pesaba muy poco, no debió costarle demasiado. Con el vehículo que había escondido previamente, y que seguimos intentando localizar, condujo hasta Gelida y la enterró. Se deshizo de la ropa y el calzado que había utilizado, para que no pudiéramos hallar restos ni de la sangre de María ni de la tierra donde cavó la tumba. Vuelve a casa, se ducha en el baño de la piscina para no hacer ruido y se mete en la cama otra vez con usted. Toda la operación desde que salió de casa hasta que regresó hemos calculado que no debió de llevarle más de cuatro horas y media, máximo cinco. Tuvo tiempo de sobra.

—Yo ese día dormí muy profundamente, quizás...

—Sí, lo hemos pensado. Creemos que David le echó

en su cena algún tranquilizante o somnífero, para garantizarse un margen de tiempo suficiente.

—Pero... ¿y si Cameron se despertaba antes de que él regresase a casa?

—Siendo aún de noche, no podría ver si su ex dormía en la habitación de enfrente o había salido. El riesgo era mínimo: para pillarle, Cameron tendría que haber despertado y, en vez de irse a su casa, que es lo que hizo, seguir de guardia vigilando hasta el amanecer, lo cual era muy poco probable teniendo en cuenta su resaca tras una borrachera y un desmayo. Pero incluso esa ínfima posibilidad David quiso tenerla controlada: creemos que sedujo de nuevo a su exmujer para intentar averiguar si esa noche ella le había visto en acción. Sabía de su poder sobre ella, y lo utilizó. Ya se lo dije antes, su marido era un hombre muy cauteloso. Me atrevo a añadir que maquiavélico.

—Sí..., supongo que sí. Pero... Cameron confesó el crimen, ¿por qué?

—Para protegerle. Se lo acabo de decir: David sabía de su poder sobre ella, por eso la volvió a seducir... y le salió bien la jugada. Cameron se inventó un *sugar daddy* y una cómplice. Esa pobre chica seguía enamorada de su exmarido de un modo enfermizo. De hecho, creo que aún lo está a pesar de todo lo sucedido. Ha reconocido que se inventó los recuerdos sobre esa noche para proteger a David una vez descubrió que él era el asesino.

—Y... ¿cómo averiguó eso?

—Vio un vídeo de María comiendo en un restaurante con alguien que no aparecía en la grabación, pero ese restaurante era el mismo al que David llevaba a sus amantes. Discreto, elegante, poco frecuentado. Cameron unió los puntos: no tenía ningún sentido que el padrastro de María la llevase a comer en plan familiar al mismo restaurante que utilizaba con sus amantes, pudiendo elegir cualquier otro de entre los cientos que hay en Barcelona, menos comprometedores..., a no ser que María también fuese su amante. Si el *sugar daddy* era David, todo cuadraba. Tenía el móvil y la oportunidad.

—Aún no puedo creer que él..., con mi hija...

—Sé que es duro. Pero si le sirve de consuelo, piense que ha pagado por su crimen.

—¿Matándose?

—Eso es. Cuando el forense nos comunicó los resultados del análisis del cuerpo de su hija, de inmediato ordené su detención. Pero su marido se anticipó a nuestra llegada. No habíamos revelado ni a la prensa ni a nadie el descubrimiento del cadáver, pero es como si David hubiese intuido que íbamos a cogerle. Desapareció unas horas antes de que llegásemos a su casa. Estoy convencida de que, perteneciendo a la familia que pertenecía, y habiendo trabajado toda la vida en el mundo de la abogacía, tenía algún contacto dentro de los Mossos que le comunicó bajo mano que el cadáver de María había aparecido. Yo creo que ese topo ni imaginaba la responsabilidad de David en el crimen. Estamos investigando dónde pudo producirse la filtración, pero lo más probable es que el confidente tan solo quisiese hacerle un favor al amigo desesperado que desde hace tres meses busca a su hija. Emitimos una orden internacional de busca y captura, pero con los recursos económicos y los contactos que tenía el prófugo, la cosa no pintaba bien.

—¿No miraron en su chalet..., enfrente?

—Es lo primero que hicimos. Pero estaba limpio. Entonces se me ocurrió una idea: filtrar a la prensa el descubrimiento del cadáver y liberar a Cameron poniéndole vigilancia. A mí su confesión siempre me había parecido sospechosa, sabía que ocultaba algo, aunque era incapaz de adivinar qué. Pero pensé que tal vez, gracias al enganche emocional que tenía con su ex, nos llevaría hasta él de algún modo. Y, en efecto, eso es lo que sucedió. Aunque le confieso que no como yo esperaba.

—¿Fue... ella la que le encontró... ahorcado en su casa?

—Correcto. Creemos que cuando David supo que el cuerpo había sido hallado, se desesperó. Nuevo titular: «Padrastro pederasta asesino». *Too much.* Aunque huyera, tendría que vivir el resto de su vida escondido y sería la vergüenza de la familia durante generaciones. Decidió quitarse de en medio. Y dentro de su inmundicia moral, hay que reconocer que... tuvo un último gesto noble.

—¿A qué se refiere?

—Cuando registramos el cuerpo tras descolgarlo, en el bolsillo delantero derecho de sus pantalones vaqueros hallamos el móvil de María, todavía envuelto en papel de plata. En el izquierdo estaba el móvil de Cameron, también envuelto en papel de plata. Interpreto que era una declaración de culpabilidad póstuma, su manera de reconocer que mató a su hija y, además, había intentado cargarle el crimen a su exmujer aprovechando su enfermedad.

—Su enfermedad... y su amor por él.

—Yo a eso no lo llamaría amor. Obsesión. Soledad. Ceguera. Enajenación. Necesidad. O mucho más simple: locura.

El tiempo, cuyos dientes acaban con todo,
no tiene ningún poder sobre la verdad.

Thomas Huxley

CAMERON

Los lugares no son nunca los que nos salvan. De eso se ocupan siempre las personas. Por eso regresé a Nueva York. Por eso me he casado con Paul.

Esta ciudad no es en realidad Estados Unidos. Aquí te cruzas por la calle constantemente con rostros llenos de una arrogancia hastiada, una altivez derrotada, muy ajenos a esa ingenua felicidad tan propia de la cultura americana. Eso me gusta. Me recuerda a la mujer que fui durante más de dos años, muy lejos de aquí, al otro lado del océano. No echo de menos a esa Cameron, pero tampoco reniego de ella. Me he construido sobre su andamiaje. Yo soy ahora esa persona que buscaba ser cuando me pasó todo eso. Ojalá me hubiese conocido entonces, todo habría sido diferente. Pero en ese caso la vida sería demasiado sencilla.

Tras el entierro de David pasaron muchas cosas en muy poco tiempo. La primera sorpresa que me llevé adoptó la forma de llamada telefónica desde una notaría del centro de Barcelona: tras la apertura del testamento, se me comunicaba que yo figuraba como la heredera en exclusiva y libre de cargas del chalet de Pedralbes. Me quedé anonadada. Tan solo fui capaz de hacerle una pregunta al oficial de la notaría:

—¿Cuándo introdujo mi..., mi exmarido... esa última voluntad a mi favor?

Me respondió que hacía dos años. Eso significa que, poco después de iniciar su idilio extraconyugal con Eva, David aún se preocupaba por mí, aún quería asegurarme el futuro si a él le sucedía algo.

—Mañana mismo paso a firmar los papeles...

Colgué el teléfono abrumada por la noticia, sin saber cómo interpretar esa decisión póstuma de David. Dos años después, sigo igual de confundida.

Puse a la venta la casa de inmediato, Paul y yo ya habíamos decidido regresar a Nueva York. Los dos teníamos demasiados malos recuerdos asociados a Barcelona, queríamos empezar una nueva vida. Ha costado mucho vender la propiedad, a pesar del gran trabajo que hizo la agencia inmobiliaria de Pedralbes que se encargó de todo. Me llamaban cada semana para informarme sobre cómo iban las gestiones y cuántas visitas se habían realizado. La venta se dificultaba por culpa de la intensa cobertura mediática que había tenido el secuestro de María, su asesinato y el suicidio de David: nadie quería vivir en una casa vinculada a sucesos tan horribles. Por suerte, un millonario alemán recién llegado a la ciudad e ignorante de todo se enamoró del chalet en cuanto lo vio. A su esposa cubana también le encantó, por lo que la semana pasada, tras dos años sin abandonar Nueva York, volé a Barcelona para firmar los papeles. Aterricé, fui a la notaría, conocí a los compradores, lo arreglamos todo, comimos juntos, me volví al aeropuerto y tomé el avión de regreso. Ni siquiera hice noche en la ciudad, y me negué a visitar la casa por última vez antes de que dejase de ser mía. No quise verla, de un modo supersticioso, irracional. Me aterrorizaba tentar a la suerte. Como acabo de confesar, no reniego de mi pasado, pero quería evitar por cualquier medio que mi antigua vida infectase todo lo que tengo ahora, todo lo que llevo dentro de mí: estoy embarazada.

Por la misma razón por la que no quise visitar por última vez mi antigua casa, también cerré *Tu postal secreta* al saber que esperaba un bebé. Lo había organizado todo para que me remitiesen a Nueva York el correo que llegaba a mi apartado postal de Barcelona, y desde aquí, sin que mis seguidores percibieran cambio alguno, mantenía la cuenta de Instagram con éxito notable. Día a día aumentaba la audiencia; incrementos pequeños pero estables, los más fiables. Sin embargo, al enterarme de que iba a ser mamá, supe que debía cerrar también esa puerta al pasado. Y así lo hice, de inmediato.

Insisto en que esas decisiones de desconexión, tanto la de no visitar el chalet antes de venderlo como la que finiquitó *Tu postal secreta*, fueron decisiones no racionales, supersticiosas. No espero que nadie las entienda. Sencillamente, un instinto dentro de mí bramó una orden inapelable al saber que llevaba en el vientre una nueva vida: «No la contamines con tu pasado... El aire de esa casa, los textos de esas postales, son veneno que a través de tu sangre acabará enfermando al bebé».

Quizás esas ideas sean delirios, incluso paranoias; puede que hasta alcancen el rango de ligero brote en forma de pensamientos intrusivos o voces atenuadas, Paul no lo tiene claro. Todo es posible, al fin y al cabo sigo siendo una enferma y ya no me medico. Lo cual no significa que esté descontrolada, todo lo contrario, la decisión fue absolutamente racional y consensuada con mi marido.

Cuando nos establecimos en el precioso apartamento de la avenida Madison desde el que escribo estas líneas, Paul y yo supimos que queríamos ser padres. Sentimos que queríamos ser padres. Ni siquiera íbamos a esperar a que le convalidasen su título europeo de doctor en Psiquiatría para que pudiese abrir consulta en Nueva York, no teníamos problemas económicos. Y nos hacía mucha ilusión fundar una familia, queríamos ponernos manos a la obra de inmediato. Por eso, bajo la atenta supervisión de mi marido, fui reduciendo la medicación muy poco a poco. Hace un año que estoy limpia y por ahora no he tenido ningún episodio psicótico. Pero sé que en cualquier momento puede pasar, estoy preparada. Estamos preparados. Paul, yo y el bebé de seis meses que llevo en el vientre. Es un niño.

De los tres sueños de mi vida, el primero lo he alcanzado, el segundo viene de camino y el tercero está ahora entrando por sus ojos, querido lector. Encontré el amor, espero un hijo y estoy escribiendo mi novela. En español. Es a lo que dedico todo mi tiempo. Bueno, a eso y a dar largos paseos por Central Park; el pediatra me ha recomendado que camine mucho, debo controlar el peso. No, no es que esté gorda, eso ya pasó. Las pastillas deformaron mi cuerpo, consiguiendo que los reposabrazos de cualquier silla presionaran mis caderas y a la vez mis pechos no fuesen capaces de rellenar el sujetador. Vamos, lo que viene siendo el mal del tordo: tetas chicas y culo gordo. Pero con la progresiva supresión de la medicación, sus efectos secundarios fueron esfumándose poco a poco. Recuperé mi agilidad mental, mi silueta esbelta, el brillo de mi pelo, mi rostro de ángulos suaves y rasgos finos. No creo en Dios, pero cada día rezo para que todos esos milagros no paguen un peaje terrible en forma de brote psicótico. Cada día rezo para que mi hijo pueda tener una madre sana. Y Paul se ríe de mis plegarias, pero sé que, en el fondo de su agnosticismo, se alegra de que yo las eleve cada noche antes de acostarme. Él mismo me lo dijo en una ocasión: «Nadie se ríe de Dios cuando sus hijos por la noche no llegan a casa».

Me gusta nuestro día a día. Casi nunca quedamos con nadie, pero tampoco lo echamos de menos. Es cierto eso que dicen: cuando dos personas están enamorándose, todos les sobran. Supongo que con el tiempo me apetecerá retomar mis amistades, y a él intensificar el contacto con su familia. De momento, estamos bien así. Nos despertamos, desayunamos juntos, en la cocina si hace frío, en la terraza si el día es soleado; Paul se mete en su estudio a repasar los expedientes de sus pacientes y las revistas científicas que recibe cada mes, yo me encierro en el mío a escribir. A las doce salimos a pasear por Central Park y almorzamos en algún restaurantito coqueto de Carnegie Hill. Él, sin pasar por casa, se va a la consulta, ya tiene la agenda llena. Yo vuelvo a nuestro apartamento y, tras despertar de la siesta, maravillosa costumbre española a la que no pienso renunciar, me meto de nuevo en el estudio a escribir. Cuando Paul regresa, ya tengo la cena lista. Siempre trae algo comprado en su paseo de vuelta a casa desde la consulta en Lenox Hill, porque si un hombre sensible cruza sin prisas el Upper East Side, es difícil que no caiga en la tentación de sus tiendecitas con encanto: unos bombones de Chocolate Works, algún libro de Corner Bookstore, un vino de Sherry Lehmann, una rosa roja de Mitaka Flowers... A veces le llamo al móvil para que compre una *baguette* de la segunda hornada en Orwashers, si se nos ha acabado el pan, y él nunca puede resistirse y también trae a casa una bandejita de *rugelach*, mi dulce preferido. Yo cocino, él compra cosas bonitas. Esa cotidianeidad familiar, esa normalidad cálida, es lo que más eché de menos durante todo el tiempo que estuve sin pareja. Eso y los besos. Después de cenar, Paul suele quedarse en el salón leyendo, o pone la tele un rato. Yo me vuelvo a meter en mi estudio a trabajar, hasta la hora de irnos a la cama.

Nunca imaginé que la novela que llevo media vida queriendo escribir acabaría siendo la novela de mi propia vida. Es una sensación extraña traducir a palabras lo que te ha pasado, narrar tus experiencias sobre el papel, materializar los recuerdos en algo físico hecho de tinta... Es una sensación extraña y desconcertante, parecida a escuchar grabaciones en las que aparece tu propia voz hablando de tu propia vida, pero no te reconoces. Porque nadie se reconoce en su propia voz. Lo he hablado con Paul: cuando escribo me siento como cuando iba a su consulta, pero ahora el psicoterapeuta con el que converso es mi yo del presente.

—¿Quién es entonces la paciente? —me preguntó.

—Mi yo del pasado.

—¿La Cameron que conocí en Barcelona?

—No. La pequeña Cam que creció en Lowell.

Hemos decidido que en casa seguiremos hablando en español. Así nuestro hijo será bilingüe. Paul dice que tengo una fuerza de voluntad increíble, pero a mí me compensa el esfuerzo. Muy pocos escritores han sido capaces de crear grandes obras en un idioma que no sea el suyo: Nabokov, Kundera, Conrad... No soy tan pretenciosa como para compararme con ellos, a duras penas les llego a la suela de los zapatos, pero sí que me siento especial al compartir algo con esos genios: volcar tus sentimientos en un idioma que no es el tuyo, te obliga a retorcerte la mente para así retorcer las palabras, y de ese proceso los sentimientos no salen indemnes. Acabas conociéndote tan bien por dentro que puedes llegar a experimentar algo que se parece mucho al miedo. Quizás por eso a veces siento que todo lo que he vivido ha tenido un propósito. Cada risa, cada llanto, cada deseo de morir, cada deseo de ser inmortal, todo, absolutamente todo lo que he hecho, pensado y sentido, existió para ser texto.

El televisor está en silencio, llevo los auriculares para no molestar. Aparto los ojos de la pantalla y observo a mi marido: lee y toma notas en los márgenes del libro que sostiene sobre el regazo. Me gusta mirarle en silencio mientras trabaja, sin que él se dé cuenta. Su rostro refleja complejidad interior, como si en él se contuviesen todas las fases de la luna.

—Ya sabes que me pone nervioso que me mires sin decir nada.

—¿Porque te parezco una loca?

Nos reímos. El humor consigue lo mismo que consigue el tiempo, pero de un modo mucho más rápido: diluir el sufrimiento de cualquier drama. Roma arrasando Cartago puede todavía indignarnos, pero ya no nos duele. Mi enfermedad nos preocupa, pero gastamos bromas sobre ella porque ya la hemos despojado de cualquier resquicio trágico. O mejor dicho: la hemos despojado de cualquier resquicio trágico gastando bromas sobre ella.

—Vamos a dar una vuelta.

—¿Estás segura? Parece que va a llover.

—¿Tienes miedo de que se te rice el pelo?

Su mirada lo dice todo. Como una buena oración: con su sujeto, su predicado, el complemento directo..., todo bien concordado.

—Te vas a reír de mí. —Me agarro más fuerte a él, en enero Central Park es pura estepa—. Pero cuando paseo cogida de tu brazo me siento una mujer casada.

En efecto, se ríe de mí.

—El matrimonio es como la Casa Blanca: cuando entras en ella, adquieres un aspecto presidencial. Aunque antes fueses un paleto de pueblo.

—Caballero, ¿insinúa usted que soy una *hick*?

—Cariño, tus modales en la mesa dejan mucho que desear..., tienes a mi madre muy disgustada.

Esta vez nos reímos los dos. Su sofisticación, su cultura,

su inteligencia, su sensibilidad... han tejido entre nosotros un amor complejo, una urdimbre de múltiples capas que me envuelve, que me hace sentir segura, protegida ante el invierno. No es esa tela fina que se rasga ante el primer tirón, ese amor basado en el instinto, en la pasión, que no abriga, que te deja desnuda cuando llega un revés. Nunca había sentido un apego tan denso.

Ahora por fin soy capaz de ver que mi amor por David era simple, enfermizo, obsesivo, porque ocupaba tanto espacio dentro de mí que no me dejaba sitio para advertir la absoluta mediocridad de ese hombre. Mi profunda idiotez por estar enganchada a él. Borges dijo que el amor requiere de dos componentes: la admiración y la compasión. Si falta uno de ellos, estamos ante un amor cojo. Yo solo admiraba a David. Ahora ya, ni eso. Mi amor por él no era cojo, era un amor tullido al que le faltaban las dos piernas y reptaba por el fango de mi niñez, con sendos muñones sangrantes dejando rastro.

Lo que siento por Paul es completamente diferente. No ha surgido del arrebato, del ardor, de la fogosidad. Se ha ido construyendo poco a poco, cimentado no en la pasión, sino en nuestras vulnerabilidades. Justo lo que David y yo nos ocultábamos mutuamente..., ese fue nuestro gran error. No creo que haya nada que una más a dos seres humanos: sus miedos. Mostrados sin temor, porque sabes que el otro no se aprovechará de ellos. No los utilizará para manipularte, para dominarte. Por supuesto que admiro a Paul. Sería una ciega si no lo hiciese, su lista de cualidades es casi infinita... Incluso tiene mejor gusto que yo para poner la mesa y combinar la ropa, lo cual me da mucha rabia. Pero también me apiado de él. Y gracias a esa compasión sé que la argamasa que nos une es mil veces más fuerte que la que me unía a David, al que tan solo admiraba. Porque mi difunto exmarido no fue capaz de mostrarme su vulnerabilidad. Su miedo. No fue capaz de presentarme a su pasajero oscuro, ese que todos llevamos dentro.

No hay nada que envejezca más que estar casada con una mala persona. ¿El segundo lugar en el pódium? Estar casada con una persona incapaz de conocerte..., incapaz de dejarse conocer. Yo acerté de pleno en todas las dianas, medalla de oro en ingenuidad femenina. Es paradójico, las mujeres gastamos ingentes cantidades de dinero y tiempo intentando mantenernos jóvenes, pero seguimos al lado de hombres que nos envejecen con toda esa mediocridad.

Ahora me doy cuenta. Ahora, por fin, he descubierto el secreto de la plenitud con tu pareja. El secreto de la juventud. Si pienso en David, en mis años con él, me asalta el vacío, la sensación de existencia inauténtica..., me siento envejecer siglos en segundos. Ya lo dije, pero necesito repetirlo: no imagino mayor soledad que compartir la vida con un hombre incapaz de confesar sus vulnerabilidades. A ti. A sí mismo.

Paul regresó anoche de Barcelona. Fue al entierro de Sara. La pobre ha muerto de un cáncer en la garganta, se lo detectaron poco después del divorcio. Antes de comprar el billete, mi marido me hizo una pregunta: «¿Te importa si asisto al entierro? Creo que debo ir. Siento que debo ir». Le respondí desde el corazón: «No solo no me importa, me alegra que quieras ir. Por gestos como este, me enamoré de ti». Fallece la mujer que más le ha hecho sufrir en esta vida, y él quiere cruzar medio mundo tan solo para asistir a su entierro. Así es Paul.

Cuando anoche llegó del aeropuerto y lo vi entrar en casa, agotado, triste, pero con una sonrisa en la boca al verme, supe que ese hombre y yo tenemos un nosotros.

Por primera vez en mi vida me siento plena. Feliz. Feliz de verdad. Nunca imaginé que el amor pudiese ser algo tan complejo. Y si no es complejo, es otra cosa que se le parece, pero no es amor. La gran mayoría de personas que pasan por este mundo mueren sin conocer este gran secreto... que solo se descubre a través del dolor. Ya puedo decirlo, por fin: David, cariño mío, desenamorarme de ti ha sido lo más difícil que he hecho en esta vida.

¿Quién sería yo si mi madre no hubiese existido, y a pesar de eso yo existiese?

No le he dicho nada. Sigue creyendo que vivo en Barcelona y estoy casada con David. Cuando vino a la boda y vio el poderío de mi antigua familia política, quedó encantada. Desde entonces solo nos hemos visto en persona tres veces, siempre en aeropuertos. No se ha enterado de que mi exmarido me cambió por la vecina, ni sabe nada de mi enfermedad, tampoco que regresé a Nueva York y me he casado con mi psiquiatra. Por supuesto, no le he dicho que va a ser abuela. Ahora veo lo que no fui capaz de ver cuando era una niña: solo podía confiar en mí para ser feliz. Al morir papá, mi familia se transformó en un obstáculo. Mi madre lo bloqueaba todo. Necesité poner miles de kilómetros entre nosotras para encontrarme. La mayoría de las veces debes perder de vista a los tuyos para conseguir averiguar quién eres. Las voces familiares pueden llegar a ser un rumor tan fuerte que ensordece, impidiéndote escuchar tu propia voz. Por eso, en la vida de mi madre, mi vida sigue congelada en el pasillo nupcial que me vio recorrer en la Catedral del Mar mientras David me esperaba en el altar. Es fácil fingir cuando el contacto se limita a una conversación telefónica al mes. «*When are you going to make me a grandmother?*».* Cualquier excusa es buena para atajar el interrogatorio. Ella pregunta por compromiso, yo respondo con estrategia. Y no tengo ningún cargo de conciencia. Al fin y al cabo, con las mentiras se puede hacer arte, ¿qué es sino una novela?

—No te acostumbres, que estas dos no han venido para quedarse.

Se me han puesto unas tetas estupendas, tan rebosantes, tan turgentes que hasta me duelen. Paul está encantado, pero yo no dejo de advertirle que las disfrute ahora que puede, porque el regalito tiene fecha de caducidad. Con este pedazo de escote surgido de la nada, mi marido, tan culto, tan sensible, tan intelectual, hace varias semanas que es incapaz de mirarme a los ojos, las pupilas se le desvían sin poder evitarlo. Da igual si te has casado con un premio Nobel o con un albañil, las tetas para un hombre son como la carne roja para un león: es verlas y empezar a salivar.

—Cariño, hazme sudar como tú sabes...

Está juguetón. Yo le doy un piquito en los labios, voy a la cocina y regreso a nuestro cuarto con la escoba y el recogedor.

—Toma. Barre la casa y cuando acabes limpia el horno. Luego haz los cristales. Ale, a sudar.

Me encanta hacerle reír. Pero aún me gusta más darle placer. Aunque el embarazo ya está demasiado avanzado para hacer el amor, siempre hay alternativas. Por eso Paul

* ¿Cuándo vas a hacerme abuela?

jadea ahora tendido junto a mí, en nuestra cama, con sonrisa de tonto. Acabo de masturbarle.

—Creo que ha llegado el momento.

Se le corta el jadeo. Me mira. Lívido.

—Quieres decir que...

—Sí. Límpiate y vámonos al hospital. Date prisa.

La vida sucede. Tu principal objetivo en ella es darte cuenta. Tan solo eso.

Uno, dos, tres, cuatro..., veinte. No hago más que contarle los deditos de cada mano y de cada pie, una y otra vez, para darme cuenta de que la vida sucede. Uno, dos, tres, cuatro..., veinte. ¿Cómo puede ser tan perfecto? Mi hijo ha transformado esta casa en un lugar sagrado. Ahora es un hogar.

Se llama Gabriel. Queríamos un nombre que se escribiese igual en inglés y en español. Además, el padre de Paul, como rabino, está encantado: Gabriel es un nombre de origen hebreo que significa «Dios es mi fuerza».

Mi suegra es un sol, nos ayuda un montón, pero su marido es harina de otro costal. Contenido como un reptil, hasta que explota. Está fanatizado, y Paul ha tenido que poner límites a sus intromisiones. A pesar de que le dejamos bien claro que no íbamos a criar a nuestro hijo ni en mi cristianismo ni en su judaísmo, sino en una sana laicidad, conforme pasaban los días tras el nacimiento de Gabriel, mi suegro iba acumulando tensión por segundos, hasta que el muelle saltó de la caja:

—*Are you not aware that time is running out for the Berit Milá? For God's sake!**

* ¿No te das cuenta de que se nos acaba el tiempo para el Berit Milá? ¡Por el amor de Dios!

Parecía estar oteando el apocalipsis en la acera de enfrente de la avenida Madison. Por lo visto, todo niño judío debe ser circuncidado en el octavo día tras su llegada a este mundo. Ni antes ni después. Me explicó el proceso detalladamente.

—¿Que un señor desconocido le corte un pedazo de carne a mi bebé sin anestesia y luego le chupe el pene para sanar la herida? Por encima de mi cadáver.

Paul captó la idea. Y se la tradujo a su padre al inglés, suavizándola un poco. A pesar de eso, mi suegro se sulfuró tanto que se le cayó la kipá. La recogió con aire amenazante, como un gánster hubiese recogido una funda de violín, y salió de nuestra casa. Hace dos meses que no nos habla. «Ya se le pasará», dice Paul. Por suerte, tenemos el mejor cortafuego contra sus incursiones: Manhattan es una isla. Y él vive en Brooklyn.

Samuel Bernstein no sabe nada de su hijo. Alice Portman no sabe nada de mí. Nuestros padres desconocen lo que nos ilusiona, lo que nos aterra, lo que nos hace sonreír, lo que nos hace llorar, con qué soñamos, cuáles son nuestras pesadillas. No nos han abrazado jamás. Nunca nos han susurrado: «Calma, todo esto pasará». Yo no quiero ser ese tipo de madre. Quiero hacerlo bien. Pero mis inseguridades son como una cueva erizada de estalactitas, que han crecido capa a capa durante lustros con la sedimentación calcárea de las voces de mi madre. Me esforzaré para destrozar esas estalactitas. Me esforzaré para no ser como ella. Me esforzaré para no hablar con mi hijo solo de temas logísticos, sino de la vida. Me esforzaré hasta lo imposible para que Gabriel esté orgulloso de mí...

Soy una ingenua. Por mucho que me esfuerce, tan solo acabaré cometiendo otros errores. Me equivocaré de forma diferente, pero me equivocaré.

—*Let's have dinner, my dear?**

Le toca al pecho izquierdo. Soy una cisterna láctea andante. Él busca el pezón con instinto de cabritillo y chupa. Verlo succionar embelesa. Me encanta ese olor a leche tibia que emana su carne de bebé. Me lo comería... Tiene tantas ganas de beberme que hace daño, pero es el dolor más dulce que he sentido jamás. Ya ha tomado suficiente. Apoya su cabecita contra mí, cierra los ojitos y se duerme, dócil y bueno, permitiéndome ser yo la que ahora me beba su aliento. Viendo cómo se balancea al ritmo de mi respiración, yo también me relajo, y entiendo por fin qué voy a hacer para intentar ser una buena madre, cuál será mi camino: criaré a mi hijo para hacerle sentir que, con que tan solo exista, yo ya soy feliz.

* ¿Cenamos, cariño?

El infierno es la verdad vista demasiado tarde.

Thomas Hobbes

PAUL

Es difícil sentir el dolor de alguien cuando no puedes sentir el tuyo. Si acabas de descubrir que tu mujer te engaña, esto es una gran ventaja. Pobre Sara.

Desde muy pequeño advertí que yo no era como los demás niños. *Maskenfreiheit* es una palabra alemana que no tiene traducción exacta al inglés, creo que tampoco al español. Hace referencia a la libertad que proporciona llevar una máscara. ¿Quién no la ha experimentado disfrazado durante una fiesta de carnaval? ¿O al subirte a un avión, vestido de turista, sabedor de que en ese lejano destino al que te diriges serás un ser anónimo? ¿O presentándote a un desconocido con un nombre falso?

Yo disfruto de esa libertad en todo momento, porque siempre llevo una máscara. Excepto cuando estoy solo. Entonces no la necesito, lo cual tiene todo el sentido: ese anonimato que proporciona la máscara se parece mucho al que proporciona la soledad. Ambas te protegen de la exposición pública, de la intromisión del otro. Con ambas armaduras el resultado es similar. Ya nadie podrá acceder a ti, ya nadie podrá hacerte daño. No imagino paraíso mejor.

Mi sentido del bien y el mal no es instintivo, como en la mayoría de las personas, sino pensado, fruto de la reflexión. Tengo por tanto una ética teórica, no vivida, lo que me vuelve un ser amoral. Me da igual todo, con tal de que me beneficie. Para integrarme en la sociedad muestro emociones, por supuesto, y finjo interesarme por las de los demás, pero es todo un teatro. *Maskenfreiheit.*

Anoche descubrí todo el engaño, por pura casualidad. Resulta que mi queridísima esposa también llevaba una máscara. La vida nunca deja de intentar sorprenderte. Sin éxito, en mi caso: la sorpresa es una emoción que también me es ajena. Resulta que Sara, siempre tan complaciente, por lo visto ha cambiado. Me gustaba tener en casa un perrito agitando el rabo. Pero ahora parece ser que tengo en casa a un rabo agitando un perro. No creo que pueda acostumbrarme. Pobre Sara.

Como empecé diciendo, no tener sentimientos es una gran ventaja para un hombre al que le acaban de poner los cuernos. Y también para un psiquiatra. Nunca te llevas el trabajo a casa.

Debo hacerme con las llaves de su chalet. Resulta que el amante de mi mujer desde hace cuatro meses es aficionado al pádel, como yo. Juega en mi mismo club, aunque jamás hemos coincidido en la pista. La parejita se conoció un día que ella vino a recogerme. Para que luego digan que el deporte es sano: uno que practico acaba con mi matrimonio.

Por lo visto, mientras mi mujer me esperaba en el restaurante del club, él la abordó, según he podido averiguar de un modo muy discreto. Hay que reconocerle a David al menos la dedicación, es todo un *fuckboy*: Sara jamás va al club, aquel día fue excepcional. Y él lo aprovechó al máximo. ¡Un hurra por nuestro brillante abogado! Ha dejado la pelota en mi tejado, tendré que estar a la altura. Por eso estoy aquí hoy.

Él no sabe quién soy, no me pone cara, estoy seguro. Sara no creo que le haya enseñado una fotografía mía, no es esa clase de mujer, y David no me ha buscado en Internet: mi esposa es una más, tan solo una muesca en la culata de su revólver, salta a la vista, ¿para qué preocuparse por quién es el cornudo? Pero por si acaso, estoy sentado en un rincón, a lo mío, pasando desapercibido con la cabeza gacha. Ni ha reparado en mí.

Los vestuarios son espaciosos, con clase, estamos en la zona alta de la ciudad. El Real Club de Tenis de Barcelona tiene nivel. Ha sido fácil, visto y no visto: mientras oigo correr el agua al otro lado del tabique, rebusco en los bolsillos del pantalón, localizo las tres llaves de su chalet y saco un molde en silicona de cada una de ellas. En un abrir y cerrar de ojos, listo.

¿Qué habrá visto en él? Desde mi rincón, mientras finjo atarme con esmero los cordones de las zapatillas, le observo de soslayo secarse y vestirse. Se siente orgulloso de lo que es. A todas luces la propiocepción de su cuerpo es intensa y le llena de satisfacción. «Esto es lo que tengo, ¿quién da más?». Los urinarios masculinos son un laboratorio antropológico de primer orden. Allí de pie, unos junto a otros, surge el yo profundo de todo hombre. He observado a David: es de los que creen sostener el Big Ben entre las manos, de los que se la meten en el pantalón con la aparatosidad con la que una empresa de ingeniería repliega una tuneladora. Debo reconocer que es un hombre físicamente atractivo, pero su ostentación de ese hecho, la conciencia permanente que tiene de su poder seductor, me resultaría repulsiva si pudiese sentir algo.

Hay quien podría pensar que mi condición me impide ser un buen médico. Todo lo contrario. Para un psiquiatra, la empatía es un estorbo. La etiología del trastorno mental de los enfermos a los que trato se me aparece de un modo mucho más claro que a mis colegas, por una sencilla razón: yo no tengo prejuicios sentimentales. Yo solo veo con los ojos de la ciencia.

Troquelar llaves es un trabajo artesano lleno de belleza. Como cualquier cosa que se hace con las propias manos, produce una satisfacción inmediata. Poca gente lo sabe, pero los profesionales cuyos oficios implican hacer cosas, tienen muchas menos depresiones. Evolucionamos para que nos gustase hacer cosas. Yo en el hospital y en la consulta no hago cosas. Trabajo con la mente, la mía es una profesión cerebral. Pero gracias a mi pequeña afición, tengo que hacer cosas con mis propias manos. Por eso me gusta pensar que este *hobby* es una especie de oficio artesano. Por ejemplo, no puedo confiar en un cerrajero para confeccionar llaves a partir de un molde de silicona, sería una imprudencia imperdonable. Debo troquelarlas yo mismo. La Policía suele acabar cogiéndote por descuidos como ese. Ya se sabe, el diablo está en los detalles. En veinte años no he sido nunca investigado ni considerado sospechoso, lo cual tiene su mérito tras catorce eliminaciones, porque las Fuerzas de Seguridad de este país tienen fama de estar entre las mejores del mundo.

Aquí, a mi taller, Sara nunca baja. No tiene ni las llaves, pero sobre todo, respeta mi intimidad: este es mi reino. La casa es grande y el sótano es todo mío. A cambio, ella disfruta de una planta entera para sus vestidos, bolsos y zapatos. Especialmente zapatos. Mi esposa adora los zapatos.

¿Por qué? Ni siquiera un psiquiatra con mi prestigio es capaz de adivinar el origen de semejante nivel de fetichismo.

A una persona como yo le resulta muy práctica esa simplicidad. Es la razón por la que elegí a Sara: pide poco. Sobre todo, cosas. Cosas que se pueden comprar. Zapatos y demás trastos parecidos. No necesita muestras de cariño constantes, no exige conversación ni le gusta viajar. Tampoco es de esas mujeres que requieren abrazos en la cama con miradas cómplices, intimidad. Y además no quiere tener hijos, los considera un estorbo, como yo. Al ser Sara tan simple, fue muy fácil enamorarla...

Elegí a mi esposa por sus defectos, no pese a ellos. Pero con uno me equivoqué: su escasa sensualidad. No sentía demasiado interés por el sexo, lo cual era una gran suerte, porque yo aborrezco la cópula. Ver a dos seres humanos fornicando es un acto objetivamente asqueroso. Sudor, besos, jadeos, mordiscos, mucosas, fricción, penetración. No es fácil encontrar a una mujer joven y atractiva que no necesite más que un par de encuentros mensuales. Creía que Sara era de esas, medio frígida, pero fue un error de apreciación por mi parte: creo que su aventura con David responde a las pocas atenciones que le he prestado yo en la cama. Por eso tuvo que buscarse a otro, un macho dominante, una personalidad alfa. Pobre Sara.

Pero ahora debo ocuparme de él, hay mucho trabajo por hacer. Tengo un plan. Y como dijo aquel gran historiador de la cartografía, los mapas anticipan el imperio: la idea que David tiene de sí mismo, y la idea que los demás tendrán de él tras ser triturado por mi estrategia, generará tal *gap* en su interior que no podrá soportarlo. Será como un precipicio de dibujos animados cuyas paredes se van alejando más y más.

¿Le odio? No, por supuesto que no. Yo no siento nada por nadie. Ni siquiera por mi esposa, ni siquiera por mis pacientes. Ni siquiera por mí mismo. Y el odio es un sentimiento. Lo que voy a hacer no tiene nada que ver con eso... Me voy a vengar de David no por odio, sino por profesionalidad: es una mala persona, no ha tenido escrúpulos en destrozar dos familias. La mía y la suya, está casado. Y yo elimino a las malas personas. Ese es mi *hobby*. Nunca he acabado con nadie que no lo mereciese, por una u otra razón. El sistema a veces falla y entonces actúo yo: no puedo denunciar en un juzgado a David por acostarse con la mujer de otro y poner en riesgo dos matrimonios. Pero debe pagar. Y pagará. Es un infiel compulsivo, no puedo permitir que siga esparciendo dolor por el mundo. Por eso tengo un plan. Mañana arranca. De ella ya me ocuparé más tarde, tendrá su merecido, por supuesto, pero no hay prisa. Con mi esposa todo será mucho más simple, porque así es ella. Pobre Sara.

Madrugada. Conduzco hacia Pedralbes. Dirigir un departamento de Psiquiatría en un gran hospital da mucho juego para justificar ausencias por la noche: «Cariño, hoy me toca guardia». A estas horas no se ve a nadie por las calles. Pero las madrugadas de junio en Barcelona son acogedoras, puedes circular con las ventanillas bajadas y su frescor en el rostro es como una caricia. Diría que esa caricia es sanadora, pero eso implicaría una emoción, y yo no las siento. A lo largo de estas páginas todas las referencias sentimentales serán, como en mi vida, fingidas. Fruto de una reflexión teórica, no de una vivencia. Es mi manera de parecer humano. *Maskenfreiheit*.

Me detengo en el semáforo en rojo, justo aquí arranca la avenida Pearson, soledad absoluta. En el equipo de música suena el *Adagio para cuerda* de Samuel Barber. Los oyentes de la BBC lo eligieron como la pieza de música clásica más triste de la historia. Ojalá yo pudiese disfrutar de toda esa pena.

—Viejales, ¿a casita ya con la parienta?

Giro el rostro hacia el coche que se ha detenido a mi lado. Al volante, un veinteañero con la cara llena de *piercings* y tatuajes. Me mira burlón, retador: se supone que yo soy el pelele que va a usar esta noche para impresionar a su chica. Ella le ríe la gracieta.

—Con ese musicote que llevas debes de ir a mil, ¿toca polvete hoy con la parienta? —Al escucharle, ella redobla las risas—. ¿Te paso unas rulas por si no se te planta?

Se carcajean juntos, de un modo ofensivo que se retroalimenta hasta el paroxismo. Han bebido mucho. La situación sería muy incómoda si yo pudiese sentir la incomodidad.

—¡Nena, atenta a cómo nos mira el puto viejales!

Mi seriedad y la fijeza de mis ojos poco a poco sacan a la pareja de contexto, hasta amansarlos. Él y yo acabamos contemplándonos, en silencio, mientras nos hacemos la pregunta que se han hecho los machos humanos desde la noche de los tiempos cuando se cruzan con un desconocido: ¿podría con él? ¿Le ganaría si hay pelea? Pupilas dilatadas, mandíbula desencajada, euforia exagerada: además de alcohol, sin duda también ha tomado mucha cocaína.

—Delfina... —miro a su chica con la misma sensualidad con la que he pronunciado el nombre—, ¿no te acuerdas de mí?

A él la sonrisa se le borra de la cara. Su chica ahora es todo confusión.

—Yo..., yo no te conozco de *na*. ¿Cómo sabes mi nombre?

—Va, no disimules. Aquella noche en la cala de S'Eixugador. ¿Cómo no vas a acordarte?

Él se gira hacia Delfina con rostro amenazante. La diversión parece que se ha acabado.

—Ni caso, Kevin, este..., este..., este —tartamudea, nerviosa— viejo no sabe lo que dice..., está puto loco.

—Siento escuchar eso, en mi vida me han hecho una mamada como la de aquella noche. *Ciao,* Delfina.

Sonrío y arranco, el semáforo ya está en verde. Su coche, sin embargo, no se mueve. Parece que tienen cosas que hablar.

La cocaína produce una euforia paranoide que es fácil de aprovechar si tienes dotes observacionales y eres capaz de unir los puntos. Y yo en eso soy muy bueno. Siempre estoy observando y uniendo puntos. Para conseguirlo hace falta sobre todo mucha serenidad, que la situación no te supere: primer punto, ella llevaba un collar al cuello con una D, no abundan los nombres de mujer que empiecen por esa letra; segundo punto, él tenía tatuado en su brazo derecho un delfín lomeando y debajo llevaba escrito con letras románticas un «Te quiero»; tercer punto, en el parabrisas del coche he visto una pegatina con un corazón muy grande tras el que se podía leer «Sa Tuna». Cualquiera que conozca esa playa de la Costa Brava sabe que en un extremo está la cala de S'Eixugador, muy frecuentada por los jóvenes que quieren beber, fumar marihuana y drogarse sin que los molesten. No era difícil deducir que la animada pareja había estado allí. Si lo juntas todo y armas el mensaje adecuado, puedes hundir en la miseria a un novio posesivo y violento pasado de hormonas que está en plena euforia paranoide por culpa de la cocaína.

—Kevin, te equivocaste de víctima —lo susurro con una sonrisa en la boca—. No deberías haberte metido con el hombre de poliespán.

Asciendo por la avenida Pearson despacio, moroso, regodeándome en el retrovisor por el que veo a la pareja peleándose a gritos. Mientras, el *adagio* de Samuel Barber para cuerda sigue llenando la noche de tristeza. La música, ese gran descorchador emocional. Lástima que yo sepa tan poco de vinos.

No es la primera vez que entro en la casa de alguien a hurtadillas. Pero sí en un chalet de esta categoría. El salón tiene un aire basilical; la penumbra acrecienta el efecto. Me muevo con mucho sigilo entre los muebles, pero no necesito ponerme las gafas de visión nocturna, hay luna llena y las cortinas no están echadas, entra suficiente luz desde el exterior. Sí, me he puesto los guantes, por si acaso.

Cuando entro en una casa ajena de noche, con los dueños dentro durmiendo, siento que abordo una dimensión diferente. Como si hubiese pasado a habitar un orden de temporalidad que no es ni el pasado ni el futuro, sino presente en estado puro, droga sin cortar. Cada objeto que rozo, cada crujido de parqué que escucho, cada sombra que contemplo en absoluto silencio intensifican de tal modo la conciencia de mí mismo que acaba resultando casi doloroso de tan placentero. De tan puro.

Entro en su habitación. La pareja duerme serena, ajena a todo. Me siento en el borde de la cama. Tras quitarme el guante de la mano derecha le acaricio el cabello. Me acerco el extremo del mechón y huelo: Russian Amber Imperial Shampoo, medio litro cuesta doscientos euros. Pero vale la pena. He rastreado *Barcelona with Cameron* a fondo, conozco ya mucho de esta mujer, pero es la primera vez que la veo en persona. En sus fotos y vídeos es pizpireta, pero así, dormida, todo cambia. No sé precisar muy bien lo que es, pero puedo percibirlo. Puedo sentirlo, respirarlo. Hay algo profundamente bello en el rostro de una mujer dormida. No es una hermosura física. Creo que es más bien una profunda sensación de verdad.

Al principio pensé en envenenarle a él, pero eso habría sido demasiado sencillo. Matar puede llegar a ser muy vulgar. Y yo odio la vulgaridad. Va a ser todo más complicado, deliciosamente complicado. A un hombre como David lo que más le duele es lo que los demás piensen de él: no ser admirado. Ese es su infierno, le criaron así, no por casualidad es el vástago de una de esas nauseabundas familias burguesas catalanas que en el siglo XIX amasaron sus fortunas con el esclavismo. Y ahora nos dan a todos lecciones de ética. Presiden patronatos, obras sociales, subvencionan la cultura y el arte, impulsan la sociedad civil... con dinero manchado de sangre negra. A alguien amamantado en ese entorno, lo que más le duele es desprenderlo de su reputación. Eso voy a hacer: Se lo voy a quitar todo, menos la vida. Y empezaré por esta preciosa mujer que duerme a su lado. Será mía, y para ello voy a conseguir que se desenamore de él, ese es mi reto.

—*Sleep, my lovely child...**

Alguien menos experimentado que yo pensaría que tan solo con comunicarle la infidelidad de su esposo sería suficiente. No, eso a Cameron tan solo le causaría dolor. Lo he visto mil veces en consulta: mujeres engañadas que siguen amando a sus esposos tanto o más que antes. Lo que yo quiero es que ella deje de quererle de verdad, que en sus entrañas se produzca la desconexión, y no va a ser tarea fácil. Estoy ante una mujer muy enamorada.

Me levanto y voy a la cocina. Abro la nevera y ahí está, leche de soja. En uno de sus *posts* de *Barcelona with Cameron* recomendaba sus virtudes y de un modo muy simpático dejaba claro que su marido la detesta. Ha habido suer-

* Duerme, mi dulce niña...

te, el envase está abierto. Saco el frasco del bolsillo de mi pantalón y cuento las gotas. Para empezar, con tres bastará. Quiero que los síntomas sean progresivos.

Para un psiquiatra solo hay una cosa más compleja que sanar a alguien de su enfermedad mental: hacerle creer que la padece.

Cameron quiere ser mamá. David también está muy ilusionado. Lo hablaban esta noche ya en la cama, con la luz apagada. Y se han puesto a la faena de inmediato. No puedo permitirlo. De ningún modo.

Hoy he seguido a la feliz pareja en uno de sus encuentros. Incluso entré en el restaurante y les hice una fotografía con el móvil sin que se diesen cuenta de nada, estaban demasiado ocupados besándose. Hay que reconocer que Sara ha tenido al menos la decencia de ser precavida, comían en un reservado discreto escondido de miradas inoportunas. A él eso parecía darle igual. Está casado pero disfruta de la suerte de los valientes. Al menos, eso es lo que cree.

Esta fotografía me será muy útil dentro de unos meses, cuando los síntomas de Cameron sean lo bastante intensos. Mi esposa y su amante besándose en un restaurante..., vergüenza debería darles. A ella no se le ve el rostro. El de él, sin embargo, es como un punto de luz en la imagen: irradia altanería. Justo lo que yo necesitaba, ¿qué mujer en su sano juicio no dudaría de su marido al ver esta escenita? Lo de «su sano juicio» he de confesar que incluye cierta carga de ironía...

Durante el seguimiento de hoy, he podido comprobar que mi pobre esposa se siente especial cuando está con David. Pero hace ya semanas que sigo a este hombre, sé que tiene otras dos amantes, aparte de su hermosa consorte. Las tres más jóvenes y atractivas que Sara. No creo que tarde mucho en darle la patada. Y entonces, allí estaré yo para consolarla. Intento ser un buen marido.

De nuevo en los vestuarios. Su compañero de equipo se estaba afeitando y David ha aprovechado para cambiarle el *grip* a su raqueta. Por lo visto, tenía una ampolla en la mano que le ha reventado a mitad de partido, manchando de sangre el mango. A pesar del dolor, no se ha retirado, es todo un hombretón. Y antes de salir del vestuario con la bolsa de deportes al hombro, para tomarse unas cervezas con sus amigotes bien merecidas, ha arrojado a la papelera el *grip* usado. No puedo ni creérmelo.

David ha ganado el encuentro, por supuesto. Con sudor y sangre. Sudor y sangre que ahora están en esa papelera. Un gran abogado como él debería saber que no es muy prudente desprenderse así, sin precaución alguna, de una cinta hecha con tejido absorbente que contiene cosas tuyas tan íntimas. Sudor y sangre. Con un poco de suerte, quizás hasta tenga restos epiteliales.

La mirada te permite magnetizar las cosas. Con los ojos las imantas. Con el tacto las devuelves a la realidad. Por eso acaricio la mejilla de Cameron mientras ella duerme. Para acabar con el embrujo. Para que mi ángel se vuelva cuerpo mortal.

A veces vengo cuando no hay nadie en la casa, es más seguro. Pero prefiero convivir con ellos. En un chalet tan grande es fácil encontrar un escondite. Y desde mi madriguera, los escucho ir arriba y abajo, espío sus conversaciones si están cerca de mí, olfateo lo que cocinan para la cena... Soy uno más de la familia. Cuando la casa ya duerme, salgo de mi guarida. Lo primero que hago es acercarles a la nariz, sin llegar a rozarla, un paño empapado en cloroformo. Así sé que no se despertarán. A pesar de ello, me muevo con sigilo, toda precaución es poca.

Entro en el cuarto de baño y abro el armario de Cameron. Me parece encantador el despliegue armamentístico que toda mujer guarda en su baño para conservarse guapa y joven. Ese deseo de gustar, de seducir, es algo que escapa a mi comprensión. ¿Por qué el sostén pasó a llamarse «sujetador»? Porque poseer algo que se puede escapar, y que por tanto hay que sujetar, por lo visto es mucho más sexy que poseer algo que se puede caer y por tanto hay que sostener. Lo dicho, un despliegue armamentístico absolutamente encantador.

Hydra Beauty Crème, de Chanel. La pobre tiene la piel grasa. Uso diario, es muy fiel a esta crema, lo anunció en uno de sus *posts.* Supongo que cobra por decir esas cosas en *Barcelona with Cameron,* pero ella tiene ética profesional, no engaña a sus seguidoras: la usa de verdad. Esta mujer cada día me gusta más.

Abro el tarro, está casi lleno. Esa es una gran noticia. Sí, vaya si lo es, así no tendré que repetir la operación hasta dentro de por lo menos tres o cuatro meses. Con un poco de suerte, para entonces ya no me hará falta hacerlo. Vierto el contenido de la pipeta y homogeneizo de nuevo la mezcla con la paletita para remover el café que he traído de casa. Perfecto, no se nota nada. Vuelvo a dejarlo todo como me lo encontré y cruzo la habitación para salir al pasillo. Ahora ya estoy más tranquilo, sé que Cameron no se quedará embarazada en los próximos meses.

Le hace mucha ilusión ser mamá, pero eso sería un serio obstáculo en mi plan. No puedo permitirlo. Por eso, cada vez que se ponga esa estupenda crema facial que hidrata su cutis de porcelana, estará aplicándose sobre la piel, sin saberlo, un parche anticonceptivo. Lo que he vertido en el tarro es progestina de liberación lenta, que al ser absorbida a través de la epidermis pasa al torrente sanguíneo impidiendo la ovulación. Sin que la usuaria note nada. Los ligerísimos efectos secundarios que Cameron podría percibir serán enmascarados por la medicación que lleva semanas tomando en su leche de soja. Ya sufre mareos, alguna pérdida de concentración, un poco de vértigo. Y despistes, muchos despistes. Por suerte, todos esos fármacos que estoy incorporando a su dieta y a su cuidado de la piel requieren de análisis de sangre muy específicos para ser descubiertos, no es probable que en un chequeo rutinario nadie sospeche nada. Creo que ya lo he mencionado: el diablo está en los detalles.

Ha llegado el momento del primer contacto. Voy a conocer a mi ángel. No ha sido sencillo que parezca todo casual, me ha supuesto un gran esfuerzo. Sudor y lágrimas, literalmente: llevo meses entrenando para ser un jugador de pádel más que aceptable. Mi nivel era bastante bajo: 2-2,5. Nunca me ha interesado demasiado el deporte. David, en el momento en el que irrumpió en mi vida, era mejor jugador que yo. Y no hablo solo de pádel. Pero ya no lo es. Pronto se dará cuenta.

Ha valido la pena el esfuerzo, mañana compito en la final del torneo organizado por el Real Club de Tenis de Barcelona. Nivel intermedio-alto: 3-3,5. Sé que David llevará al cóctel que se ofrece tras la final a su joven y deslumbrante esposa, es esa clase de hombre. Ostentoso, teatral, fatuo. Carles, mi nueva pareja en la pista y compañero en el hospital, me ayudará a ganar. Es mucho más joven que yo, pero lleva años jugando. El pobre se cree que somos amigos. Poco sabe que no sé lo que es eso. Ya lo dijo Shakespeare hace mucho tiempo, con su adorable cinismo: la amistad es sobre todo ficción. ¿Quién me gana en eso? *Maskenfreiheit.*

Al principio a Carles le extrañó que su superior, el engreído doctor Paul Bernstein, que nunca presta atención a los residentes MIR, empezase a hacerle caso. Pero quedó todo muy natural, en ningún momento sospechó que lo que me interesaba de él no era él, sino sus habilidades con la raqueta.

Jordi, el director del hospital, está un poco ofendido. A su edad, se ha puesto celoso: fue mi pareja de pádel durante muchos años. Pero tiene más de sesenta y es un jugador horrible, con él nunca hubiese podido llegar a una final frente a David. Qué se le va a hacer... Jordi también creía ser mi amigo. Adora el pádel, pero ahora que está a punto de jubilarse ya no me es útil. Tan solo me aficioné para acercarme a él, cuando se me metió entre ceja y ceja ser director del departamento de Psiquiatría. Quien no tiene padrino no se bautiza. Y yo necesitaba ese puesto, quería tener acceso a todos los expedientes de los pacientes que se tratan en el hospital. Mi *hobby* secreto requiere de información. Para no cometer errores. Para que no paguen justos por pecadores: solo elimino basura que el sistema no es capaz de neutralizar. Sé que mi labor nunca tendrá un reconocimiento público, pero me da igual. Los artesanos somos así.

—Cariño, ¿te noto triste?

Ella se refugia en mi abrazo, y llora.

—No es nada, cosas de mujeres, tengo la regla.

Yo sé lo que le pasa, pero a pesar de eso le acaricio el cabello, la consuelo, le digo cosas bonitas. Leer poesía me ayuda mucho a fingir todos estos sentimientos. Esta tarde David ha roto con ella. Lo he visto todo, desde la distancia. Yo siempre lo veo todo. Desde la distancia. Pobre Sara.

Hemos ganado la final. Si pudiese sentir placer, hoy habría sido un gran día: el rostro de David era todo un poema. Pura rabia. Pero lo mejor ha llegado después, durante el cóctel. Ni siquiera se ha acercado a saludar, el ego se lo impedía. Su esposa, sin embargo, ha estado encantadora. Además de belleza, tiene ingenio, fuerza, vida. Es sin duda una de esas criaturas que en mi país son criadas desde niñas para ser un ángel. Lucía elegante como una bailarina de *ballet* en un salón vienés. Con la mirada extraviada, sabedora del poder de su delicadeza. Por desgracia, al escrutar esa mirada, he podido distinguir el efecto que le causan las gotas que llevo meses echando en su leche de soja. Alguien normal no lo hubiese apreciado, pero yo no soy alguien normal, soy un psiquiatra experimentado experto en Neurología: «Los ojos son el espejo del alma» no es tan solo una bonita expresión, la pupila es la proyección del cerebro hacia el exterior; a través de ella te metes en el nervio óptico, que conecta directamente con nuestro yo profundo.

Ahora Cameron ya me conoce, el contacto ha sido establecido. Y le caigo bien. Cuando quiero, yo siempre caigo bien. El plan va sobre ruedas.

Esta noche toca ser travieso. Lo hago un par de veces a la semana. Por ahora, es suficiente.

La última en acostarse ha sido Cameron. Mientras esperaba mi momento escondido dentro del armario de los abrigos, donde sé que jamás escarban cuando hace calor, la he visto por entre las lamas entrar en la cocina antes de meterse en la cama junto a su maridito. Va a calentarse un vaso de leche y le añade miel, lo hace muchas noches. Para conciliar el sueño. Y nunca usa el microondas, dice que no es sano. Pobrecilla, se cuida tanto y cada vez está peor...

Salgo de mi escondite y voy a la cocina. Toco los fogones para saber qué quemador ha usado mi chica al calentarse la leche. El pequeño aún está caliente. Lo vuelvo a encender.

Por las mañanas el primero que se levanta es siempre David. Cuando se dé cuenta del despiste de su mujer, que podría haber causado una desgracia doméstica, seguro que no se alegra mucho. Toda la noche el fuego encendido, gastando gas, si llega a producirse un incendio... Esta mujer últimamente no parece en sus cabales.

—Emma, el objetivo de la terapia no es corregir el pasado, sino permitir al paciente enfrentarse a su propia historia y llorarla.

Los enfermos a los que trato adoran mi sensibilidad. Esa es la parte bonita de la historia. Lo que no son capaces de ver es el esfuerzo consciente y constante, metódico, sin un instante de descanso, que conlleva en mi caso esa sensibilidad. Por ejemplo, la frase que acabo de soltar, no es cosecha propia, sino de la gran psicoterapeuta infantil Alice Miller, que además era doctora en Filosofía y Sociología.

He estudiado toda su obra. Pero Emma eso no lo sabrá jamás. Porque Emma no lee. No ve la tele. No sale a la calle. No habla con nadie. Su interacción social es imposible porque no puedes valorar adecuadamente a los otros cuando tú no haces más que minusvalorarte: Emma tiene mal graduada la regla de medir. Es lo que se conoce como una «depresiva profunda».

Hace cinco años que viene a consulta y acumula ya seis intentos de suicidio. Es un milagro que siga viva. Hemos intentado todo tipo de tratamiento farmacológico y psicoterapéutico, pero su depresión ofrece una resistencia absoluta, sobre todo debido a su origen endógeno. En cristiano: el sufrimiento de Emma no tiene remedio. La ciencia aún tardará mucho tiempo en conseguir solucionar su problema.

—Paul..., ¿qué..., qué puedo hacer?

Me gustaría decirle la verdad: «Vas en un carruaje que no tiene caballos. Vuelve a intentar matarte, a ver si esta vez no eres tan torpe y lo consigues». Pero eso no puedo hacerlo, sus padres y el Colegio de Médicos se enfadarían mucho. Hay mucha hipocresía en mi campo, la sociedad prefiere pensar que los psiquiatras no somos médicos, sino magos. Todo el mundo entiende que a un enfermo de cáncer terminal se le retire el tratamiento para que deje de sufrir cuanto antes y solo se le administre morfina, pero nadie asimila que a un depresivo profundo le pueda suceder lo mismo.

—¿Qué puedo hacer, Paul?

Me quedo observando su rostro de óvalo bizantino que recuerda a una virgen mártir. *The lights are on but nobody's home.**

—Vamos a utilizar la técnica que ya conoces para des-

* Las luces están encendidas pero no hay nadie en casa.

montar esos pensamientos tremendistas: la discusión racional. Cuando piensas que nunca encontrarás pareja, ¿qué base lógica sustenta esa idea? Arguméntamelo, por favor.

Empieza a rumiar. Le tomará su tiempo, en parte porque con la medicación que lleva en el cuerpo el milagro es que no se haya dormido ya. Y en parte porque, en efecto, es imposible que un hombre sensato se enamore de alguien así, pero Emma sabe que yo espero argumentos en el sentido contrario, y para complacerme buscará debajo de las piedras. Es muy buena chica.

Mientras la observo cavilar, una idea se me eriza en la cabeza. En plan flequillo de Tintín. O quizás mejor, cola de alacrán: Emma encaja perfectamente en mi plan. No quiere vivir, no puede vivir, no merece vivir y, además, es pequeñita y ligera, fácil de acarrear montaña a través. La necesito y ella me necesita a mí.

Nunca elimino a nadie a quien haya tratado en persona, es arriesgado establecer un patrón de causalidad tan directo. Suelo elegir a pacientes del hospital cuyos expedientes llegan a mis manos porque soy el director del departamento. Pero este caso es especial. Si Emma desaparece, nadie sospechará; como no encontrarán su cadáver, todo el mundo pensará que al final tuvo éxito. Se lanzó al mar, o a un pantano, o desde un peñasco en medio del bosque... Hay muchas razones que justifican el desvanecimiento del cuerpo de un suicida. Y sé que en el fondo Emma me lo agradecerá.

—Sí, es verdad, por supuesto que puedo encontrar pareja, lo veo todo negro porque...

Sé que lo mejor que puedo hacer por ella, en lugar de estos jueguecitos terapéuticos inútiles, es ayudarla a morir. Porque las heridas en su alma la incapacitan para vivir. Es como un pura sangre cojo: más vale sacrificarlo cuanto antes para al menos aprovecharlo como carne.

No ha sido sencillo propiciar un segundo encuentro *casual* con Cameron. En el consulado americano de Barcelona no veían con muy buenos ojos premiar la carrera profesional de una *influencer* de Instagram, pero dos discretas llamadas telefónicas solucionaron el problema. Me encanta que nadie sospeche que en este juego la posesión del balón es casi siempre mía.

Ha venido la embajadora desde Madrid a dar un discurso y entregarnos los premios a los estadounidenses residentes en la ciudad que hemos logrado éxitos profesionales notables. Una mujer realmente empoderada, la embajadora. Pura hipertrofia del yo, tan habitual entre los políticos, los adolescentes y los malos escritores. Hablen de lo que hablen, siempre acaban hablando de ellos mismos.

Cameron es todo lo contrario, pura sencillez. Cuanto más la conozco, más me gusta. Y creo que a ella le pasa algo parecido. Cuando le he dado mi tarjeta, casi escucho el clic en su cabeza: ella ya es consciente de que algo no anda bien por ahí dentro. Las gotas que lleva meses ingiriendo sin saberlo con cada vaso de leche de soja van haciendo su efecto. Desorientación, miedos indeterminados, voces. La parte más delicada del plan presiento que saldrá bien, cuando tenga que ponerse en manos de un psiquiatra, me elegirá a mí. Sí, estoy seguro, hemos creado esa clase de vínculo. Somos dos americanos exitosos viviendo muy lejos de casa. No hay amistad, pero sí cierta complicidad. Y sobre todo, hoy, al ver la forma en la que me miraba, he sabido que confía en mí. Eso es lo más importante.

La confianza. Cuando logras que alguien confíe en ti, le tienes en tus manos. Y yo lo he logrado, hoy lo he visto claro. Cuando se desencadene el apocalipsis, me elegirá a mí, estoy seguro. Puedo estar satisfecho: no siempre es fácil sacar el hojaldre del molde.

Observo el cuerpo de Emma en el fondo del congelador. No ha sufrido. Le puse la inyección haciéndole creer que era tan solo un calmante. Se adormiló y al minuto ya se le había detenido el corazón. Por fin descansa.

Es difícil adivinar lo que piensa un cadáver. En el país aladiano, escondido en el África más profunda y primitiva, al difunto se le pregunta quién es el responsable de su muerte. ¿Qué contestaría Emma si estuviésemos allí? No creo que me acusara, la culpable de su muerte fue la enfermedad que le impedía ser feliz. Yo tan solo he actuado de intermediario.

Escondido en este armario, escucho conversar a la pareja, que ya está en la cama. Hablan de sus cosas. Y eso me permite tomar una decisión importante: pasado mañana será el gran día; todo encaja, Cameron irá por la tarde a visitar a su nueva vecina y David volverá tarde del trabajo, tiene una reunión. Eso es lo que le ha dicho a su esposa, pero yo sé que en realidad va a cenar con una de sus amantes. Conocer ese detalle me introduce en la conversación; aunque no pueda participar, soy uno más. Hay un silencio, que deduzco es un beso, porque empiezan a hacer el amor. Yo estoy aquí, con ellos. Comparto su intimidad. Supongo que es agradable sentirse parte de algo bonito, pero no puedo saberlo. La emoción que siento por mi falta de emociones es lo más humano que poseo. Mi punto más débil.

Todo ha salido a pedir de boca. Ayer fue un día intenso, pero valió la pena, acaba de llamarme Cameron. Quería pedirme cita para acudir a consulta. Ya es mi paciente, la recibiré el miércoles.

Por su tono de voz he notado que está destrozada. Es normal después de lo que vivió ayer. Me hubiese gustado consolarla: «Tranquila, Cameron, confía en mí. Como todo gran creador, construyo después de haber destruido».

Conduje de madrugada por las sendas y cortafuegos del parque natural de la sierra de Collserola: si algo hubiese salido mal, mi coche no podía aparecer en las cámaras de seguridad accediendo a Pedralbes. Pero nada salió mal. Acarreé el cuerpecito de Emma monte a través hasta la senda que sale del pasaje de la Font del Lleó, metida en una bolsa hermética para cadáveres que había robado del hospital. Por la avenida Pearson accedí al chalet y me metí en el cuarto de la depuradora. Allí no entra nadie desde que la piscina está sin mantenimiento. Esperamos pacientemente, Emma y yo, quince horas. Por fin, a las seis de la tarde, vi cómo Cameron cruzaba el jardín con una tarta de manzana y salía a la calle. *Apple pie*..., ella intenta renegar de su pasado, pero en el fondo es tan americana, tan encantadoramente americana...

Cargué con Emma hasta la cocina, la coloqué en la posición correcta y le rajé el cuello. A pesar de estar ya descongelada, prácticamente no manó sangre, lleva demasiado tiempo muerta. Pero eso yo ya lo tenía previsto: vertí por el suelo de la cocina el tarro de sangre de cerdo que había traído de casa. La escenografía quedó perfecta.

La cerecita del pastel fue la bolsa de supermercado con la que le enfundé la cabeza. No podía correr ningún riesgo, Emma es una desaparecida, si su fotografía saliese en los medios y Cameron la reconociera, yo sería el nodo de conexión. Ambas son pacientes mías. Cazado.

Eché en el buzón del chalet el sobre de SteelShield, la compañía de seguros con la que tienen todas las pólizas, con la fotografía dentro. Cameron siempre recoge el correo por las tardes, el cartero tiene un horario bastante variable. Y me escondí de nuevo, esta vez en un armario del recibidor, a esperar a que la hacendosa esposa regresase de su visita de cortesía. El pedazo de queso estaba hincado en la trampa, ahora tan solo había que aguardar a que el ratoncito volviese a casa.

Y mordió el queso, vaya si lo mordió. Su reacción fue la esperada teniendo en cuenta la medicación que lleva meses tomando sin saberlo. Ataque de ansiedad. Cloroformarla fue lo más duro. No me gusta hacerle daño.

Tras dejar a Cameron inconsciente en la cocina, volví a meter a Emma en su bolsa y lo limpié todo a fondo, recuperé la fotografía y la sustituí por el folleto publicitario de la compañía de seguros. Cuando volví a mi guarida en el cuarto de la depuradora junto a Emma, para esperar a la madrugada, estaba agotado.

Hoy la voz de Cameron al teléfono denotaba sufrimiento emocional. Y esto no es más que el comienzo de su debacle, física y psíquica. Como acabo de decir, no me gusta hacerle daño. Es una buena persona, y yo a las buenas personas no les hago daño. Y si se lo hago, es por su bien. Emma y Cameron son dos ejemplos. Como saben todas las éticas trágicas, el dolor es un componente inextricable del placer: no se puede tener uno sin soportar el otro.

Ahora ya no necesito acceder a la casa de Cameron para adulterar su leche de soja. Es una suerte, con el confinamiento por culpa del coronavirus, moverse por la ciudad es arriesgado. Puedo hacerlo, soy médico, pero llamo más la atención. Y eso no es conveniente. Llamar la atención nunca es conveniente si tienes un *hobby* como el mío. Pero por suerte, como decía, ahora es Cameron la que viene a mi consulta y aquí le prescribo los medicamentos que creo necesita. Algunos los compra en la farmacia, otros se los suministro yo directamente, lo cual me da un margen de actuación enorme. Vamos a ver cómo reacciona su maridito cuando su inquebrantable amor se vea sometido a una prueba tan dura como la que se le viene encima... Algunos hombres serían capaces de encajar bien que su joven y bella esposa, con la que quieren fundar una familia, de repente se vuelva una señora gorda, fea, medio sonámbula, sin libido e incapaz de concebir retoños. Algunos hombres serían capaces de encajar algo así. Sospecho que David no es uno de ellos.

Paradójicamente, es más difícil administrar medicamentos para que una persona sana crea ser esquizofrénica que medicar a un esquizofrénico para que sienta estar sano. Pero sé cómo hacerlo, son muchos años de experiencia. Además, Cameron ha tomado una deriva muy conveniente: se ha vuelto alcohólica. Es habitual esta reacción en pacientes a los que la esquizofrenia introduce en el proceloso submundo de la depresión. La interacción de la bebida con los fármacos le produce ausencias, y eso la vuelve más dependiente. Más dependiente de mí. Justo lo que yo quiero. Justo lo que necesita mi plan.

Un buen estratega debe estar preparado para la improvisación. Porque el entorno nunca es totalmente predecible y se requiere flexibilidad. El sobrevenido alcoholismo de Cameron es un buen ejemplo. Y su nueva vecinita también: no hay que ser un lince para saber que David acabará acostándose con Eva. Su mujer se ha vuelto una especie de zombi con sobrepeso con la libido congelada. Y David es un macho alfa confinado en casa, cuidando a su esposa, sin acceso a su harén. No tardará en pecar, estoy seguro.

Los acontecimientos se precipitan y yo debo adaptar mi estrategia. Todo ha sucedido muy deprisa, David ha demostrado ser aún peor persona de lo que yo imaginaba, y eso que me precio de ser un buen conocedor del alma humana: se ha ido a vivir al chalet de enfrente con Eva, su nueva pareja. Cameron, abandonada, humillada, deprimida, esquizofrénica, se ha buscado un pisito en la calle Dalmàcia. Con su gato.

Todo esto la ha acercado a mí mucho más. Me necesita como nunca. Pero aún estoy muy lejos de conseguir mi objetivo, sigue locamente enamorada de David. Locamente, nunca mejor dicho. Es muy habitual, yo lo llamo la «ley del *squash*»: cuanto más fuerte le pegas a la pelota, más rápido vuelve.

Por suerte, puedo retomar mis vigilancias con mucha más comodidad, el confinamiento acabó y las restricciones empiezan a relajarse. He seguido a Eva. Y a su hija. María puede dar mucho juego. Mucho mucho juego. Como ya he dicho, un buen estratega debe estar siempre listo para adaptar su plan a los cambios del entorno. Pero no sus objetivos finales: acabaré con lo que David más ama, su reputación. De ser admirado, pasará a convertirse en la vergüenza de Barcelona, el hombre del saco que temerán los niños durante generaciones. Entonces Cameron se desenamorará de él. El círculo del dolor se cerrará y ella será mía.

—La infancia es ese secuestrador del que conseguimos escapar, pero a cambio de una promesa: para dejar de ser mi rehén, una parte de ti se quedará siempre conmigo.

Con su silencio, ella evidencia la necesidad de reverenciarme. Esta sentencia tan redonda que acabo de pronunciar sí que es mía. Me ha llevado semanas de preparación; hoy era el día indicado para soltarla.

En cuanto conocí el tipo de relación que Cameron ha tenido y tiene con su madre, vi la oportunidad y tiré del hilo. Si accedes a los miedos de una persona, es muy sencillo conseguir que se enganche a ti. Basta con hacerle creer que en semejante páramo no habita ella sola, tú le haces compañía. Y la ayudas a cartografiar ese secarral inhóspito, finges orientarla por él..., aunque ni por asomo sabes dónde se encuentra la salida: cuando se trata de la infancia, propia o ajena, nadie conoce esa maldita salida. Estás condenado a morirte dentro del laberinto. El que mejor lo expresó, como suele pasar, no fue un psiquiatra, sino un poeta.

La pelota que lancé cuando jugaba en el parque
no ha tocado el suelo todavía.

En la infancia se cuece todo, entre otras cosas tu relación con la sexualidad. Si las personas que me conocen supieran de mi nula libido, pensarían que soy un hombre raro. Un poco inhumano. Pero creo que se equivocarían con ese juicio precipitado. La verdad es justo la opuesta: ese desinterés sexual es lo que más me humaniza. La gran mayoría de hombres, al ver que Cameron ha dejado de ser una mujer físicamente hermosa, le retirarían sus atenciones. Para mí no ha cambiado nada. Sigue siendo el mismo ser bueno, dulce, ingenioso, inteligente. Incluso ha mejorado con el cambio físico, al volverse más cínica. Suele sucederles a las mujeres que dejan de ser deseables.

La pobre me revela ciertas cosas en consulta y me oculta otras. Cree que así tiene cierto control sobre su vida. Enternecedora... Yo lo sé todo de ella. Todo. Habla con su gato, debería depilarse las ingles, ha empezado a roncar por culpa del sobrepeso y al masturbarse con su Satisfyer susurra el nombre de su exmarido.

«David, David, David, David...».

He pasado muchas noches observándola. Fue bastante sencillo hacerme con las llaves de su nuevo piso en la calle Dalmàcia, bastó esperar a que un día en la consulta fuese al baño dejando la mochila en la sala de espera.

«David, David, David, David...».

Tu postal secreta, ese maravilloso proyecto que me oculta, digno de su mente creativa y tierna, también fue sencillo descubrirlo. Visitas diarias a Correos, un apartado postal, las promociones en Instagram. Mi chica es un libro abierto para mí.

Antes la seguía por Barcelona tomando muchas precauciones. Ahora todo es más sencillo: desde que se descargó, siguiendo mis consejos, la aplicación inAmorAti, siempre sé dónde está. Por eso, cuando va a hacer guardia en su antigua casa para torturarse espiando a su exmarido, yo también acudo. La espía espiada. Desde la acera, tras un árbol, el chico inAmorAti los vigila a ella y a David. Esperando la oportunidad perfecta para progresar con el plan. Porque todavía queda mucho por hacer. Aún debo trabajar duro para conseguir que el nombre que susurre Cameron cuando esté a punto de alcanzar el clímax no sea el de su exmarido.

«Paul, Paul, Paul, Paul...».

Es demasiado pronto para eso. Pero el plan va viento en popa, veo cómo me mira.

«Paul, Paul, Paul, Paul...».

Sé que le parezco físicamente atractivo, aunque ni es consciente de ello todavía: no me ha puesto aún en la cajita de los romances. Allí las mujeres guardan los perfiles con algún tipo de potencial sentimental o sexual. Pero con su estado de ánimo actual, esa cajita es un búnker blindado con los siete cerrojos echados. Y además, yo soy su psiquiatra. Estoy en otra cajita: «Hombres en los que puedes confiar, te ayudarán sin intentar meterse en tu cama». Pobrecilla...

Hoy me he acostado con María.

No me apetecía tener sexo con ella, ni con ella ni con nadie, pero el plan requiere ciertos sacrificios. Mi idea inicial era utilizar a alguna joven descarriada, pero ahora que María ha entrado en escena de modo inesperado, como hijastra de David, y ella misma es una joven perdida, habría sido imperdonable por mi parte dejar pasar semejante oportunidad. Además de un artesano, me considero un artista. Todo va a ser más elegante. Retorcida y sórdidamente elegante.

Lo que he hecho es un delito, lo sé, pero tengo las espaldas bien cubiertas. Contacté con ella a través de OnlyFans. En cuanto la investigué un poco y descubrí que, a pesar de ser menor, se había dado de alta en esa web falseando su edad, supe que sería sencillo convertirme en su *sugar daddy*. Empecé pagando solo por sus vídeos y fotografías, conversando con ella por el chat, generando confianza. Cuando me mostré interesado en vernos personalmente, se mostró reticente. Me costó convencerla, pero tentándola con dinero sus barreras por fin cayeron y el mes pasado nos tomamos nuestro primer café juntos.

Enseguida advertí que es un juguete roto. Son tan fáciles de manipular...

Tras un par de citas más, averigüé dos cosas fundamentales. La primera, ya no es virgen: se acostó con su profesor. Qué cosa tan fea, eso no está bien, María, nada bien... La segunda: está obsesionada con escapar de casa.

A partir de ese momento tuve claro que meterme en la cama con ella sería cuestión tan solo de tiempo y dinero.

Hoy en día no es tan raro, abundan las menores que para conseguir lujos venden su imagen o su cuerpo a través de Internet. Pero en su caso no se trata de caprichos: hoy me ha confesado que quiere el dinero para encontrar a su padre. Yo no he sido tan sincero...

Cuando le he propuesto ir a un hotel, su primera reacción ha sido negarse. Pero al aparecer encima de la mesa del restaurante más billetes juntos de los que ha visto jamás, sus dudas se han debilitado. Es el poder del dinero en efectivo. Muy parecido al poder sexual. Puro erotismo. Aquellos billetes la han iluminado por dentro, parecían poderlo todo.

He tomado muchas precauciones. Con ella soy Mateusz,

empresario polaco. Necesitaba justificar mi ligerísimo acento en español; si me presentase como un americano residente en Barcelona, la conexión sería demasiado próxima. Por supuesto, construí un personaje. Se me da bien eso, estoy acostumbrado: con María me muestro duro, interpreto el papel de rico tiránico. Eso me protege a mí, y además noto que la excita sexualmente. Ya lo dije, la ley del *squash*. Desde el principio le he dejado las cosas claras: en cuanto nos veamos, le requisaré el móvil y no se lo devolveré hasta darnos el beso de despedida. No quiero fotografías ni vídeos de ningún tipo, excepto los que yo supervise. Jamás nos comunicaremos por teléfono, de hecho no tiene mi número, lo haremos a través de Onlyfans. Solo iremos a *love hotels*, establecimientos para parejas infieles en los que no te bajas del coche hasta que estás dentro y pagas a través de un cajetín de seguridad. Sin interactuar jamás con nadie. No pueden verme con ella, nunca. Teniendo en cuenta lo mucho que va a aparecer su cara por televisión cuando el plan avance, es fundamental que no haya conexión entre María y yo.

Cambiar mi aspecto físico cuando quedo con mi *sugar baby* es divertido. Mi ropa, el peinado, las lentillas..., pero sobre todo mi carácter: volverme un chulo.

El poder del disfraz. La libertad de la máscara. Me gusta, desde niño.

Maskenfreiheit.

Todos en el fondo somos literatos. Los psiquiatras lo sabemos bien: la satisfacción con la propia vida es una narración creada por nuestra mente, basada en los recuerdos de lo vivido, no en lo vivido. Es un balance de memorias construido en forma de historia vital. Un balance de memorias, tan solo eso.

Pero... la memoria es un molde con el que podemos moldearlo todo.

Siempre que nuestro cerebro construye una historia, huye de las dudas, huye de las zonas oscuras. Por ejemplo: nos duele que el gran descubrimiento del científico generoso se demuestre fallido tras su fallecimiento. Nos duele porque la gente decente desea que las historias de las buenas personas sean buenas historias. Y, sobre todo, nos duele que la historia más importante, esa de la que somos protagonistas, no sea la más decorosa.

Nuestra historia ha de ser una buena historia.

Siempre.

David y Sara han estropeado la calidad de la mía. No mis sentimientos, no los tengo. Sino la calidad de mi historia. Por eso estoy haciendo todo esto, por eso implemento mi plan con tanto sacrificio. Porque he de reescribir mi historia, hermosearla. Para eso necesito vengarme. No por odio, sino por un afán de belleza narrativa. Cameron, que quiere ser escritora, sé que me entendería.

Me ha llegado un expediente que encaja a la perfección con mis necesidades. Le atiende hoy Carles, en tratamiento psiquiátrico de control penitenciario. En el hospital hay algunos pacientes así, para conservar la libertad provisional deben pasar una revisión mensual. Hoy le tocaba al individuo en cuestión. Yo quería conocer a ese tipo en persona, por lo que he acompañado a Carles para supervisar su trabajo: soy un jefe de departamento que se desvive por el desarrollo profesional de su plantilla más joven.

—Hola, Agustín, ¿cómo va todo?

—Bien.

Me he encontrado con lo que me esperaba. Escoria.

Que además mide metro y medio, no creo que pese más de cincuenta kilos. Sin padres ni hermanos. Tampoco hay esposa ni hijos. Este perfil de paciente no suele tenerlos. Nadie le echará de menos. Es perfecto.

—¿En el trabajo ha habido algún problema?

—Ninguno. Pero ser camarero me aburre.

Claro, preferirías ser profe de guardería. Agustín es un pedófilo primario multirreincidente. Dos asesinatos a sus espaldas; uno de ellos era tan solo un bebé. Creo que ya lo mencioné antes: a muchos políticos les gusta pensar que los psiquiatras no somos médicos, sino magos. La ciencia está cansada de demostrar que la pulsión sexual maníaca de los pedófilos es imposible de reconducir. Pero nuestros gobernantes prefieren creer que la rehabilitación es siempre posible, y el cuerpo humano sagrado. Nada de cadena perpetua, nada de castración química, nada de pulseras electrónicas localizadoras. Consecuencia: el tipo que tengo enfrente va a seguir causando dolor.

—¿Por qué vas completamente depilado?

Se muestra confiado, incluso algo arrogante. Sabe que la ley está de su parte.

—Hace calor, sudo. El pelo no es higiénico.

Bonita respuesta, casi cuela... Es una fantasía psicopática: quiere tener una piel tan suave como la de sus víctimas para convencerse de que hay seducción, atracción mutua, complementariedad romántica. Es inteligente, estudió mucho en prisión, psicología sobre todo, sabe qué decir para que no podamos hacer nada contra él. Para obligarnos a concluir, atrapados por los protocolos médicos, que es un ciudadano dispuesto a reinsertarse en la sociedad. Sus respuestas son perfectas. Pero yo sé que miente. Incluso a sí mismo.

—¿Has tenido en el último mes pensamientos intrusivos de índole sexual?

—Ninguno. Lo tengo controlado, eso se acabó.

Él cree que es capaz de curarse solo. Pero la pedofilia es como el capitalismo, un alimento crudo que nunca puede cocinarse desde dentro. Siempre hay que ponerle los límites desde fuera. Y dado que el sistema institucional de este país no va a hacerlo, me tendré que encargar yo.

La cabra siempre tira al monte. *A leopard does not change its spots.** La sabiduría popular, en cualquier idioma, no suele equivocarse. David ha vuelto a las andadas. Ni siquiera con su nuevo juguetito, Eva, está satisfecho. Necesita emociones más fuertes. Cuando le he descubierto saliendo del trabajo al volante de su Porsche Panamera, con la joven y atractiva becaria recién incorporada al despacho sentada a su lado, lo he visto claro. Tenían prisa, no han ido a un hotel. O quizás querían un poco de emoción, buscaban un «parking del amor». Hacerlo en el coche. Y como digo, la cabra ha tirado al monte: David conduce hasta el mirador de Vallvidrera. Unas vistas preciosas. Pero no estaban para paisajes..., menudos meneos. Menos mal que el Porsche Panamera tiene una amortiguación deportiva.

Cuando vuelve la calma, los cristales del coche están empañados. Pero yo soy un observador atento: una de las ventanillas baja y un preservativo sale volando. Arrancan y se van. ¿Por qué este hombre no es más cuidadoso con los fluidos corporales que va dejando por ahí? Yo, que me preocupo por la limpieza de nuestros montes, he recogido el desperdicio en cuanto se ha largado la fogosa pareja. He tenido que darme prisa, los espermatozoides aguantan

* Un leopardo no cambia sus manchas.

poco fuera del cuerpo. Por suerte llevaba conmigo el pequeño termo con nitrógeno líquido que robé del hospital. Siempre lo tengo a mi lado si David anda cerca: desde que le hago seguimientos a este hombre, sabía que esto iba a pasar, tarde o temprano. Y estaba preparado. El plan debe seguir su curso, sin excusas.

Conseguir en el hospital yodo radioactivo sin llamar la atención ni levantar sospechas no es tarea sencilla. Pero soy perro viejo. Y conozco a todo el mundo en la farmacia, sé de qué pie cojean y en qué turnos el control del *stock* es menos exhaustivo. Se utiliza sobre todo para gammagrafía tiroidea, o sea, localización de cáncer en estadios incipientes de glándula tiroides. Yo le estoy dando al yodo radioactivo un uso alternativo. Y es que, sin creatividad, el estratega está muerto.

María sale de mi coche y la veo alejarse. Las cosas que me cuenta de su madre son horribles. Y lo que yo le voy a hacer no ayudará mucho... Pero así es la guerra, siempre hay víctimas colaterales.

Me miro en el espejo retrovisor y le hablo al reflejo: «Cuando hay una batalla, no vuelven todos vivos». Como ese tipo no parece muy convencido, insisto: «Esto es entre tú y yo. No lo olvides».

Arranco y conduzco con agresividad. Como lo haría un rico empresario polaco tiránico. Aunque ella ya se ha ido, yo aún voy metido dentro de Mateusz, el personaje que interpreto cuando estoy con María. Debo buscar un sitio discreto donde quitarme las lentillas, peinarme, ponerme mi ropa y cambiar las placas de matrícula del coche antes de regresar a casa. Soy un *sugar daddy* muy prudente, siempre las pongo falsas cuando voy a recoger a mi chica.

—Paul, me gustaría contarte algo..., pero...

Desde que David la dejó, mi esposa Sara se ha vuelto una mujer más melancólica. Es culpa de la culpa. Tengo comprobado que ese sentimiento, que como todos, me interesa mucho a pesar de serme totalmente ajeno, es uno de los más potentes catalizadores del cambio humano. La culpa transforma a las personas de un modo curiosísimo. Ahora, por ejemplo, Sara, por culpa de la culpa, está iniciando una vez más un intento de *sincericidio*. Quiere decirme la verdad, pero no se atreve.

—Soy todo oídos, cariño. Sabes que puedes contarme cualquier cosa.

Se traba, tartamudea, esforzándose. Sé que no podrá. La conozco bien. No es capaz de decirme que me engañó con otro hombre. Sara ha tenido siempre problemas para expresar sus emociones. Se las queda dentro. Es una de las razones por las que la elegí: eso me deja a mí menos en evidencia. Quedarte con tus emociones dentro es muy parecido a no sentirlas. Desde fuera, no se nota la diferencia, por eso hacemos tan buena pareja.

—Déjalo, no es nada..., soy una tonta.

Pero desde dentro, hay una gran diferencia. Tus sentimientos son mamíferos, no peces, necesitan emerger a por aire. Respirar. Si no lo hacen, poco a poco se van muriendo. Y poco a poco te van matando. Pobre Sara.

—Cariño, ¿estás bien? Últimamente te noto muy rara... Ya sabes que puedes contar conmigo para todo. Pase lo que pase, yo siempre estoy aquí.

—Eres un sol.

Me acaricia la mejilla. Sendas lágrimas surcan las suyas.

—Y tú eres mi luna. ¿Montamos un eclipse?

Esta picardía, tan impropia de mí, tan típica del Instagram de Cameron, consigue hacer sonreír a mi mujer.

Beso su boca, mientras al mismo tiempo, pero con mucha más intimidad, el cáncer besa su tiroides.

Estos últimos son besitos minúsculos, cariñosos, diarios, por eso ella no los nota. Pero van haciendo su amoroso trabajo. Pobre Sara.

Acabamos de tener un sexo bastante agresivo y María se ha quedado dormida. Es mi oportunidad.

Saco el frasco de cloroformo y se lo acerco a la nariz. Lo respira, dócil, ignorante de lo que se le viene encima. Con un par de pellizcos rotundos compruebo que del sueño ha pasado a la inconsciencia. Sigue desnuda, eso facilita la operatividad.

De mi maletín extraigo la cánula del termo conservante. Insemino a María. En cuanto retiro la cánula, doblo la almohada y se la pongo bajo las caderas para levantarle la pelvis y que todo se quede dentro. Ahora solo me resta esperar a que recupere el conocimiento. Después del sexo duro que hemos tenido, es imposible que note ningún tipo de manipulación en su vagina.

«No te sientas culpable. Se lo tenía merecido. Esa zorra te robó a tu marido. Ahora tú le has robado a su hija. Ya estáis en paz».

Escribo la postal con mi mano izquierda para que la letra no sea reconocible. He elegido una fotografía de la Sagrada Familia. Cameron jamás la hubiese escogido, pero no es a ella, sino a su inconsciente, al que intento imitar. Solo falta la dirección: «Tu postal secreta. Apartado de correos 32224. 08080 Barcelona».

Observo mi trabajo. Es digno de mí. Lo guardo en la caja fuerte de mi taller. En cuanto el plan haya avanzado un poco más, si todo va según lo previsto, la echaré al correo. Me regodeo imaginándome a mi paciente preferida desesperada, acudiendo a consulta en *shock,* suplicando mi ayuda y pidiéndome perdón por no haberme confesado antes su pequeño proyecto secreto. Cuando le haga creer, recurriendo a un supuesto amigo calígrafo, que la postal la ha escrito ella en plena ausencia, se va a sentir tan vulnerable que me necesitará más que nunca.

—Cariño, me duele la garganta. Y me cuesta tragar.

—Eso es que has cogido frío. Tienes la voz ronca.

—Sí, creo que me he resfriado.

En unas semanas notará que se le hincha el cuello, bultos. Luego empezará a caérsele el pelo... Es lo que tiene tomar todos los días dosis de yodo radioactivo que no necesitas y que van directas a tu tiroides. Pobre Sara.

María ha tenido una falta. Y está muy nerviosa, lógico. No tenía previsto ser mamá tan joven. Hemos quedado para vernos esta madrugada en el callejón junto a su casa.

Debo prepararme bien, ha llegado el gran momento. *Show must go on.* Saco a Agustín del congelador y lo meto en el saco hermético portacadáveres. A él también le rajaré el cuello, pero en esta ocasión no hará falta que le ponga una bolsa de supermercado en la cabeza. Los espectáculos que se repiten aburren. Su desaparición, como ya había previsto, está siendo absolutamente anónima, no hay riesgo de que Cameron le reconozca. La vida del pobre Agustín estaba tan vacía que nadie le busca. Ni la Policía, la libertad provisional había vencido. Era un ciudadano totalmente libre que, como pude comprobar en mis seguimientos, ya acechaba una guardería en Sant Feliu. Sin que los padres de los niños sospechasen ni las autoridades hicieran nada al respecto, porque un pedófilo que ha cumplido condena ya pagó su deuda con la sociedad y sería prejuicioso controlarle por si vuelve a violar. De hecho, el bueno de Agustín, muy cuco, había presentado una solicitud para trabajar en esa guardería de Sant Feliu como educador infantil. Si los propietarios del centro no tuviesen la precaución de exigirle al candidato sus antecedentes penales, y este superase las pruebas de selección, esta escoria podría haber acabado trabajando rodeado de niños. Por suerte, yo siempre vigilo.

Meto su cuerpo en el maletero junto al tarro con sangre de cerdo y conduzco hasta la sierra de Collserola. Cuando llego ya está oscureciendo. Cargo el cadáver al hombro y me adentro en el bosque. Menos mal que Agustín es un hombre ligero. Era un hombre ligero. En una báscula, los pecados no pesan. Salgo de la senda al pasaje de la Font de Lleó. Aunque ya es de noche y no hay ni un alma por la calle, avanzo hasta el chalet pegado a la acera de la avenida Pearson. Entro, cruzo el jardín y me meto en el cuarto de la depuradora junto a la piscina. A esperar a que la actriz invitada haga acto de presencia: para que el plan sea ejecutado en todo su esplendor, es necesario que Cameron acuda a su puesto de vigilancia esta noche. Últimamente viene a diario, no creo que hoy falle.

Me gusta este cuarto. He pasado aquí muchas horas y me siento cómodo. El olor a cloro, su calor húmedo, la maquinaria envejeciendo enmohecida, sin uso. Este cuarto es un *no-lugar*. Como la cabina de cobro de un *parking*, el hueco de una escalera, la mediana de una autopista. Sitios con los que ningún ser humano normal puede establecer un vínculo identitario. Pero yo no soy un ser humano normal. Quizás me siento tan a gusto en los *no-lugares* porque soy una *no-persona*. Y con ese extraño pensamiento en mente, me quedo dormido.

Todo se podría haber ido al traste por culpa de mi sueño no previsto. Llevo demasiadas noches en vela... Por suerte no ha pasado nada grave. Cuando me despierto y veo el reloj, aún queda una hora para mi cita con María en el callejón. Pero ¿estará Cameron en su puesto de vigilancia?

Saco el móvil del chico inAmorAti, le quito su envoltura de papel de plata y lo conecto. Abro la aplicación para comprobar si mi chica se encuentra dentro del radio del geolocalizador: ahí está, dentro de la casa. Menos mal, si no llega a venir tendría que abortar misión y habría traído a Agustín en balde. Después de verme con María, debo organizarlo todo para que Cameron tenga un nuevo brote psicótico, con un claro patrón: cuerpos desnudos degollados.

Entreabro la puerta y con mucho sigilo atisbo la casa. Veo su silueta recortada contra el ventanal de la cocina. Dispuesta a chutarse una nueva dosis de autoconmiseración. Vigilando la que podría haber sido su vida, mientras el chico inAmorAti la vigila a ella.

Es la hora. María debe de estar esperándome ya en el callejón. Con lo preocupada que está, seguro que es puntual. Pero no puedo salir de aquí mientras Cameron siga de guardia frente a la ventana, me vería. Normalmente nunca aguanta tanto antes de desmayarse cuando empieza a beber. Veo cómo su silueta oscura se acerca la copa a la boca. Me la imagino llorando, por dentro y por fuera.

—¿Por qué te empeñas en no seguir los consejos de tu médico? —Lo susurro mientras veo cómo se desploma.

Primero se pega contra el banco de la cocina, luego cae al suelo. ¿Se habrá hecho daño? Titubeo, no sé si acudir a mi cita con María o acercarme a ver si Cameron necesita ayuda. Me saca de mis dudas el móvil, ha vibrado: mi chica acaba de hacerle *match* al chico inAmorAti.

«Esto sí que no me lo esperaba...».

Debe de estar muy abatida, llevaba meses rehuyendo esa posibilidad, le asustaba tener que hablar con su admirador de Internet. Aunque quizás no es desesperación, quizás la razón por la que ha hecho *match* es mucho más sencilla: está en plena ausencia. Y si ese fuese el caso, si justo esta noche Cameron tuviese una ausencia, las posibilidades estratégicas que se abren son increíbles. De una gran belleza.

Miro hacia la ventana. Su silueta sigue sin aparecer. Debe de seguir tirada en el suelo de la cocina. En línea recta entre ella y yo no hay ni veinte metros. Debo darme prisa, tomar la decisión ya, María está en el callejón esperándome.

—¿Doy el paso?

Ya le he hecho creer que está enferma. Si ahora consigo hacerle creer que es una asesina, será mía. Porque cuando se vea entre rejas y yo la salve en el último instante, su agradecimiento se volverá devoción. Y de la devoción al amor hay un salto muy pequeño.

—¿Lo hago?

Cuando por arte de magia haga aparecer el cadáver de María para así salvar a Cameron, David se desmoronará definitivamente. Padrastro pederasta asesino. No lo soportará. Tal vez vaya a la cárcel, pero aventuro un final más feliz: el suicidio. Los narcisistas con tendencias ególatras, aunque de cara a la galería puedan parecer hombretones capaces de comerse el mundo, son personas muy frágiles por dentro...

—¿Me arriesgo?

Al final me decido: sí, hay más peligro, pero me es imposible resistirme a tanta perfección. A la hermosura del requiebro que voy a darle al plan.

«Hola, ¿qué tal?».

Sin respuesta.

«¿No dices nada?».

Silencio.

«Hace tiempo que me apetecía hablar contigo. Me alegra que te hayas decidido por fin».

¿Se ha desmayado o tiene una ausencia?

«Sé que estás ahí».

Debo comprobarlo. He de hacerme con su móvil.

«¿Tú también vives en Pedralbes?».

El peligro que corro no es tan grande.

«Me apetece conocerte. En persona».

Si no se ha desmayado, tiene una ausencia, de la que no recordará nada: estoy protegido.

«Creo que nos llevaremos bien».

Salgo de mi escondite, cruzo el jardín, entro en el chalet.

«Soy una persona agradable, no tienes nada que temer».

Avanzo sigiloso hacia la cocina.

«¿No sientes curiosidad por saber quién soy?».

Asomo la cabeza. Ahí está. Buscando con la mirada. Pero no me ha visto. Aún.

«Creo que te gustaré».

EPÍLOGO

Bienaventurados
los que no tienen que arruinar antes su vida
y esperar luego un milagro
para descubrir la primavera.

SANTIAGO ALBA RICO

Viajamos para estar en otro lugar. Amamos justo para lo mismo.

—Cariño, ¿te apetece olerme la barba?

Le aparto, entre risas, halagada pero fingiendo tener muchas cosas que hacer: una vez a la semana mi marido se mete en el cuarto de baño y se pasa allí dentro casi dos horas. Deja correr el agua caliente para que todo se empañe con el vapor, abriéndole los poros. Se asea la barba, recorta su bigote, limpieza de cutis, llena la bañera tras echar sales y jabones que compra en una tiendecita del Soho que parece sacada de un cuento infantil. Y se da un baño pausado, moroso como las mareas, propio de otra época en la que el tiempo no importaba tanto. Antes de iniciar semejante ritual, siempre me coge por la cintura y susurra en mi oído las mismas palabras: «Cariño, ¿te apetece olerme la barba?». Es nuestro juego, una elegante y simpática manera de proponerme sexo.

He de confesar que casi siempre accedo, bañarnos juntos me excita mucho. Pero desde que he sido mamá, no sé qué me pasa... Chapotear eróticamente con mi marido mientras nuestro bebé duerme en la habitación de al lado me incomoda. No me apetece. Paul me sigue encantando, en todos los sentidos, pero mis prioridades han cambiado: ahora lo primero es Gabriel, todo lo demás ha pasado a un segundo plano, incluido mi deseo sexual. Así es que mi maridito tendrá que esperar unos meses a que se me pase este ataque grave de «mamitis», que según he visto en Internet es típico entre las primerizas.

—Tú te lo pierdes. De toda esta belleza solo va a disfrutar el espejo... Qué desperdicio.

Suspira como si fuese un Romeo shakesperiano sobreactuando sobre el escenario, me guiña un ojo y se mete en el cuarto de baño. Por suerte, Paul es psiquiatra y un encanto de hombre, que acepta con deportividad que temporalmente lo siente en el banquillo sin sacarlo a jugar, a pesar de lo mucho que lleva calentando en la banda.

Suena mi móvil.

Me ha pillado haciendo lo que más hago últimamente: mirar a Gabriel. No me canso de contemplar lo bien que duerme. Esa maquinita perfecta aún por estrenar cumple con su cometido de un modo laborioso y eficiente, consiguiendo que se me caiga la baba. Me apresuro a coger el aparato para que no se despierte.

—Hola, Celia, ¿cómo va todo?

Es la cubana a la que le vendí el chalet de Pedralbes. Cometí el error de darle mi teléfono móvil, y ya es la tercera vez que me llama. «El diseñador ya tiene los planos de la reforma, en el jardín vamos a cambiarlo todo, vino mi familia y quedó maravillada con el lugar, en mi país no hay barrios como estos...». No debe de tener amigas en Barcelona y se entretiene llamando a una desconocida que vive a más de seis mil kilómetros y a la que no volverá a ver en su vida. Es simpática, me cae bien, pero yo ya no quiero saber nada de esa casa. Por eso sus llamadas me resultan cargantes.

—Divinamente, mi amor. ¿Te molesto?

—No, qué va...

—Solo te llamé porque quería decirte que ya empezamos las obras. ¡No reconocerías la casa si la vieras! Los operarios lo tiraron todo...

Dejo que hable. Alejo el teléfono de mi oído mientras esa mujer hiperactiva me narra con detalles que no me interesan cosas que no me importan.

—Oye, mi amor, te quería yo hacer una pregunta.

—Dime, Celia.

—Tengo mucha curiosidad, ¿en casa matabais vosotros las gallinas después de desplumarlas vivas?

Escucho sus risas desgarbadas.

—No te entiendo...

—Es broma, no se me enfade. Es que los obreros tiraron ayer todos los muebles de la cocina, ahora está diáfana, vamos a cambiar la distribución. Y debajo del banco corrido de la encimera, cuando arrancaron las cajoneras, los armarios y el rodapié, había un charco enorme de sangre ya seca.

Algo dentro de mí cambia de posición. A una muy rara, muy incómoda.

—¿Sangre? ¿Estás... segura?

—Yo diría que sí, por el color. En Cuba ves esos manchurrones de sangre seca en muchos corrales, allí aún se matan animales vivos en los patios de bastantes casas. Algún estropicio parecido debió de hacer vuestra criada, seguro que limpió la cocina a conciencia, pero la sangre se escurrió bajo el rodapié y allá atrás no alcanzó a fregar. Hubiese tenido que desmontar el mueble de la cocina para asearlo todo, y total, como no se veía. Seguramente ni se dio cuenta de la calamidad que había dejado bajo la encimera por los siglos de los siglos. El servicio está fatal. Unas vagas abandonadas son todas...

Mientras la escucho, percibo cómo la ansiedad, por primera vez desde hace mucho tiempo, empieza a retorcerme el pescuezo. La cháchara no se detiene, pero yo cuelgo, y sin saber por qué, corro hacia mi cuarto para comprobar que Gabriel está bien: el chupete se le ha caído de la boquita, pero él sigue durmiendo en su cuna como un bendito. Contemplándole, siento que en mi pecho, donde antes había un corazón que me bombeaba sangre y amor, se acaba de hacer un vacío que ha aspirado toda la vida de mi cuerpo.

Llevo diez minutos histérica, devanándome los sesos. Estoy tan confundida que desearía poder sacarme el cerebro del cráneo, meterlo en la lavadora para dejarlo reluciente y volvérmelo a instalar. Si bajo la cocina de mi antigua casa esa sangre lleva años secándose, ¿existieron los dos cadáveres que vi? ¿Los creó mi mente esquizofrénica o eran reales? ¿Es su sangre la que se derramó bajo los muebles de la cocina, y por eso el que retiró los cuerpos no pudo limpiarla? ¿Quién podía tener interés en hacerme creer que soy una enferma?

—*Keep calm, Cameron, keep calm...*

Pero no me calmo, esa llamada de teléfono ha prendido la llama. ¿El cosmos se está burlando de mí? Me siento como cuando pruebas todas las llaves del manojo intuyendo que la que abrirá es la última. ¡¿Por qué a Dios le apetece sacarme la lengua?! Acerco la mejilla a la puerta del cuarto de baño buscando refugio, buscando consuelo, buscando una explicación. Pero solo escucho a Paul canturreando por lo bajini. Es tan buena persona que llevo semanas dándole calabazas, pero tararea feliz una vieja balada irlandesa. Es tan buena persona que si le cuento lo que acaba de suceder le quitará importancia para no preocuparme y buscará una explicación racional. Es tan buena persona que se casó conmigo, una pirada que ve muertos y estrangula gatos. Pero yo necesito saber la verdad, no quiero que nadie me proteja de mí misma, por muy buenas que sean sus intenciones, por mucho que me quiera...

¿Son mis dudas fruto de mi enfermedad? ¿La conversación con esa cubana es real o también me la he inventado? ¡¿Estoy loca o alguien me tendió una trampa para hacérmelo creer?! ¡¿Era tan malvado David como para organizar algo tan siniestro?!

Necesito saber la verdad sobre mi enfermedad. Si le pregunto a Paul, suavizará las cosas, pondrá un filtro rosa a mi realidad mental, siempre lo hace. Me quiere demasiado. Pero yo necesito saber la verdad sobre mi enfermedad. Una opinión técnica objetiva sobre la salud de mi cableado cerebral, que ahora mismo anda tan sobrecalentado que de un momento a otro puede incendiarse, fundir el plástico, quemarme viva.

De repente veo la luz.

Esa objetividad científica está al alcance de mi mano: cuando conocí a Paul, cuando tan solo era su paciente, cuando entre nosotros solo había una relación profesional, él realizaba un informe de cada una de nuestras sesiones. Lo recuerdo anotando con su Montblanc, a mano, pulcro, en cuartillas de papel verjurado. Me intrigaba tanto saber lo que allí escribía sobre mí... Creo que ha llegado el momento de averiguarlo.

La verdad.

Sin paños calientes, sin el filtro del amor, con un lenguaje técnico y aséptico que me revele la gravedad de mi situación. Porque ahora esto ya no va solo de mí...

Gabriel.

Mi hijo. La luz de mis ojos. Necesito saber lo que me pasa, por si se lo he pasado a él. ¿He condenado a lo que más quiero en este mundo a la infelicidad? ¿Cómo de grave es la tara en mis genes? Hasta ahora había preferido no pensar en ello. Paul ha conseguido con su calma, con su profesionalidad, con su equilibrio, convencerme de que todo estaba bajo control. Pero esa llamada de teléfono ha disparado todas mis alarmas. Ahora las sirenas no me dejarán dormir jamás si no sé exactamente hasta dónde llega mi trastorno. Qué riesgo corre mi hijo.

Nunca entro en el despacho de Paul. No es que me lo haya prohibido, es tan solo respeto. Al igual que no miro su teléfono móvil ni escarbo en los bolsillos de sus pantalones. Son sus cosas. Y estoy segura de que él también respeta las mías. Pero las dudas que me atormentan tras esa charla telefónica lo cambian todo: saco de su americana el llavero que siempre lleva consigo a todas partes. De hecho, creo que solo lo pierde de vista durante la sesión de aseo semanal en la que ahora está inmerso.

Voy hasta el archivador metálico de su despacho, donde guarda los expedientes de todos sus pacientes desde que es psiquiatra. La ley le obliga a tenerlos bajo llave, por si un ladrón accediera a la vivienda; es información delicada y algunas veces comprometedora. Se trata de un mueble metálico que tiene casi mi altura. Pruebo con la más pequeña del llavero. Bingo. Abro el primer cajón, con una clara sensación de culpabilidad: nos juramos no ocultarnos nunca nada. Pero sé que, si le pregunto a él, jamás me dirá la verdad.

Y yo necesito saber. ¡Necesito saber!

Por mí. Por mi hijo.

Busco por la «p» de Portman. Nada. También por la «c» de Cameron. Nada. Estoy revisando los tejuelos uno a uno, por si me hubiese archivado en otra parte. Pero no confío mucho en ello, Paul es metódico, por lo que el orden alfabético que ha seguido es estricto. Primero el apellido y luego el nombre de pila.

«No es posible, tengo que estar en alguna parte, no es posible...».

Tiemblan mis manos, me aterroriza pensar que mi marido salga antes de lo previsto del baño y me pille escarbando en sus archivos. No quiero romper eso que hemos construido entre los dos, tan hermoso, no quiero ponerlo en peligro porque sé que es la argamasa que nos une, la argamasa que une a todas las parejas auténticas...

Confianza.

Cuesta construirla, requiere tiento, equilibrio, saber sopesar, integridad, porque es un castillo de naipes... y, como los castillos de naipes, puede derrumbarse en un segundo lo que costó levantar años.

Por eso me tiemblan las manos. Porque no quiero arrasar con la confianza que vertebra nuestro matrimonio.

«¡¿Dónde estoy?! ¡¿Dónde demonios estoy?! ¡¿Por qué no me encuentro?!».

Caigo de rodillas sobre el parqué. Lloro. La ansiedad me está doblegando. Por suerte oigo correr el chorro de una cañería: Paul está añadiéndose agua caliente para pasar un ratito más chapoteando entre la espuma y las sales de baño que tanto le chiflan. Eso me ayuda a rehacerme, a recobrar ánimo. Abro el último cajón del archivador, el que está pegado al suelo. No creo que vaya a encontrar mi expediente aquí, el primer vistazo ya me revela que los tejuelos van desde la «t» hasta la «z». Pero me digo a mí misma que quizás Dios siga jugando a sacarme la lengua, como cuando la llave correcta está al final del manojo y solo la encuentras tras probar todas las otras antes.

«Valls». «Veracruz». «Wise».

Las carpetas colgantes van pasando bajo mis dedos frenéticos, una tras otra.

«Zaragoza». «Zimmerman». «Zúñiga».

Se acabó. No estoy. Me siento sobre el parqué, suspiro y apoyo la espalda contra la pared. Al otro lado del tabique mi marido se baña, ajeno a lo que yo estoy viviendo. Una punzada de culpabilidad pincha mi pecho. Tan fuerte que me doblo un poco sobre mí misma. Y gracias a ese espasmo, lo veo.

Desde esta perspectiva, de refilón, puedo distinguir un cajetín metálico soldado a la estructura del archivador, pegado a su base y contra su pared posterior. Una especie de joyero en acero inoxidable de un tamaño parecido al de las cajas de puros. Como el galvanizado metálico del archivador está pintado de un suave color crema mate, contrasta con el plateado mercurial y reluciente de esta especie de caja de caudales. Pero solo lo he visto porque, al ir comprimiendo todas las carpetas colgantes contra la boca de esa cajonera del archivador, su fondo ha quedado al descubierto.

«Si Paul hizo soldar de un modo tan artesanal esta especie de caja fuerte accesoria en el fondo del último cajón de un archivador que ya se cierra con llave, ahí dentro debe de haber algo que no quiere que nadie vea».

Un insignificante «quizás», escrito con letra aristocrática y romántica en mi cerebro, se me aparece de un modo fugaz: ¿y si Paul ha escondido ahí dentro mi expediente? Para que nadie lo encuentre. Para protegerme. Para que ningún desalmado pueda aprovecharse de mi vulnerabilidad. Pero a ese pensamiento, que me une aún más a mi marido si cabe, lo sigue un corolario doloroso: lo que me pasa debe de ser muy grave, porque de otro modo Paul no lo hubiese escondido con tanto ahínco.

El logotipo que luce el cajetín de seguridad en su frontal me resulta familiar, una de las llaves del manojo lo tenía también troquelado. Sé que debo abrir ese joyero de acero inoxidable, pero a la vez sé que, al hacerlo, sufriré. Veré una parte de mí que no quiero ver. Estoy muy asustada. Pero mi miedo es un enemigo invisible. Y una victoria contra un enemigo invisible solo puede ser una victoria invisible: abriré, leeré y lo dejaré todo como está. Para que Paul no note nada. Para no derrumbar ese castillo de naipes llamado confianza, que en su caída suele sepultar bajo sus cascotes a la gran mayoría de las parejas.

Voy pasando las llaves con dedos trémulos que me avergüenzan. La tengo, es de alta seguridad. Me cuesta introducirla en la cerradura que hay en el frontal del cajetín, por culpa del temblor. Estoy de rodillas, como una peregrina que por fin ha llegado a su destino, a esa ermita que esconde la reliquia más sagrada. Levanto lentamente la tapa del cofre..., pero me detengo en seco: he dejado de oír el grifo de la bañera.

«Shit!».

Mis sienes palpitan tan fuerte que por un momento temo que Paul las escuche al otro lado del tabique. Pero mi ser racional se impone: aunque esté a punto de salir de la bañera no debo alarmarme, le conozco bien, aún tardará como mínimo diez minutos en abandonar el baño. Secarse a conciencia, peinarse, crema facial... Siempre me ha dado mucha rabia que se cuide la piel más que yo. Pero ahora lo agradezco. Sigo elevando poco a poco la tapa metálica del cajetín, con la misma tensión con la que un egiptólogo levanta la cubierta de un sarcófago que lleva cerrado tres mil años. Me tiembla tanto el pulso que a punto estoy de echarme a llorar de nuevo al ver toda mi fragilidad.

Dos objetos. Ninguno de ellos parece mi expediente.

Uno es orgánico, humano: un diario *vintage* con tapas de piel y estilo envejecido, marca Moonster. Lo saco con cuidado. Abro al azar sus páginas, sintiendo el tacto inconfundible de las hojas de calidad hechas con algodón. Es la letra de Paul. No leo, tan solo confirmo que mi marido ha estado llevando en secreto un diario. Pero respeto su intimidad: mis ojos no enlazan ni dos palabras. Porque no quiero demoler ese castillo de naipes llamado confianza.

¿Qué es lo que estoy sintiendo ahora arracimado junto al miedo?

Dolor. No puedo negarlo. Me duele que nunca me haya dicho que escribe... sabiendo lo importante que es para mí escribir. Casi puedo notar cómo tiemblan las cartas de la base del castillo de naipes.

El otro objeto está envuelto en una bolsa de plástico blanco, sin logotipos. Al tomarla compruebo que contiene algo duro del tamaño de un paquete de tabaco. Lo saco del cajetín metálico. Desenvuelvo la bolsa y la abro para ver qué guarda, sin extraer el objeto.

Lo que demonios sea está envuelto en papel de plata.

Empiezo a despegar la cobertura de aluminio. Mi cuerpo, de modo inconsciente, como si fuese capaz de adelantarse a mi pensamiento, se pone a llorar otra vez.

Es un teléfono móvil. Lo enciendo. Me pide el PIN.

«Keep calm, Cameron, keep calm».

Intento no sacar conclusiones. Intento no unir puntos que si se unen acabarán dibujando el rostro del diablo. Confianza. Intento no sospechar, pero un pensamiento desbarata mi estrategia: un castillo de naipes se puede desmoronar por un soplido que venga de fuera, pero también porque te has empeñado en hacerlo demasiado alto.

Gabriel se pone a berrear.

Paul saldrá del baño de un momento a otro.

Debo tomar decisiones.

Cierro el cajetín de seguridad y el archivador. Vuelvo a dejar el llavero en la americana de Paul. Me pongo el chaquetón más grueso; aunque estamos en mayo y son las dos de la tarde, hace mucho frío. En un bolsillo meto el diario, en el otro el teléfono y el papel de plata. Voy a la cuna de mi hijo, a toda prisa le abrigo como si el pobrecillo se fuese a cazar osos y le empaqueto contra mi pecho en la mochila portabebés. Ya en la puerta grito. Grito porque no me atrevo a acercarme al baño.

—¡Me voy al súper con Gabriel! ¡Luego pasaré por la biblioteca a sacar un libro, a lo mejor tardo un poco!

—*Ok, darling.*

Siento un enorme alivio cuando, con mi hijo pegado contra mi pecho, cierro la puerta y empiezo a bajar las escaleras, incapaz de esperar a que llegue el ascensor. A Gabriel creo que le pasa lo mismo, porque deja de llorar.

Miro a través del ventanal. El aire es huracanado ahí fuera. Agita las ramas de los árboles, pero como el viento es invisible, parece que son los árboles los que mueven sus ramas por propia iniciativa. Dan miedo. O quizás el miedo lo llevo yo por dentro... y por eso imagino cosas tan raras.

—*Twinkle, twinkle, little star...*

Canto una dulce nana a mi hijo sentada en la sala de espera para clientes, con Gabriel durmiendo en mi regazo. En este cuchitril a medio camino entre tienda de móviles y casa de empeños sin escrúpulos que admite material robado, he dejado el teléfono para que lo desbloqueen. No me han hecho preguntas, el tipo que lleva el negocio tan solo me pidió doscientos dólares, bastantes más de lo que vale ese aparato. Cuando se los he pagado sin rechistar, nuestras miradas han dado por sobrentendido que, tanto si el móvil es mío como si no, es algo que no le incumbe a nadie. Me he sentido una extraña mezcla de mojigata y anarquista. La sensación se acrecienta porque, aunque llevo sentada aquí veinte minutos, ni se me pasa por la cabeza leer el diario que llevo en el bolsillo. Todavía no.

—*Work is done.*

Recojo el móvil. Vuelvo a sentarme. Por suerte estoy sola.

—*No, please, no...*

Mi cuerpo, por su cuenta, de nuevo empieza a llorar. Cojo mi propio móvil. Los dedos me tiemblan, la pantalla se moja por las lágrimas, perdiendo sensibilidad, pero al final lo logro: la aplicación se ha descargado. Como puedo, gimiendo, en *shock*, configuro el geolocalizador con el radio mínimo, veinte metros. Cualquier *match* que se encuentre dentro de esa distancia generará una alerta.

—*No, please, no...*

Los árboles agitan sus ramas, fantasmagóricos. Cierro los ojos. Como un Cristo en la cruz, en una mano sostengo mi móvil, en la otra el que acabo de recoger recién desbloqueado. Apoyo mi cabeza contra la de mi bebé, que sigue durmiendo, y rezo para que no pase lo que sé que va a pasar. Las lágrimas se abren paso bajo mis párpados y empapan mi rostro y el de mi hijo.

Bip.

Ha sucedido. Es la alerta de la aplicación. Miro mi teléfono: el chico inAmorAti está activo y geolocalizado dentro del radio. De hecho, está a escasos centímetros, en mi otra mano. Por fin liberado de su ataúd hecho con papel de plata.

Las cosas nunca son lo que uno cree que son, siempre son lo que ellas quieren ser. Igual que las personas. Empezando por uno mismo.

El viento ha amainado; aunque hace el mismo frío, se

nota menos. Sentada en este prado de Central Park con la espalda apoyada contra un árbol, contemplo a mi hijo gatear sobre el césped. Un niño recién levantado es siempre un explorador. Gabriel se acerca confiado y risueño a las palomas, para quedarse mirándolas con ojos pasmados cuando ellas escapan volando. Está descubriendo el mundo, quitándole el papel de regalo..., qué envidia.

¿Cómo pude enamorarme de alguien así? ¿Cómo fue capaz semejante monstruo de ganarse mi confianza absoluta?

Junto a mí, sobre la hierba, yace el diario. Hace una hora que acabé de leerlo. Gracias a esas hojas he conseguido entender el argumento de esta novela. Yo era la protagonista pero no me enteraba de nada. Me aborrezco. Cada uno de los tres mil seiscientos segundos que han pasado desde que cerré ese cuaderno, es un segundo lleno de desprecio. Me doy asco. Para ser felices necesitamos estar de acuerdo con nuestro pasado. Yo no puedo, ya jamás podré. No soy capaz de resignarme a mí.

—Ven, cariño, ven con mami. Está empezando a nevar.

Soy tan solo un crimen en el que la víctima y el culpable son la misma persona.

—*Honey bunny*...

Lo aprieto contra mi pecho. Bajo este frondoso cedro estamos protegidos, los copos tardarán en calar a través de su espeso ramaje. Mi pequeño se queda observando el Bow Bridge, que la nieve vuelve aún más bello. Lo contempla embelesado. Sus ojos me tranquilizan de un modo paradójicamente infantil: quiero pensar que esa mirada demuestra que mi hijo es un niño sensible, ese puente fue elegido por los neoyorquinos como el rincón más romántico de Central Park. Desde hace una hora estoy obsesionada, analizo cada uno de sus gestos, repaso cualquier recuerdo de alguna de sus rabietas, por nimio que sea, el mohín más inocente de mi niño, sus actitudes ante el mundo, todavía por definir... Estrujo mi mente intentando responder a una pregunta que me tortura implacable: ¿habrá heredado de su padre la maldad?

Me siento culpable, sé que no está bien, pero no puedo evitarlo. Soy una mala madre: por mucho que me esfuerzo, no consigo dejar de escrutar a mi hijo con ojos forenses. Me agarro a cualquier argumento, incluido el Bow Bridge, para alejar el fantasma que me angustia: ¿lleva dentro el estigma? Me atormenta que, por culpa de su padre, mi hijo no pueda sentir.

¿Podré vivir lo que me queda de existencia con esta duda? Supongo que es el peaje que debo pagar por haber engendrado un hijo con un psicópata.

Suena mi móvil. Es él. Vuelvo a alterarme, llevo un rato intentando recuperar las coordenadas de espacio y tiempo que nos permiten sentirnos amarrados a la vida. Pero su nombre en la pantalla, esas cuatro letras, tan sencillas, capaces antes de evocar en mí amor, ahora me parecen diabólicas, me destrozan los nervios.

Nunca imaginé que pudiese pasarse de querer tanto a odiar tanto en tan poco tiempo.

En dos horas mi vida se ha dado la vuelta como un calcetín, que gira desquiciado dentro de la lavadora centrifugando que es ahora mi cabeza. Es lo que tiene un tratamiento de *shock* como el que he sufrido: los detalles que narra el diario son terroríficos. Leer todo eso es lo más duro que he hecho en mi vida. Más que bailar abrazada a los pies de David ahorcado. Cómo lo planificó todo, con qué falta de escrúpulos, esa ejecución tan metódica, la sangre fría... Nunca estuve loca. Me convirtió en un títere. Su polichinela grotesca, monstruosa. Pero útil. ¿Para qué? Ego.

Yo no le importo. Todo lo ha hecho por ego. Solo se importa a sí mismo. En el diario lo reconoce: ha guardado el móvil como trofeo. La prueba de su victoria frente a un rival. El testigo de su poder.

Ego.

Cuando David se ahorcó por culpa de la angustia que el desalmado de mi marido le metió en el cuerpo, Paul tuvo la sangre fría de dejar en los bolsillos del cadáver los dos móviles que le incriminaban... y anotarlo todo en el diario.

Ego.

Su manera de redactar esas páginas. Se gusta. Se gusta tanto que no ha sido capaz de destruir el diario, de deshacerse de este teléfono que le incrimina. Se siente tan seguro de su triunfo, tan por encima del bien y el mal, tan a salvo, que no necesita protegerse. Sabe que soy inofensiva. He sido un pelele, ¿cómo va a ponerle en peligro un monigote como yo?

Ego.

El maldito ego es lo que destroza la vida de tantos hombres. Y la de las mujeres que los acompañamos en el viaje. Hasta hace una hora David me parecía un ególatra. Al lado de Paul, es tan solo un pobre idiota que se acostó con la mujer equivocada y lo pagó muy caro. Demasiado caro. ¿Qué hay estropeado en mí? No soy esquizofrénica, pero tengo roto el transistor que las chicas llevamos en la cabeza con el que captar machos insanos. Completamente averiado.

Para enamorarse de verdad, una mujer tiene que ser capaz de identificar a esos hombres que nunca podrán hacerlo... y alejarse de sus vidas todo lo deprisa que pueda.

Yo no sé.

Soy incapaz de llevar a cabo una medida tan elemental de autoprotección.

—Vamos, cariño, aquí no podemos quedarnos parados. Nos moriremos de frío.

¿Qué hacer? ¿Dónde ir? ¿A quién pedir ayuda? Me da pánico volver a esa casa, pero también me da pánico que su mente enferma pero espantosamente inteligente empiece a sospechar algo, abra el cofre donde esconde su tesoro y descubra que le he descubierto. ¿Qué sería capaz de hacer?

Me asfixio, casi no puedo ni respirar. El tiempo corre.

Si acudo a la Policía de Nueva York con un teléfono móvil y un diario en la mano, hablándoles de un caso de asesinato en Barcelona, considerando mis antecedentes psiquiátricos a corto plazo pensarán que soy una trastornada. Mi credibilidad es nula. A largo, no sé si la Justicia me protegería teniendo en cuenta que el asesinato de María ya ha sido juzgado. David, aunque muerto, fue declarado culpable. ¿Puede reabrirse un caso? ¿Las pruebas que llevo en mis bolsillos son definitivas? Si no fuese así, si no bastasen para meter a Paul en la cárcel, solo con pensar en la posibilidad de que tras divorciarnos él tuviese derecho a una custodia compartida...

¿Puedo correr ese riesgo? ¿Poner en peligro la vida y la salud mental de mi hijo de ese modo?

Me horroriza volver a esa casa, pero aún me asusta más imaginarme a Gabriel a solas con Paul. Incluso si todo saliese bien, si voy a una comisaría y denuncio a mi marido, se repite el juicio, Paul es extraditado y cumple sentencia en España por los varios asesinatos que narra en el diario, incluso si todo fuese bien, pasarán años hasta que ingrese en prisión. Y sé que en Estados Unidos, durante todo ese tiempo, y siendo yo oficialmente esquizofrénica, Paul tendría derecho como mínimo a una custodia compartida.

¿Qué hago? ¿Cómo escapo de esta pesadilla?

Camino y pienso, sobre el Bow Bridge, con mi hijo en

brazos, bajo la nieve. Aterrorizada. Consciente de que el tiempo corre...

¡¿Qué hago?!

El diario no aclara si fui yo la que golpeó a María o fue él. Ni siquiera si le acompañé a reunirse con ella en el callejón. Supongo que moriré sin saber si cometí ese crimen..., pero eso ahora no me importa. Lo único que me importa es Gabriel. ¿Y si hay algún resquicio legal con el que pueda inculparme de ese asesinato?

No es una buena idea subordinarlo todo a un único fin. La vida despliega siempre ante ti una multiplicidad de objetivos que una mujer sabia sabe jerarquizar. La carencia de esa sensatez es lo que caracteriza al fanático. Eso soy yo justo ahora: solo pienso en Gabriel.

¡¿Y si denuncio a mi marido pero yo también voy a la cárcel?! ¡¿Qué sería entonces de mi hijo?!

—No llores, cariño, sé que hace frío, pero no llores...

Hace pucheritos, refunfuña un poco, pero enseguida se calma. Es un niño bueno, es un niño bueno, es un niño bueno, es un niño bueno...

—Hola, Cameron.

Levanto la cabeza. Estamos frente a frente, justo en el centro del puente. Me cuesta unos segundos identificar el rostro que me sonríe. Parece lógico, han pasado casi quince años.

—¿Eres..., eres tú?

No sabe muy bien cómo reaccionar. Yo no lo dudo ni un instante: me abrazo a él. Con todas mis fuerzas. Y lloro.

—*Calm down, please, just calm down.* Sea lo que sea, seguro que tiene solución...

Lloro abrazada a Richard. Con mi hijo en medio, entre los dos cuerpos, absorbiendo todo nuestro calor.

—Cálmate...

—No puedo.

Me separo ligeramente de él, entre sollozos. Contemplo sus ojos. Son muy hermosos, quizás porque son inocentes.

—Sí puedes, Cam, sí puedes. Algunas veces, nieva en mayo, pero incluso en esos años tan raros... llega el verano.

Camino hacia nuestra casa, bajo la nieve, con la criaturita que más quiero en este mundo en brazos, sin saber si tiene el mal empotrado en su minúscula alma. Y voy a tener que vivir el resto de mi vida con esa duda dentro. ¿Podré soportarlo?

Claro que podré, haré lo que haga falta por mi niño..., lo que haga falta. Volveré a dejar el diario y el móvil en su escondite, para que Paul no note nada. Aunque estoy aterrorizada, aunque cada paso que doy bajo la nieve siento que es un paso hacia el infierno, protegeré a mi hijo. Aún no sé cómo lo haré, pero protegeré a mi hijo: Gabriel no pasará ni un minuto de su vida a solas con ese monstruo. Si alguien tiene que pagar por mis errores, esa seré yo, solo yo...

Tomamos las decisiones más importantes de nuestra existencia en plena juventud, cuando ni tenemos bastante información ni madurez para hacerlo. Qué estudiamos, cuál será nuestra profesión, con quién nos casamos, tener un hijo... La naturaleza quiere que decidamos sobre todo eso de un modo inconsciente, temerario, aventurero. Y luego nos dediquemos a hacer un control de daños.

Eso es la vida. Tan solo eso. Un control de daños sobre nuestros errores.

Cuando tomas conciencia de esta gran verdad, la felicidad, ese antifaz con el que se disfraza la mente para hacernos creer que todo esto vale la pena, sale de la ecuación. Y entonces, paradójicamente, es cuando este juego empieza a valer la pena. Empieza a ser auténtico: por eso estoy aterrorizada, pero me siento viva. Muy viva. Y dispuesta a todo.

—Te venceré, aún no sé cómo, pero te venceré, malnacido... Haré lo que haga falta para proteger a mi hijo, puedes estar seguro.

Hablo con Paul, mientras camino y contemplo a nuestro pequeño.

—Ahora soy madre, y eso lo cambia todo. Tu primer gran error fue tener un hijo conmigo.

Hablo en voz alta con alguien que no está presente, pero no estoy loca. De hecho, jamás me he sentido más lúcida.

—Sin saberlo, me proporcionaste las armas con las que defenderme de ti. Por tu culpa, no sé si soy una mujer capaz de matar, tú me metiste esa duda dentro... Ese ha sido tu segundo gran error: *you sold me the rope with which I will hang you.**

* Me vendiste la cuerda con la que te ahorcaré.

AGRADECIMIENTOS

Todo lo hacemos gracias a los otros. Hay un personaje en esta novela que expresa una idea en la que creo firmemente: «Aprendemos sobre nosotros mismos a través del contacto con los otros. Cuando nos aislamos de los demás, dejamos de saber quiénes somos». Este libro no existiría sin esos «otros». A continuación, los enumero y les expreso mi más sincero agradecimiento. Sé que faltan muchos, pero a veces los otros nos construyen sin que seamos conscientes de ello.

Alice Miller, Anne Dufourmantelle, Annie Ernaux, Ben Lerner, Brian Harley, Clara Diez, Daniel Lieberman, Dexter, Dylan Thomas, *El Mundo Today*, Elvira Lindo, Erling Kagge, Fernando Múñez, Gillian Flynn, Isabel Coixet, Isabel Martí, John Berger, *Juego de Tronos*, La Vecina Rubia, Lola Gulias, Dolors Escoriza, Marc Augé, Marta Jiménez, Michael Long, Miquel Bassols, Paula Hawkins, Pilar Pascual, PostSecret, Paul Verlaine, Raquel Gisbert, Shoshana Zuboff, Sigmund Freud, William Faulkner.